"자—『혼례 의식』을 시작하자."

3

왕의 프러포즈
유리의 기사

쿠오자키 사이카
—세계를 멸망의 위기에서
수도 없이 구한 최강의 마녀.
카라스마 쿠로에
—커다란 비밀을 안고 있는.
사이카의 종자.

후야죠 루리
—사이카와 오빠인 무시키를
편애하는 〈정원〉의 마술사.
"더 솔직하게…… 자기 자신을
해방하는 거야……."
"아……, 아……앗……."
"일이 성가셔지니 자제해 주십시오."

"루리는,
오라뻐니를……
싸랑……애요……."
"부디 저와 루리를 결혼시켜주십시오!"
쿠가 무시키
—루리의 오빠이자,
사이카의 몸과 힘을 이어받은 소년.

"그럼, 증거를 보여주겠니?"

후야죠 아오

—후야죠가 당주이자,
마술사 양성기관 〈공허의 방주〉의
학원장.

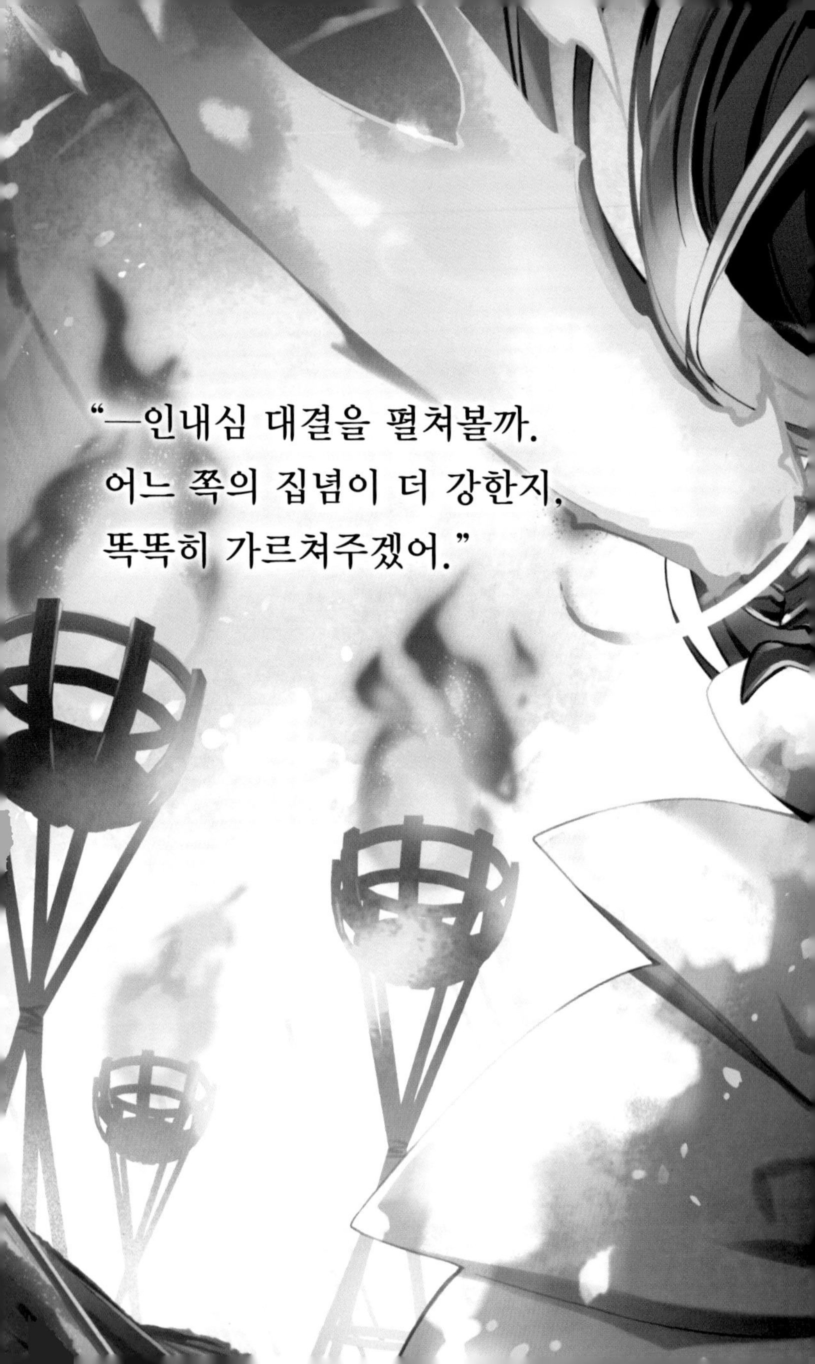
"—인내심 대결을 펼쳐볼까.
어느 쪽의 집념이 더 강한지,
똑똑히 가르쳐주겠어."

"나는 이미 마음에 정해둔 사람이——"

CONTENTS

King Propose 3
lapis lazuli colors knight

아플 때도, 괴로울 때도.

슬플 때도, 한탄할 때도.

가난할 때도, 절망할 때도.

항상 오라버니가 있어 줬어.

—그러니 이번에는, 내가 지킬 거야.

King Propose 3
lapis lazuli colors knight

서장 먼 과거의 결의　지금도 그 가슴에

인생은 선택의 연속이며, 돌이킬 수 없을 때도 있다.

후야죠 루리의 인생을 결정지은 순간을 꼽자면, 그건 그 날이 틀림없다.

7년 전의 그날. 어린 루리는 후야죠 본가의 저택에서, 당주 앞에 정좌 자세로 앉아 있었다.

뒤편에는 어머니가, 주위에는 가면을 쓴 소녀들이 앉아 있었다.

정말 기묘한 공간이었다. 하지만 루리는 그 불가사의함을 거북하게 느끼지 않으며, 방 안쪽을 지그시 응시하고 있었다.

이유는 단 하나. ―결의의 불꽃이, 루리의 가슴에서 타오르고 있었기 때문이다.

"진심으로 하는 말이니?"

방 상단에 설치된 어렴 너머에서, 조용한 목소리가 들려왔다.

"―네."

루리는 어렴 너머의 그림자를 응시하며, 차분한 목소리로 대답했다.

"저는, 마술사가 되겠어요. 누구에게도 지지 않을 만큼 강한 마술사가, 그 어떤 멸망인자도 쓰러뜨릴 수 있을 만큼 강한 마술사가……."

루리가 그렇게 대답하자, 주위의 소녀들이 작게 웃음을 흘렸다.

—뭐, 무리도 아니다. 제1현현조차 제대로 발현시키지 못하는 어린아이가 그런 말을 했으니 말이다. 그녀들이 저런 반응을 보이는 게 당연했다.

"조용히 해."

하지만 어렴 너머에서 그런 목소리가 들려오자, 소녀들은 일제히 입을 다물었다.

"루리, 마술사의 힘은 마음의 힘이란다. —너에게, 정말 그만한 각오가 있니?"

"네."

루리는 한 치의 주저도 없이 그렇게 답한 후, 이어서 말했다.

"세상을 어지럽히는 존재가 있다면, 제가 전부 해치우겠어요. 그럴 수 있을 만큼, 강해지겠어요. 그러니—."

루리는, 주먹을 꼭 말아 쥐었다.

"—오라버니만은, 평범한 인간으로 살게 해주세요."

제1장 종가에서 온 편지에　기사는 격노한다

—세계가, 다섯 색깔로 물들고 있다.

쿠가 무시키는 허공에서 지상과 수평으로 뻗어 있는 마천루의 가장자리에 걸터앉은 채, 눈앞에 펼쳐진 몽환적인 광경을 응시했다.

정말 기묘한 풍경이다. 어디가 끝인지 알 수 없을 만큼 광대한 공간이 마치 케이크처럼 다섯 등분으로 나뉘더니, 그 각각에서 전혀 다른 경치가 펼쳐지고 있었다. 마치 다양한 무늬가 그려진 그림엽서를, 마음 내키는 대로 잘라 붙인 듯한 풍경이다.

도저히 현실로 보이지 않는 광경이다. 만약 예전의 무시키가 이 광경을 봤다면, 꿈이나 환상으로 여겼을 게 틀림없다.

하지만, 그것도 당연할지 모른다.

왜냐하면 지금 이 자리에 모여 있는 건—.

세계에서 최고봉으로 손꼽히는 마술사들이다.

"—그럼, 이번 사건의 개요를 설명하겠습니다."

다섯 빛깔의 세계에, 맑은 목소리가 울려 퍼졌다.

불가사의하게도 그 목소리는 광대하기 그지없는 공간의

구석구석까지 퍼져나갔다.

"〈그림자의 누각〉 소속 마술사, 토키시마 쿠라라가 일전에 〈공극의 정원〉과 치른 마술 교류전에서 다수의 권속을 이끌고 봉기했습니다. 목적은 〈정원〉 도서관 지하에 봉인된 신화급(마이솔로지아) 멸망인자 〈우로보로스〉의 심장. 또한 다른 육체가 봉인된 시설의 정보. 그녀는 그것들을 탈취한 후에 도망쳤습니다. 현재 수색 중입니다만, 아직 행방은 묘연합니다."

목소리의 주인은 검은 머리카락과 검은 눈동자를 지닌 소녀였다. 맑은 눈매와, 감정이 드러나지 않는 입가. 그런 그녀의 온몸은 단조로운 색상의 복장에 감싸여 있었다.

그녀의 이름은 카라스마 쿠로에. 〈정원〉 학원장의 전속 종자다.

지금은 무시키의 뒤편― 옆으로 뻗은 고층 빌딩의 창문 위에서 등을 꼿꼿이 펴고 서 있었다.

"그렇게 된 건가―."

쿠로에의 말에 답하듯, 남자의 낮은 목소리가 들려왔다.

그에 맞춰, 무시키의 오른편에 펼쳐진 경치가 맥박치듯 희미하게 흔들렸다.

거기에 펼쳐진 것은 붉은 달빛에 비친, 쳐다보기만 해도 섬뜩한 공간이었다.

줄지어 있는 말라비틀어진 나무, 황폐해진 대지, 그리고 그 안에 있는 뾰족한 탑을 모아둔 듯한 서양식 저택만이 요사한 빛을 뿜고 있었다.

그곳에 놓인 의자에, 키가 큰 남성이 앉아 있었다.

나이는 — 마술사의 나이를 겉모습으로 추측해 봤자 아무런 의미도 없지만 — 40대 중반일까. 동그란 선글라스로 두 눈을, 긴 외투로 온몸을 감추고 있었다.

거리가 상당히 떨어져 있는데도 불구하고, 목소리뿐만 아니라 그 모습도 또렷하게 보였다.

구렌도 에이슈. 마술사 양성 기관 〈회신의 영봉〉의 학원장이다.

"〈우로보로스〉. 설마 봉인된 신화급 멸망인자를 부활시키려고 하다니……. 게다가 인간의 마술사와 융합을 해서 말이지. —그 토키시마 쿠라라란 자의 사진은 있나?"

"네."

쿠로에는 짤막하게 답하더니, 거대한 태블릿 화면을 스와이프하듯 오른손을 놀렸다.

그러자 공간의 중심에, 거대한 소녀의 모습이 투영됐다.

화려한 옷차림의 소녀다. 핑크색 머리카락과 짤랑거리는 피어스와 이어 커프스, 게다가 셀카라도 찍는 듯한 포즈를 취하며 윙크를 하고 있었다.

솔직히 말해, 이 자리의 분위기와는 그다지 어울리지 않는 모습이었다.

"……다른 건 없나?"

“있긴 합니다만…….”

구렌도가 쓴소리를 하는 듯한 어조로 그렇게 말하자, 쿠로에는 또 손을 움직였다.

그러자 공간 중앙에 표시된 거대한 사진이 다른 것으로 바뀌었다.

괴상한 탈 인형을 쓴 쿠라라.

메이드 코스프레를 한 쿠라라.

슬라임에 의해 옷이 녹아내린 탓에 모자이크 처리를 당하기 직전인 쿠라라—.

“이제 됐다.”

결국, 처음 사진이 가장 멀쩡했다. 구렌도는 체념 섞인 한숨을 내쉬었다.

“다른 특기 사항은 있나?”

“네. 그녀의 술식【상상기라성】은『지명도』를 마력으로 변환한다고 합니다. 즉, 그녀에 대해 아는 자 혹은 그녀를 의식하는 자가 많으면 많을수록 그녀의 힘이 늘어날 겁니다.”

“성가시군. 이쪽의 경계심마저 그녀의 힘을 증폭시키는 건가?”

“그렇습니다. 또한—.”

쿠로에는 말을 이으면서 손을 놀렸다.

그러자 입체 사진 대신 어느 영상이 표시됐다.

『—얏삐~! 쿠라라 채널 시간이에요~! 쿠라라메이트 여러분, 오늘도 이 몸의 매력에 어질어질하고 있어~? 그럼 오늘은 말이지? 실험을 좀 해보려고요. 제목은 「불사신은 진짜로 안 죽는 거야~?」예요.』

방금 언급된 마술사, 토키시마 쿠라라가 가벼운 말투와 과장된 몸짓을 선보이며 말을 하고 있었다.

그 모습을 본 구렌도는 미심쩍은 듯이 미간을 찌푸렸다.

"……이게 뭐지?"

"몇 시간 전, 마술사 전용 동영상 사이트『MagiTube』에 올라온 영상입니다."

쿠로에는 눈을 내리깔며 말했다.

그렇다. 쿠라라는 자신의 정체를 밝히며 〈정원〉에서 그런 일을 벌인 후에도, 동영상을 계속 투고하고 있었다.

"물론 운영회사에 요청해서 계정을 정지시켰습니다만, 새롭게 취득한 계정 및 권속의 계정을 이용해 게릴라적으로 동영상을 올리고 있는 듯합니다. 다람쥐 쳇바퀴 도는 듯한 상황이죠."

쿠로에가 그렇게 말하자, 구렌도는 두통이 난 것처럼 손으로 이마를 짚었다.

"……이 어처구니없는 여자가, 신화급 멸망인자라고?"

『—겉모습으로 판단하는 건 옳지 않아.』

구렌도의 말에 답하듯, 억양 없는 전자 음성 같은 목소리가 들려왔다.

그 목소리의 주인이 누구인지는 곧 알 수 있었다. —구렌도 때처럼, 무시키의 왼편에 펼쳐진 경치가 희미하게 맥박친 것이다.

그곳에 펼쳐진 것은 도트로 만들어진 게임 화면 같은 공간이었다. 해상도가 낮은 풍경이 반짝거리고 있었으며, 그 한가운데에는 새우등인 남자가 두 무릎을 끌어안은 채 앉아 있었다.

그는 어딘가 가라앉아 보이는 눈길과 빼빼 마른 손발을 지녔으며, 가죽제 마스크로 혈색이 나쁜 얼굴의 아래편 절반을 가리고 있었다.

마술사 양성 기관 〈황혼의 가구〉 학원장, 시키모리 바이토. 겉보기엔 젊은 것 같지만, 그도 구렌도와 마찬가지로 이 회의에 초빙된 마술사 중 한 명이다.

『이 소녀가 〈우로보로스〉와의 융합체이자, 100명 이상의 마술사를 불사신으로 만들어 〈정원〉을 습격했어. 그렇다면 그 사실만으로 충분해. 괜한 선입관은 판단을 흐트러뜨려.』

"말 안 해도 알아. 상대가 누구든, 방심할 생각은 없어."

구렌도는 약간 언짢은 투로 대답했다.

하지만 시키모리 바이토는 개의치 않으며 말을 이어갔다.

『겉모습만으로 판단한다면, 너는 수상쩍은 중년남에 불과하지.』

"자네는 여전히 말이 한 마디 많군."

『자기 캐릭터를 어떻게 잡은 건지 모르겠지만, 동그란 선글라스는 좀 과하지 않아?』

"못 본 사이에 말이 두 마디 많아졌는걸!"

구렌도가 더는 못 참겠다는 듯이 큰 소리로 그렇게 외쳤다. 유심히 보니, 조금 부끄러운 건지 볼이 약간 벌게졌다.

그 모습을 보고 있었는지, 이번에는 무시키의 위치에서 오른편 안쪽에 있는 경치가 희미하게 흔들렸다.

그곳에는 호화로운 일본풍 건축물의 내부를 연상케 풍경이 펼쳐져 있었다. 몇 겹이나 되는 장지문이 차례차례 열리더니, 그 안쪽에 존재하는 어렴이 모습을 드러냈다.

그 어렴 너머로, 사방침에 기대앉은 인물의 그림자가 어렴풋이 보였다.

"그런 건 됐고—."

어렴 너머에서, 여자 목소리가 흘러나왔다.

—후야죠 아오. 마술사 양성 기관 〈공허의 방주〉 학원장이다.

"우선 책임 소재를 확실히 하고 싶네. —안 그래? 린도 양."

"……윽."

아오가 그렇게 말하자, 이 공간에 있는 마지막 한 사람이 어깨를 부르르 떨었다.

열셋, 열네 살 정도로 보이는 소녀였다. 하나로 모아 묶은 머리카락과 단정한 얼굴, 그리고 의지가 강하다는 걸 알 수 있는 짙은 눈썹은 현재 한껏 일그러져 있었다.

그 소녀는 이 공간 안에서 매우 이질적인 존재였다.

이유는 단순했다―. 이 자리에 있는 이들 중에서 그녀만이, 마술사 양성 기관의 수장이 아닌 것이다.

그것을 알려주듯, 그녀의 주위 풍경만은 전체적으로 흰색인 회의실 같았다. 그 넓은 공간에는 의자 하나만 덩그러니 놓여 있었다.

소녀의 이름은 시온지 린도. 〈그림자의 누각〉에 속한 학생 마술사다.

학생인 린도가 이 자리에 초빙된 이유는, 크게 나눠 두 가지다.

하나는 그녀가 〈누각〉 학원장인 시온지 교세이의 직계 고손자에 속해서다.

그리고 다른 하나는― 이번 사건으로 〈누각〉 중추의 마술사 대부분이 쿠라라에 의해 불사신이 되어버렸기 때문이다.

"사이카 씨가 토키시마 쿠라라를 놓친 건 엄연한 사실…… 하지만 그것은 불사성에 기댄 패퇴였지? 〈정원〉은 느닷없이 100명이 넘는 적에게 습격을 받고도, 그들을 격퇴했어. 그 부분은 칭찬받아 마땅하지, 규탄받을 일은 아니라고 봐."

아오는 린도의 얼굴을 들여다보는 듯한 자세를 취하며 말을 이었다.

"—그런데, 〈누각〉은 대체 무엇을 했으려나? 학원장을 비롯한 100명 이상의 마술사가 〈우로보로스〉의 권속이 되었는데도, 누구 한 명 이상하다는 걸 눈치채지 못한 거야?"

"그, 그게……."

아오가 가시 돋친 어조로 그렇게 말하자, 린도는 말끝을 흐렸다.

하지만 아오는 인정사정없이 계속 밀어붙였다.

"저기, 린도 양. 가르쳐주지 않겠어? 당신의 할아버님은 대체 언제부터, 더러운 불사신이 되어버린 거야? 설마 그것조차 아직 파악하지 못한 거야? 정말— 시온지 옹도 참 곤란하다니깐. 무능한 걸로 모자라, 멸망인자의 수하가 되어 인류를 배반했잖아. 얌전히 죽어주는 편이 훨씬 나아."

"큭—."

그 말이 들린 순간, 수치심에 떨듯이 고개를 숙이고 있던 린도가 날카로운 눈빛을 머금으며 고개를 들었다.

"이번 건은…… 〈그림자의 누각〉 대표 대행으로서 정말— 면목이 없습니다. 그 어떤 비판도, 규탄도, 제가 받겠습니다. 하지만— 제 고조부를 향한 모욕만은, 부디 취소해주셨으면 합니다……!"

린도는 조용한 분노가 담긴 목소리로 그렇게 말했다.

그녀의 손은 희미하게 떨리고 있었으며, 얼굴에는 식은 땀이 어려 있었다. —무리도 아니다. 화가 나겠지만, 상대는 마술사 양성 기관의 수장이다. 학생이 의견을 제시하기에는 너무나도 강대한 상대다. 긴장과 두려움이 폐부에 가득 차는 게 당연했다.

하지만 아오는 그런 린도의 각오를 비웃듯, 손에 든 부채를 펄럭였다. 어렴 너머의 그림자가 흔들렸다.

"모욕? 이상한 소리를 하네. 〈누각〉에서는 엄연한 사실을 말하는 것도 모욕으로 여기는 거야? 그럼 뭐라고 말하면 돼? 시온지 교세이는 학원장이나 되어 가지고 1학년의 기습을 눈치채지 못한, 얼간이입니다? 아— 혹시 토키시마 쿠라라에게 흑심이라도 품고 있었던 걸까? 그런 욕망은 메말랐을 줄 알았는데, 그 사람도 참 정정하네."

"……큭!"

더는 못 참겠다는 듯이, 린도는 의자를 뒤편으로 쓰러뜨리며 벌떡 일어섰다.

그리고 린도가 자세를 낮추자, 그녀의 손과 어깨에 찬란히 빛나는 문양 2획이 생겨났다.

—계문. 현대 마술사가 현현술식을 사용할 때 나타나는 문양이다.

"제2현현—【운철일문자(隕鐵一文字)】……!!"

그 이름을 읊조리는 것과 동시에, 그녀의 허리춤에 투박한 칼이 현현됐다.

제2현현. 마력으로 물질을 만드는 현현술식.

즉, 린도는 아오를 상대로 전투태세를 취한 것이다.
"……어머?"
그 모습을 보자, 아오도 어조가 달라졌다.
"무슨 생각이지? 아무리 『여기』서일지라도, 남에게 무기를 겨눴다간 농담으로 넘어갈 수 없어. 혹시 너도 이미 〈우로보로스〉에게 삼켜진 거야? 피는 못 속이네."
"더는— 그 입 놀리지 마!!"
린도가 분노에 찬 고함을 지르면서 지면을 박찼다.
아마 술식을 사용한 것이리라. 그녀의 몸은 탄환 같은 속도로 아오를 향해 일직선으로 쇄도했다.
"흐음—."
하지만 아오는 딱히 당황하지 않으며, 부채를 흔들었다.
그러자 그 동작에 맞춰, 어렴 너머에서 거대한 새 같은 형상을 한 푸른 도깨비불이 모습을 드러냈다.
돌진하는 린도. 요격하는 아오. 다음 순간이면 두 사람의 현현체가 격돌할 것이다.
하지만—.
"사이카 님."
"—음."
쿠로에의 말에 맞춰, 무시키가 손을 뒤집은 바로 그 순간…….
린도와 아오, 두 사람을 가로막듯—.

뒤집힌 마천루가, 하늘에서 떨어졌다.

"히익……?!"

"어머—."

거대한 건조물은 린도의 코앞을 스치듯 지면에 꽂히더니, 세계의 경계를 그야말로 엉망진창으로 파괴한 끝에 공기에 녹아들듯 사라졌다.

"—두 사람 다 진정해."

무시키는 두 사람을 달래듯 말했다. 명백하게 남자가 아닌 목소리가, 무시키의 목에서 흘러나왔다.

하지만, 그것도 당연했다.

무시키는 현재— **무시키가 아닌 것이다**.

이마와 어깨를 희롱하는, 눈부시게 빛나는 장발.

온갖 요소가 황금비율로 구성된 듯한, 아름다운 얼굴.

그리고 그 한가운데에 있는, 몽환적인 극채색 눈동자.

그렇다. 이 자리에 있는 이는 남자 고등학생인 쿠가 무시키가 아니라 마술사 양성 기관 〈공극의 정원〉을 다스리는 마녀, 쿠오자키 사이카의 모습을 하고 있었다.

"—린도."

"아…… 네!"

무시키가 이름을 부르자, 린도는 새된 목소리로 대답했다.

"심정은 이해하지만, 네가 칼날을 겨눠야 할 상대는 그녀가 아냐. 내 얼굴을 봐서, 검을 거둬주지 않겠어?"

“소, 송구합니다……!”

린도는 그제야 제정신을 차린 것처럼 순순히 고개를 숙이더니, 계문과 검을 없앴다.

무시키는 그 모습을 본 후, 아오를 향해 눈길을 돌렸다.

“—아오. 너도 마찬가지야. 방금은 말이 지나쳤어. 린도에게 사과하도록 해.”

무시키가 그렇게 말하자, 아오는 아무렇지 않은 태도로 고개를 끄덕였다.

“맞아. 방금은 말이 심했어. 사과할게.”

“……아닙니다.”

린도는 아직 화가 가라앉지 않은 것 같지만, 방금 자신의 행동에도 문제가 있다고 생각하는지 쓰디쓴 표정으로 그렇게 대답했다.

이걸로 문제는 해결된 것은 아니지만, 일단 두 사람 다 마음을 진정시킨 것 같았다.

그러자 구렌도와 시키모리가 한마디씩 했다.

“정말, 적당히 해라. 마술사끼리 다퉈서 어쩌냔 말이다.”

『뭐, 「여기」서라면 괜찮지 않겠어? 나는 좀 흥미 있는걸. 저 후아죠 아오에게, 젊은 마술사가 어떻게 맞서려나.』

“저기—.”

내버려 뒀다간 이번에는 저 두 사람이 말다툼을 시작할 것 같았다. 무시키는 다른 이들의 이목을 모으듯, 약간 크게 헛기침을 했다.

"그럼, 구체적인 대책을 협의하도록 할까. ―〈우로보로스〉 토키시마 쿠라라는, 반드시 토벌해야만 해. 그러니 다들, 힘을 빌려줘."

그 후로 약 60분 후, 학원장 회의는 종료됐다.

솔직히 말해 무슨 이야기를 하는 건지 모르는 부분도 많았지만, 무시키는 여유로운 표정을 유지하려고 노력했다. 대답하기 어려울 때면, 크게 고개를 끄덕이며 쿠로에에게 의견을 구했다. 그렇게 하기로 사전에 정해뒀던 것이다.

〈정원〉에 소속된 지 얼마 안 된 무시키가 완벽한 대응을 할 수 있을 리 없다. 이 자리에서 무시키가 맡은 가장 중요한 책무는, 다른 학원의 학원장에게 사이카가 건재하단 사실을 어필하는 것이다.

"―자, 이쯤 하면 됐으려나. 그럼, 다들 잘 부탁해."

협의가 끝난 것을 확인한 무시키는 다른 이들을 둘러보며 그렇게 말했다.

그것은 실질적인 폐회 선언이었다. 각 학원장은 동의한다는 뜻의 반응을 보였다.

"그래. 그럼 먼저 실례하지. ―다음에는 좀 더 평화적인 용건으로 모였으면 좋겠는걸."

구렌도는 그렇게 말하며 손가락을 튕겼다.

그 움직임에 맞춘 것처럼, 구렌도의 모습과 함께 그가 있던 공간이 안개가 흩어지듯 사라졌다.

그 후에는 간소한 회의실 같은 경치만이 그 자리에 남아 있었다.

『그럼, 나도 가보겠어. 세세한 데이터는 나중에 보낼게.』

이어서 시키모리가 미세한 노이즈가 섞인 전자 음성으로 그렇게 말했다. 그와 동시에, 그의 몸이 블록 노이즈에 삼켜졌다.

이윽고 시키모리와 그를 감싼 공간이, 아까 전의 구렌도처럼 깨끗하게 사라졌다.

"……오, 오오……."

감탄을 터뜨리며 그 광경을 지켜보던 린도는 무시키의 시선을 느낀 건지 퍼뜩 놀라며 어깨를 부르르 떨었다.

"저기, 그럼 저도 이만 실례하겠습니다."

"그래. 일부러 시간을 내줘서 고마워."

"아뇨……. 저야말로, 폐를 끼쳤습니다."

황송하다는 투로 그렇게 말한 린도는 구렌도와 시키모리가 아까까지 있던 공간을 번갈아 쳐다본 후, 머뭇머뭇 입을 열었다.

"……죄, 죄송한데, 그냥 평범하게 퇴장해도 될까요?"

"물론이야."

린도가 불안 섞인 목소리로 그렇게 묻자, 무시키는 고개를 끄덕이며 대답했다. 아마 방금 두 사람이 불가사의하게 사라지는 모습을 보고, 자기도 뭔가를 해야 한다고 생각했으리라.

그 모습이 왠지 귀엽게 느껴진 무시키는 무심코 볼을 씰룩일 뻔했지만— 어찌어찌 참았다. 이 자리에서 웃음을 터뜨렸다간, 그녀가 더 부끄러워하리라고 생각한 것이다.

"그럼 이만……."

린도는 황송하다는 듯이 인사를 한 후, 어색한 걸음걸이로 뒤편을 향해 걸어갔다.

바로 그때, 뭔가가 생각난 것처럼 걸음을 멈춘 린도는 무시키를 향해 고개를 돌렸다.

"할아버님— 시온지 교세이는 살아있는 거죠?"

"네. 죽이고 싶어도 죽일 수가 없으니까요."

그 질문에 답한 이는 쿠로에였다. 듣기에 따라서는 농담이나 비아냥 같을지도 모르지만, 그녀의 말투에서는 농담기가 전혀 느껴지지 않았으며— 그 말 또한 엄연한 사실이었다.

린도는 그 말을 듣더니, 난처하다는 듯이 미간을 찌푸렸다.

"무리인 줄 알면서 묻습니다만, 면회는—."

"용건에 따라 다르겠습니다만, 그저 얼굴이 보고 싶을 뿐이라면 권하고 싶지 않습니다. 시온지 옹을 존경한다면 그게 나을 테죠."

"……."

린도는 어금니를 꽉 깨물더니, 무시키와 쿠로에를 향해 돌아섰다.

"……미흡하나마 온 힘을 다하겠습니다. 〈우로보로스〉를—토키시마 쿠라라를, 쓰러뜨리죠."

결의를 다시 새기듯 그렇게 말한 린도는 마지막으로 아오를 노려본 후에 무시키를 향해 깊이 인사를 한 후, 이곳에서 나갔다. 린도의 모습이 휙 사라졌다.

그 모습을 본 건지, 이 자리에 남아 있던 마지막 한 사람—후야죠 아오는 어렴 너머에서 입을 열었다.

"—젊네."

그녀는 부채를 흔들며 말을 이었다.

"부조리에 대한 풋풋한 분노. 오랫동안 느끼지 못했던 감정이야. 아니…… 정확하게는 이제 익숙해져 버린 걸지도 몰라. 그녀가 조금 부러울 지경인걸."

"부럽다는 감정에 걸맞은 발언 같지는 않았는데 말이지."

무시키는 도끼눈을 뜨며 주의를 주듯 그렇게 말하자, 아오는 어깨를 살짝 으쓱했다.

"딱히 그녀에게 악감정은 없어."

"정말이야?"

무시키가 눈썹을 희미하게 흔들며 물었다. 악감정도 없

이 아까 같은 말을 한 거라면, 그것도 재능이라는 생각이 들었다.

"응, 물론이야."

아오는 그렇게 말하며 고개를 끄덕인 후, 「단」 하고 덧붙였다.

"시온지 옹은 별개야. 모멸과 혐오감만 느껴. 학원을 맡은 자가 멸망인자의 수하가 되어 인간을 공격했잖아. 죽여도 성이 풀리지 않을 정도라니깐. —뭐, 죽일 수가 없으니 문제지만 말이야."

"……너무 나쁘게 말하지 마. 신화급은 다른 멸망인자와 격이 달라. 우리의 상식 밖에 있는 존재지. 그 점은 너도 직접 경험해 봤지 않아?"

"……."

무시키가 그렇게 말하자, 아오는 한순간 입을 다물었다.

그것은 사전에 쿠로에에게서 들은 정보다. —아오는 과거에 사이카와 함께 신화급 멸망인자 〈리바이어던〉을 토벌한 마술사인 것이다.

"……아니까 이러는 거야. 우리는 절대로, 멸망인자에게 져선 안 돼. 무슨 일이 있더라도. 무슨 짓을 해서라도. 분전은 의미가 없고, 칭찬에 가치는 없어. 마술사에게 감투상은 존재하지 않아. 우리는 항상 결과를 통해 증명해야만 해. —그렇잖아? 사이카 씨."

"아오……?"

아오의 목소리에서 깊은 증오가 느껴지자, 무시키는 희미하게 미간을 찌푸렸다.

"……?"

그러자, 아오의 그림자가 위화감을 느낀 것처럼 고개를 살짝 갸웃거렸다.

"—당신, 사이카 씨 맞지?"

"……?!"

그 갑작스러운 말을 들은 순간, 무시키는 심장이 크게 뛰었다.

—설마 무시키의 정체를 간파하기라도 한 것일까.

무시키는 경이적인 집중력과 편집증에 가까운 관찰력으로 최대한 사이카의 행동과 말투를 재현하고 있지만, 이 세상에 완벽한 것은(사이카의 미모 이외에) 존재하지 않는다. 뭔가 무시키가 생각도 못 한 부분에서 위화감을 감지한 것일지도 모른다.

어렴에 가려진 그녀의 표정은 읽을 수 없다. 무시키는 매달리는 심정으로 쿠로에에게 시선을 보냈다.

"……."

하지만 쿠로에는 표정 하나 바꾸지 않으며 두 사람을 지켜보고 있을 뿐이었다.

한순간, 그녀도 체념한 건 줄 알았지만— 아니다.

그녀는 『카라스마 쿠로에』라면 어떻게 할지를 알려주고 있었다.

그 모습을 본 무시키는 입술을 일그러뜨렸다.

"……한동안 못 본 사이에, 유머 센스가 늘었는걸. 아니면, 못 알아볼 정도로 내가 아름다워진 거려나?"

"……."

그러자 아오는 잠시 후, 작게 한숨을 내쉬었다.

"미안해. 이상한 소리를 했어."

"아냐. 신경 쓰지 마."

무시키가 동요한 마음을 들키지 않도록 그렇게 말하자, 아오는 마음을 다잡듯 말을 이었다.

"아무튼 오랜만에 이야기를 나눠서 좋았어, 사이카 씨. —이런 일로 만난 게 아니라면 더 좋았을 테지만 말이지."

"그래. —맞아. 다음에는 다과회에라도 초대하겠어. 최고의 홍차에, 컵케이크를 곁들여서 말이지."

"후후, 그거 기대되네. 그게 〈우로보로스〉를 타도한 후의 축배이기를 진심으로 바랄게."

그건 그렇고, 하고 말한 아오는 화제를 바꾸며 말을 이었다.

"—루리는 잘 지내고 있어? 그 애, 연락도 잘 안 주거든."

갑작스럽게 언급된 이름을 들은 순간, 눈썹 끝에 경련이 일어날 뻔했다.

그럴 만도 했다. 방금 언급된 후야죠 루리란 학생은 바로 무시키의 여동생인 것이다.

하지만 그녀와의 대화에서 그 이름이 나올 거란 점은 충분히 예상할 수 있었다.

그도 그럴 것이, 그녀의 성도 후야죠인 것이다.

무시키는 전혀 몰랐지만, 무시키의 외가인 후야죠가는 마술 세계에서 명문으로 알려진 가문 같았다.

즉, 구체적인 친족 관계는 모르지만 아오는 루리와 무시키의 친척에 해당하는 것이다.

"응, 걱정하지 마. 매일 즐겁게 지내고 있어. —실력도 나무랄 데 없지. 마술사 등급도 S급에 도달했거든. 나도 그녀 덕분에 많이 편해졌다니깐."

"흐음…… 그렇구나."

무시키의 말을 들은 아오가 의미심장한 반응을 보였다.

"그럼 다행이야. 반쯤 억지를 부려서 〈정원〉에 들어간 거나 마찬가지면서, 아무런 성과도 거두지 못한다면 곤란하거든."

아오는 그렇게 말하더니, 감회에 젖으며 고개를 들었다.

"응. —**늦지 않아서** 정말 다행이야."

"뭐?"

"아무것도 아냐."

아오는 얼버무리듯 부채로 입가를 가리는 듯한 자세를

취했다. 뭐, 그러지 않더라도 어렴이 얼굴을 가려주고 있지만 말이다.

"그럼, 나도 이제 그만 실례할게."

"그래…… 다음에 또 보자."

"응. ……신화급 멸망인자가 멋대로 날뛰게 둘 수는 없어. 반드시 토벌하자. —나도, 전력을 다하겠어."

아오는 마지막에 그런 말을 남긴 후, 주위의 경치와 함께 푸른 불꽃에 타들어 가듯 사라졌다.

—그러자, 이 자리에는 무시키와 쿠로에만이 남겨졌다.

"……후유."

그것을 확인하고 몇 초 후, 무시키는 긴장의 끈이 풀린 것처럼 한숨을 내쉬었다.

거기에 맞춰 무시키가 걸터앉아 있던 수평으로 뻗은 마천루가 사라지더니, 주위의 경치가 원래대로 되돌아갔다.

두 사람이 있는 곳은 살풍경한 회의실이었다. 넓은 공간에 비해 놓인 물건이 적어서 그런지, 꽤 살풍경했다.

"수고 많으셨습니다."

뒤편에 있던 쿠로에가 위로하는 듯한 어조로 그렇게 말했다. 그러자 무시키는 쓴웃음을 머금으며 그녀를 돌아봤다.

"괜찮았어? 마지막에 조금 의심받은 것 같은데……."

"후야죠 학원장은 항상 그런 느낌입니다. 사이카 님께서 건재하실 때도 의미심장한 말을 하거나, 별 의미도 없이 마음을 떠보기도 했죠."

"……그랬구나."

무시키는 쓴웃음을 머금으며 한 번 더 한숨을 내쉬었다.

"그건 그렇고— 정말 심장에 안 좋네."

그렇게 말하면서 방금 눈앞에 펼쳐져 있던 광경을 떠올린 무시키는 오른손을 가만히 내려다봤다.

다섯 색깔로 구분된 공간. 린도와 아오의 다툼. 그리고 그것을 말리는 사이카의 마천루—.

무시키가 보기에는 누구 한 명 죽더라도 이상하지 않을 정도의 사태였다. 아직도 심장이 진정되지 않았다.

하지만 쿠로에는 지극히 태연한 표정으로 말을 이었다.

"걱정하지 마시길. 아까 설명드린 대로, 저분들은 실제로 이 자리에 계셨던 게 아닙니다. 문제가 발생한 건 사실이기에 말려달라 요청드렸습니다만, 설령 상해 사건이 벌어지더라도 죽지는 않죠."

그렇다. 방금 무시키의 눈앞에 펼쳐진 광경은 마술을 이용한 투영체였다.

즉, 마술사 스타일의 화상 회의다. 이 방에는 액세스한 이의 미력에 맞춰 경치가 변하는 술식이 펼쳐져 있다고 한다.

"하지만, 의식의 일부를 이쪽과 연결한다고 하지 않았어? 강한 자극을 받으면 몸에 피드백된다고도 했잖아."

"죽지는, 않습니다."

"……그렇구나."

쿠로에가 딱 잘라 그렇게 말하자, 무시키는 진땀을 흘렸다.

하지만 쿠로에에게 있어서는 진짜로 별일이 아닌 것 같았다. 그녀는 화제를 바꾸려는 듯이 「자」 하며 말을 이었다.

"쓸 수 있는 수가 한정되어 있기는 하지만, 방침은 정해졌습니다. 지금은 저희가 할 수 있는 일을 하도록 하죠."

"할 수 있는 일인가—."

"네. 우선 마술 수련입니다. —사이카 님의 술식을 펼치기 위해서도, 무시키 씨 본인의 마술을 다루기 위해서도, 레벨업이 급선무죠. 설령 토키시마 쿠라라를 발견하더라도, 제대로 싸울 수 없어선 의미가 없습니다."

그렇게 말한 쿠로에는 시계를 쳐다봤다.

"다행히 회의가 일찌감치 끝난 덕분에, 시간적으로 다소 여유가 생겼습니다. 지금 바로 간다면 1교시 수업을 들을 수 있을지도 모르겠군요. 서둘러 준비에 착수하죠."

"준비?"

"왜 어리둥절한 표정을 지으시는 거죠? 몇 번이나 했지 않습니까."

쿠로에는 도끼눈을 뜨며 그렇게 말하더니, 그대로 무시키의 목에 팔을 두르면서 귓가에 입술을 가져갔다.

"—아니면, 내가 리드해주기를 바라는 거려나?"

"……윽!"

그리고 쿠로에는 요염한 어조로 무시키의 귀를 간지럽히듯 그렇게 속삭였다. 갑작스러운 일이었기에, 무시키는 무심코 숨을 삼키고 말았다.

방금까지 어엿한 종자처럼 행동하던 그녀와는 완전히 딴판이었다. 자신을 놀리는 듯한 그 모습은 무시키가 연기하는 사이카를 연상케 했다.

하지만, 그것도 당연했다.

이 쿠로에가 바로 **진짜 쿠오자키 사이카**니까 말이다.

그렇다. 원래 이 세상에는『카라스마 쿠로에』란 인간은 존재하지 않는다. 그녀는 사이카가 만들어낸, 혼을 지니지 못한 실험용 인조인간(호문쿨루스)이다.

지금으로부터 약 한 달 전, 어떤 사건으로 중상을 입고 목숨이 경각에 처한 사이카는 의식이 완전히 소멸되기 전에, 자신의 혼을 쿠로에라는 의해에 이동시켰다.

즉, 이 자리에는『사이카의 몸과 합체한 무시키』와,『쿠로에의 몸에 깃든 사이카』가, 동시에 존재하는 것이다.

그리고 그녀가 말한『준비』란, 무시키의 몸을 원래 상태로 되돌리는 것을 뜻한다.

무시키의 몸은 현재, 항상 마력을 뿜고 있는 상태다. 그 양이 급격히 늘어나면, 몸이 그것을 억누르기 위해 마력량이 적은 세이프 모드— 즉, 무시키의 몸으로 존재변환되는 것이다.

그리고 그 방법이 바로 『이것』이다.

마력과 정신은 밀접하게 연관되어 있다.

그러니 극도의 흥분 상태에 빠지면, 마력의 방출량이 늘어나는 것이다.

"후후, 나쁜 아이네. 아무래도 벌을 줘야겠는걸—."

"아, 아아……. 그, 그건……."

무시키와 쿠로에가, 볼을 붉힌 채 그러고 있을 때였다.

"저기, 죄송해요. 질문을 하나 드리는 걸 깜빡했어요. 보고서에 적혀 있던 『쿠가 무시키』란 학생에 관한 건데……."

갑자기 이 방에 노이즈가 발생하더니, 아까 이 자리에서 벗어났던 〈누각〉 대표 대행— 시온지 린도가, 머뭇머뭇 모습을 보였다.

"앗."

"엇."

"……우왓?!"

그리고 무시키와 쿠로에의 모습을 본 건지, 순식간에 얼굴이 새빨개졌다.

"어— 아, 저기, 죄, 죄송해요! 시, 실례했습니다아아아아아아앗!"

린도는 허둥지둥 손을 내젓더니, 그대로 부리나케 모습을 감췄다.

"……."

"……."

방에 남겨진 무시키와 쿠로에는 잠시 얼이 나가 있었지만—.

"앗……."

이윽고 무시키의 몸이 옅은 빛에 휩싸이더니, 중성적인 외모를 지닌 남자 고등학생으로 변모했다. —쿠가 무시키 본래의 모습으로 말이다.

존재변환이 몇 초만 빨랐으면, 린도가 그 순간을 목격했을지도 모른다. 그야말로 간발의 차이였다.

쿠로에는 눈을 가늘게 뜨며 그런 무시키의 모습을 보더니, 미심쩍은 듯한 어조로 말했다.

"……혹시, 남이 보는 데서 하는 걸 더 좋아하는 거려나?"

"오해예요!"

무시키는, 반사적으로 고함을 질렀다.

도쿄도 오죠시에 존재하는 마술사 양성 기관 〈공극의 정원〉은 크게 다섯 개의 구역으로 나뉘어 있다.

연구 시설 등이 다수 존재하는 동부 에어리어.

실습 시설이 밀집된 서부 에어리어.

기숙사와 상업 시설이 존재하는 남부 에어리어.

사이카의 저택과 개인 시설이 모여 있는 북부 에어리어.
그리고, 중앙 학사가 존재하는 중앙 에어리어다.
북부 에어리어에 위치한 특별회의동을 나선 무시키와 쿠로에는 포장도로를 따라서 중앙 에어리어로 향했다.
중앙 에어리어에 다가갈수록 길의 폭이 넓어지더니, 울창한 나무들과 다양한 건조물이 보이기 시작했다. 평소에는 남부 에어리어의 학생 기숙사에서 중앙 학사로 향하기에, 지금 보이는 경치가 신선하게 느껴졌다.
하지만— 이 경치가 익숙하지 않은 이유는 그것만이 아니었다.
"……역시, 아직 다 복구되지 않았네요."
본래의 쿠가 무시키로 돌아온 무시키는 포장도로를 걸으면서 그렇게 중얼거렸다.
앞에 보이는 길과 시설 일부가 파괴되어 있었으며, 여러 명의 작업원이 복구 작업을 하고 있었다.
아마 일전의 사건 때 파괴된 곳이리라.
"그런 듯 합니다."
무시키의 말에, 옆에서 걷고 있는 쿠로에가 대답했다.
그 말투와 분위기는 평소의 쿨한 종자로 완전히 되돌아가 있었다. 무시키로서는 좀 더 자연스럽게 이야기를 나누고 싶었지만, 만에 하나라도 정체가 들통나면 안 되기에 그녀는 항상 카라스마 쿠로에를 연기하고 있는 것이다.

“교류전에서 시설이 손상되는 일은 흔하지만, 이번에는 규모가 컸던 만큼 시간이 걸리는 것 같습니다. —『시르벨』이 있다면, 좀 더 효율적으로 작업을 진행할 수 있을 텐데 말이죠.”

“아—.”

무시키는 그 이름을 듣고 작게 숨을 내쉬었다.

시르벨. 〈정원〉의 시큐리티 제어 및 데이터 관리를 전부 맡고 있던 인공지능이다.

하지만 일전의 사건이 벌어진 후, 〈누각〉의 학생들과 마찬가지로 쿠라라에게 당한 탓에 적으로 돌아서고 말았다. 즉, 〈정원〉의 시설 자체가 송곳니를 드러낸 것이다. 이제 와서 용케 살아남았단 생각이 든 무시키는 등골이 오싹해졌다.

인공지능이니 복구가 가능하리라고 생각했지만…… 적어도 사건이 터지고 며칠이 지난 지금까지는 모습을 보이지 않았다.

“아직 복구되지 않은 걸까요. 좀 쓸쓸하네요—.”

바로 그때, 무시키는 눈을 동그랗게 떴다.

길 맞은편에서 낯익은 이가 걷고 있었다.

“……? 무시키 씨, 왜 그러시죠?”

“아니, 저건…….”

무시키는 얼이 나간 표정으로 그 사람을 손가락으로 가

리켰다.

그 인물은 열여덟 살 정도로 보이는 아름다운 소녀였다. 지면에 닿을락 말락 할 만큼 긴 은발을 지닌 그녀는 옷을 찢고 튀어나올 것만 같은 커다란 가슴을 흔들면서 차분한 걸음걸이로 이쪽을 향해 걸어오고 있었다.

틀림없다. 〈정원〉 관리 AI 시르벨이 인간과의 커뮤니케이션에 이용하는 입체 영상이다.

"……, ……, ……."

시르벨은 무시키 일행을 못 본 건지, 작은 목소리로 중얼중얼하면서 곧장 걸어갔다.

입체 영상이니 부딪칠 일은 없겠지만—.

"어?"

다음 순간, 무시키는 무심코 그런 소리를 냈다.

이유는 단순했다. 앞쪽을 향해 뻗고 있던 손가락이, 시르벨의 가슴에 말캉하며 파고든 것이다.

"……읏?!"

다음 순간, 시르벨은 몸을 부르르 떨었다. 가슴을 통해, 무시키의 손가락에 희미한 진동이 전해졌다.

"……어, 어어어어."

이어서 모깃소리 같은 목소리가 들려오자, 무시키는 미심쩍은 듯이 미간을 찌푸렸다.

"실체가 있어……? 아니, 말도 안 돼. 대체 뭐가 어떻게—."

"무시키 씨. 우선 손을 치우십시오."

"앗."

쿠로에의 말을 듣고서야 거기에 생각이 미친 무시키는 시르벨의 가슴에 닿아 있는 손을 허둥지둥 치웠다.

"미, 미안해요."

무시키가 그렇게 말하자, 시르벨은 귀를 기울여야 겨우 들릴 듯한 목소리로 대답했다.

"……아, 아니……. 괜찮아…… 히익……, 좀 놀랐을 뿐이니까…… 오히려, 나야말로, 별 볼 일 없는 걸 만지게 해서 미안해……. 딴생각을 하느라……."

그렇게 말한 그녀는 이마에 진땀이 맺힌 채 억지로 미소를 지었다.

한순간, 무시키의 무례한 행동 탓에 화가 난 거라고 생각했지만…… 아무래도 그렇지 않은 것 같았다. 굳이 따지자면, 미소에 익숙하지 않다는 편이 정답 같았다.

무시키는 그제야 눈치챘다. 지금 눈앞에 있는 인물이 무시키가 아는 시르벨이 아니라는 것을 말이다.

아니, 얼굴과 몸집은 시르벨과 똑같다. 하지만 걸친 옷과 표정, 그리고 분위기가 너무나도 달랐다.

AI 시르벨은 흰색 로브를 걸치고, 항상 단아한 미소를 머금은 성녀 같은 누님(자칭)이었다.

하지만 지금 무시키의 눈앞에 있는 소녀는 외모만 보자

면 시르벨과 똑같지만, 걸친 옷은 극단적일 만큼 노출도 낮았으며, 그 대신 프릴이 잔뜩 달린 고딕 롤리타 스타일의 드레스였다. 심한 새우등에 앞 머리카락이 길고, 각도에 따라서는 얼굴의 절반 이상이 가려졌다. 또한 시력도 좋지 않은 건지, 테가 얇은 안경을 쓰고 있었다. 양산 또한 쓰고 있었으며, 햇빛을 싫어하는 건지 어깨를 움츠리고 있었다.

시르벨이 빛이라면, 그녀는 어둠. 그야말로 정반대라고 해도 과언이 아닌 분위기를 두르고 있었다.

무시키가 혼란에 빠져 있을 때, 쿠로에는 설명을 하듯 입을 열었다.

"—무시키 씨. 닮기는 했지만, 그녀는 관리 AI인 시르벨이 아닙니다."

"아…… 네. 그런 것 같네요. 하지만, 그렇다면—."

무시키가 소녀를 쳐다보며 그렇게 말하자, 그 의도를 눈치챈 쿠로에가 말을 이었다.

"—그녀는 기사 힐데가르드 시르벨. 관리 AI 시르벨의 창조주이자, 〈정원〉 기술부장. 그리고 〈기사단〉의 일원입니다."

"아! 시르벨의 창조주……?! 게다가 기사라니—."

무시키가 눈을 동그랗게 뜨며 그렇게 말하자, 힐데가르드는 흠칫하며 어깨를 부르르 떨었다.

하지만, 잠시 후…….

"히힛, 우히히……."

뭔가를 얼버무리듯 어색한 웃음을 흘렸다.

역시 남 앞에서 웃는 것에 익숙하지 않은 느낌이 역력했다.

"……저기, 쿠로에. 이 사람이 진짜로 기사인가요?"

무시키는 힐데가르드에게 들리지 않도록 쿠로에에게 작은 목소리로 물었다.

—〈기사단〉이란 사이카의 직속 특무 부대다. 〈정원〉 최강의 마술사 집단인 것이다.

이렇게 말하면 실례일지도 모르지만, 무시키가 아는 〈기사단〉의 멤버와는 방향성이 너무 다른 듯한 느낌이 들었다.

그러자 쿠로에는 무시키의 뜻을 눈치챈 것처럼 대답했다.

"—〈기사단〉에 들어오는 데 필요한 것은 마술사 등급과 실적, 그리고 사이카 님의 느낌입니다. 실전 능력만으로 뽑는 건 아니죠. —게다가 〈정원〉의 시큐리티를 홀로 담당하는 AI의 개발자란 의미에서 본다면, 〈기사단〉 안에서 가장 활발하게 학생들을 지키고 있다 할 수 있을 겁니다."

"그렇군요—."

무시키는 자신의 짧은 생각을 부끄러워하면서, 동시에 사이카의 혜안에 탄복했다. 그리고 절로 치밀어 오르는 눈물을 참듯, 눈을 살짝 내리깔았다.

"으, 으음…… 왜 그래……?"

그런 무시키를 의아하게 여긴 건지, 힐데가르드가 고개를 갸웃거렸다.

"아, 아무것도 아니에요."

본인 앞에서 어떻게 된 건지 말할 수는 없다고 생각한 무시키는 얼버무리듯, 전부터 신경 쓰였던 점에 대해 물어봤다.

"저기, 그러고 보니 시르벨은 왜 『언니 누나』란 호칭에 집착하는 건가요?"

그것은 말을 돌리기 위한 질문이지만, 전부터 궁금했던 점이기도 했다.

그도 그럴 것이 AI 시르벨은 『언니 누나』라 불리는 것을 지나칠 정도로 열망했으며, 학생뿐만 아니라 교사에게도 자신을 『언니 누나』라 부르게 했다. 참고로 그렇게 부르지 않으면 질문에도 답해주지 않았으며, 때로는 삐치기도 했다. 관리 AI로서 좀 문제가 있었다.

"……!"

무시키가 그렇게 묻자, 힐데가르드는 온몸을 크게 떨었다.

"모, 몰라……."

"어, 하지만, 당신이 만든 건데…… 생김새도 똑같고요……."

무시키가 그렇게 말하자, 힐데가르드는 「윽……」 하며 얼굴을 일그러뜨렸다.

"그래도 몰라……. 자기 학습 프로그램을 넣었더니, 어느새 그렇게…… 인류 전체의 언니 누나가 뭐야……? 하나도 모르겠어……. 게다가…… 커뮤니케이션용으로 입체 영상을 만든 건 좋은데, 왜 모델이 나인 건데……? 부끄러우니까 그만 좀 했으면 좋겠어……."

"무시키 씨."

힐데가르드의 눈가에 눈물이 맺히자, 쿠로에가 입을 열었다.

"그녀를 너무 곤란하게 만들지 마십시오. 능력은 뛰어나시지만, 매우 섬세한 분입니다."

"아…… 미, 미안해요……."

무시키가 사과하자, 힐데가르드는 전혀 괜찮아 보이지 않는데「괘, 괜찮아……」하고 대답했다.

쿠로에는 화제를 바꾸려는 듯이 헛기침을 했다.

"—그런데 기사 힐데가르드가 이렇게 이른 아침에 외출하다니, 참 특이한 일도 다 있군요."

"……어, 으음, 저기, 시르벨의…… 복구를 위해……."

쿠로에의 말에, 힐데가르드가 더듬더듬 답했다. 뒷부분은 잘 들리지 않았지만, 아무래도 시르벨의 복구를 위해 어딘가로 향하는 도중이란 것만은 알 수 있었다.

"역시, 시간이 좀 더 걸리는 겁니까?"

"아…… 으, 응……."

쿠로에가 그렇게 묻자, 힐데가르드는 고개를 살짝 끄덕이며 대답했다.

"……〈우로보로스〉였지? ……신화급 멸망인자 말이야. ……시르벨의 중추에는 생체 부품이 몇 개 쓰였는데…… 그 부분이 〈우로보로스〉의 힘으로 불사신화된 것 같아. 완전히 원래대로 되돌리는 건…… 거의 불가능……. 외부 백업을 베이스로 재구축할 수밖에…… 그사이의 시큐리티는 종래의 AI와 인력으로……."

힐데가르드는 설명을 쏟아냈다.

목소리가 작은 데다 말이 빨라서 잘 알아들을 수 없지만, 시르벨의 복구에는 아직 시간이 걸린다는 건 알 수 있었다. 그리고 복구가 되더라도, 무시키가 아는 시르벨과 완전히 동일한 존재는 아니리란 것도 말이다.

"그런……가요."

무시키가 가라앉은 목소리로 그렇게 말하자, 힐데가르드의 어깨가 희미하게 흔들렸다.

"왜, 왜 그래……?"

"아……. 이제 그 시르벨과 이야기를 못 나눈다고 생각하니, 좀 쓸쓸해서요. 짧은 기간이었지만, 여러모로 신세를 지기도 했고……."

"……."

무시키가 그렇게 말하자, 힐데가르드는 한순간 놀란 것

처럼 눈을 동그랗게 떴다.

바로— 그때였다. 짜기라도 한 타이밍에, 중앙 학사 쪽에서 종소리가 들려왔다. 생각보다 오랫동안 이야기를 나눈 것 같았다.

"아, 벌써 시간이 이렇게 흘렀군요. 기사 힐데가르드, 저희는 수업을 들어야 하니 먼저 실례하겠습니다. —서두르시죠, 무시키 씨."

"아— 네. 그럼 실례할게요. 아까 부딪쳐서 미안해요."

"어…… 아…… 응……."

무시키와 쿠로에가 이동하려 한 순간, 힐데가르드가 불러세우려는 듯이 말을 건넸다.

"자, 잠깐만 기다려……."

"……어? 네. 무슨 일이죠?"

무시키가 멈춰서자, 힐데가르드가 더듬더듬 말했다.

"으음…… 일부가 생체 부품으로 되어 있기는 하지만…… 시르벨은 어디까지나 AI니까…… 구조가 인간과는 근본적으로 다르달까…… 외부 백업이라고는 해도, 기억 영역이 여러 개 존재할 뿐이니까……."

"네?"

무시키는 힐데가르드가 무슨 말을 하는 건지 알 수 없어서 고개를 갸웃거렸다. 그러자 그녀는「으, 으으……」하며 입을 다물고 말았다.

그런 그녀를 대신하듯, 쿠로에가 보충 설명을 해줬다.

"—즉, 완전히 원래대로 되돌리는 건 어렵다고 말했지만 복구된 시르벨이 완전히 별개의 인물인 건 아니니 안심해, 라는 말일 겁니다."

"……으, 응."

쿠로에가 그렇게 말하자, 힐데가르드는 고개를 끄덕였다.

"이, 이상한 AI이기는 하지만…… 역시, 내 귀여운 자식이니까……. 사이좋게 지내줘서, 고마워……."

"아뇨. 나야말로 고마워요."

"아…… 으음…… 우히히……."

무시키가 고맙다고 말하자, 힐데가르드는 여전히 어색하면서도 약간 기쁜 듯한 미소를 지었다.

마술사 양성 기관이라고는 해도 교사와 학생이 존재하며, 지식 전달을 위한 수업의 형태는 『밖』의 학교와 크게 다르지 않다.

그리고 그것은 시간표 또한 예외는 아니다. 조례로 시작해서 1교시부터 4교시까지가 오전에 치러지며, 점심 식사 시간을 가진 후에 5교시와 6교시 수업이 치러진다.

즉, 무슨 말이 하고 싶은 것이냐면—.

수업 시작을 알리는 종소리를 학원 건물 밖에서 들은 무시키와 쿠로에는 완전히 지각하고 말았다는 것이다.

"아, 쿠가, 카라스마 양. 좋은 아침."

무시키와 쿠로에가 교실에 들어가자, 그걸 눈치챈 여학생이 그렇게 말했다. 푹신푹신한 머리카락을 예쁘게 땋고, 상냥한 인상을 지닌 그녀는 클래스메이트인 나게카와 히즈미다.

"좋은 아침이야, 나게카와 양."

"좋은 아침입니다."

손을 살짝 들어 보이며 인사를 건넸다.

보아하니, 지금 교실 안에는 학생뿐이었다. 다들 친구와 이야기를 나누거나, 수업 준비를 하고 있었다. 아무래도 조례와 1교시 수업 사이에 도착한 것 같았다. 출결 확인에 늦은 건 유감이지만, 수업 중에 교실에 들어오는 사태가 벌어지지 않은 건 다행일지도 모른다.

"—두 사람 다, 늦었네."

바로 그때, 히즈미와는 대조적인 약간 험악한 목소리가 들려왔다. 그 목소리의 주인은 긴 머리카락을 두 갈래로 나눠 묶은, 드세어 보이는 인상의 소녀였다.

후야죠 루리. 아오와의 회의에서도 언급된, 무시키의 여동생이다.

"팔자가 참 늘어졌네. 마술사로서의 자각이 조금 부족한 것 아냐? —뭐, 애초에 나는 무시키가 마술사라는 걸 인정 못 하거든?!"

루리는 허둥지둥 덧붙이듯 그렇게 말했다. 무시키가 이 〈정원〉에 편입하고 한 달 이상 흘렀지만, 루리는 여전히 무시키가 마술사를 관두게 하려 했다.

그걸 언급했다간 이야기가 또 꼬일 것이다. 그래서 무시키는 쓴웃음을 머금으며 의도적으로 그 화제를 피해 대답했다.

"응. 미안해, 루리. 볼일이 좀 있었어."

"볼일? 그게 뭔데?"

"으음…… 뭐, 별거 아냐."

사이카가 되어서 학원장 회의에 출석했다는 소리를 할 수는 없었다. 그래서 쿠로에를 힐끔 쳐다보며 이야기를 얼버무렸다.

그러자 루리는 무시키의 그런 태도가 의아하게 여기는 듯한 표정을 짓더니— 이윽고 뭔가를 눈치챈 것처럼 어깨를 부르르 떨었다.

"그, 그러고 보니 왜 쿠로에와 함께 등교한 거야?! 대체 둘이서 뭘 한 건데?!"

그리고 볼을 붉히며 손가락을 쑥 내밀었다.

루리가 예상 밖의 착각을 하자, 무시키는 눈을 치켜떴다.

"아, 아아, 아무 짓도 안 했어!"

"……진짜야?"

"진짜라고!"

"……등 뒤에서 포옹하며 귓가에 입을 대고 요염한 목소리로 속삭이진 않았어?"

"……안 했어."

루리가 아까 전의 광경을 본 것처럼 정확하게 지적하자, 무시키는 무심코 고개를 돌렸다.

루리의 반응을 보면 명백한 우연 같지만…… 정말 감이 너무 좋은 애다.

"왜 더듬더듬 말하는 건데?! 그것보다 나를 쳐다보란 말이야!"

"아, 아니…… 진짜로 그런 짓 안 했거든?! 쿠로에, 내 말 맞죠?!"

루리가 어깨를 잡고 흔들어대자, 무시키는 도움을 청하듯 다시 쿠로에를 쳐다봤다.

그러자 쿠로에는 평소 절대 하지 않을 듯한 귀여운 몸짓을 선보이더니, 부끄러운 듯이 시선을 돌렸다.

"네……, 라고 대답하면 되는 거죠? 무시키 씨."

"무우우우우시이이이이이키이이이이이—?!"

"어…… 어엇?!"

쿠로에가 그런 반응을 보이자, 루리의 눈에 위험한 빛이 어렸다.

—그렇다. 사이카는 평소에 냉정하고 침착하며 쿨한 메이드를 연기하고 있지만, 한편으로 이런 장난을 좋아했다. 귀엽다.

하지만 현재 무시키에게는 그런 귀여운 면을 즐길 여유가 없었다. 한층 더 기세가 오른 루리가 더욱 정열적으로 말을 쏟아낸 것이다.

"어떻게 된 거야, 무시키! 대체 아침부터 뭘 한 건데?! —어?! 혹시 어젯밤부터 계속한 거야?! 둘 다 수면 부족으로 지각한 거구나?! 우에에에에에에에엥! 오라버니는 바보오오오오오오! 크면 나와 결혼해준다고 했으면서어어어어어엇!"

"지, 진정해, 루리……! 그리고 마지막 발언, 입에 담아도 괜찮은 거야?!"

"……뭐?"

히즈미가 그렇게 말한 순간, 루리가 움직임을 멈췄다.

그리고 자기 발언을 되새기듯 시선을 이리저리 돌리더니, 이윽고 얼굴을 새빨갛게 붉혔다.

"……무시키, 방금 한 말 들었어?"

"뭐? 결혼 말이야? 아, 응. 어릴 때는 그런 약속을 아무렇지 않게 하잖아—."

"으—, 으갸아아아아아앗!"

못 들은 척을 하는 편이 나았을지도 모르지만, 느닷없이 질문을 받은 바람에 바보처럼 솔직하게 대답하고 말았다.

루리는 얼굴을 더 붉히더니, 무시키의 손을 잡고 발을 꼬면서 특이한 관절기를 걸었다.

"……?! ……?!"

자기 몸이 어떻게 된 건지 모르는 상태에서, 온몸이 으스러지는 듯한 고통이 밀려왔다. 정신이 반쯤 나간 상태에서, 목에서 새어 나온 가녀린 비명이 들려왔다.

"안 됩니다, 기사 후야죠. 냉정을 되찾으십시오."

"그, 그래. 쿠가를 놔줘—."

"그 기술은 목에 팔을 둘러야 제대로 들어갑니다."

"카라스마 양?!"

쿠로에의 말을 들은 히즈미가 새된 목소리로 그렇게 외쳤다.

하지만 좀 과하다고 생각한 건지, 루리의 반응에 만족한 건지, 쿠로에는 작게 한숨을 내쉬면서 무시키를 대신해 그녀의 어깨를 가볍게 두드리며 항복 의사를 밝혔다.

"농담입니다. 무시키 씨와는 우연히 등교 도중에 만났을 뿐이죠."

"저, 정말이야……?"

지금 무시키에게 관절기를 건 직접적인 원인은 루리의 결혼 발언이지만, 그래도 그 말은 그녀의 기세를 잦아들게 하는 효과를 지닌 것 같았다.

루리의 손발에서 힘이 빠지자, 무시키는 겨우 해방됐다. 무시키는 힘없이 바닥에 쓰러지더니, 몇 초 후에 비틀거리며 몸을 일으켰다.

"괘, 괜찮아? 쿠가……."

"어, 어찌어찌……."

히즈미의 말에 답하듯이 무시키가 그렇게 말하자, 그제야 진정한 듯한 루리가 거북한 표정으로 손을 내밀었다.

"……미안해. 좀 흐트러진 모습을 보였네."

"이게 좀이냐……."

무시키는 쓴웃음을 지으면서도 그 손을 잡고 몸을 일으켰다. 〈정원〉의 마술사로서 계속 싸워온 루리의 손에서는 소녀 특유의 가녀림과 전사의 강인함이 동거하는 듯한 불가사의한 감촉이 느껴졌다.

바로 그때—.

"……어?"

무시키는 갑자기 눈을 동그랗게 떴다.

이유는 단순했다. 교실의 창문 틈새로 낯선 무언가가 들어왔기 때문이다.

불꽃처럼 일렁이는 날개를 지닌 파란색의 자그마한 새—아니, 새 모양을 한 불꽃이라는 말이 옳을까. 부리에 해당하는 부분에 편지 같은 것을 문 채, 허공에서 둥실거리고 있었다.

"저건—."

무시키의 시선과 목소리로, 다른 이들도 그 조그마한 방문자를 눈치챈 것 같았다. 다들 일제히 그것을 쳐다보면서 여러 반응을 보였다.

"사역마……? 웬일이지—."

루리가 미간을 살짝 찌푸리며 그렇게 말한 순간, 그 새는 입에 물고 있던 편지를 루리의 손 언저리에 떨어뜨렸다.

그러더니 자기 할 일을 다 했다는 듯이, 공기에 녹아들 듯 사라졌다.

"편지…… 나한테 온 거야?"

루리가 편지를 쥐고 의아하다는 듯이 꼼꼼히 쳐다봤다. 봉투의 겉면에는『후야죠 루리 님』이라고 적혀 있었다.

이런 광경을 처음 본 무시키는 약간 흥분한 어조로 말했다.

"우와. 마술사는 이런 식으로 편지를 주고받는구나."

"아니, 그러지 않아."

"뭐?"

루리가 딱 잘라 그렇게 말하자, 무시키는 어리둥절하다는 듯이 눈을 동그랗게 떴다.

"옛날에는 그랬을지도 모르지만, 최근에는 마술사 전용 애플리케이션이나 전자 메일을 이용하는 게 일반적이야. 그편이 빠르고 확실한 데다 간단하거든. 겨우 수백 자 정도의 정보를 전달하려고 일부러 마력을 쓰는 건 비효율적이잖아?"

"그건…… 그래."

그러고 보니, 사이카도 예전에 비슷한 말을 했었다. 전통파 마술사 중에는 아날로그를 선호하는 자도 많다는 말도 함께 말이다.

"뭐, 이점이 전혀 없는 건 아냐. 조그마한 부적 같은 거라면 실물을 전달할 수도 있고, 서버에 이력도 남지 않거든. 그 외에는— 뭐, 방금 무시키가 보인 반응 같은 걸까?"

"내 반응?"

"사역마가 편지를 가져온 걸 보고 『대단해!』 하고 생각했지? 바로 그거야. 겉보기에 멋져 보이는 거지."

"겉보기…… 그게 다야?"

"마술에 있어서 『멋짐』은 꽤 중요해. 마력과 정신은 밀접하게 연관되어 있거든. 무시키도 괴상한 마법보단 멋진 마법이 보면 의욕이 상승하잖아? 그런 기분의 상승과 하락이 출력에 적지 않게 영향을 미쳐. 자기는 이런 엄청난 마술을 쓸 수 있다, 란 자각은 자신감으로 이어지거든. 그래서 중요한 전달 사항이나 격식을 중시하는 행사를 알릴 때는 아직 쓰이기도 해."

"그렇구나……."

무시키는 납득한 것처럼 고개를 끄덕였다.

"설명해줘서 고마워, 루리. 도움이 됐어."

"흐, 흥. 딱히 설명해주려던 건— 어."

그제야 루리는 뭔가를 눈치챈 것처럼 어깨를 부르르 떨었다.

"뭘 배우는 거야! 멋대로 도움받지 말아 줄래?!"

"루리, 그건 너무 억지 아닐까……."

히즈미는 식은땀을 흘리며 쓴웃음을 머금더니, 루리가 쥐고 있는 편지를 쳐다봤다.

"그것보다, 무슨 편지일까?"

"으음…… 아, 맞다. 대체 뭘까? 아까 그 사역마로 볼 때, 본가에서 보낸 것 같은데……."

루리는 그렇게 말하면서 봉투를 뜯더니, 안에 들어있는 편지지를 꺼냈다.

그리고, 그 종이를 쳐다보더니—.

"이, 이, 이……."

양손을 부들부들 떨며, 절규를 토했다.

"이이이이이이게 뭐야아아아아아아아아아—!!"

"루, 루리……?!"

"왜 그러는 거야……?!"

갑작스러운 사태를 본 다른 이들이 깜짝 놀란 가운데, 루리는 뭐가 뭔지 모르겠다는 듯이 편지를 근처 책상을 향해 집어 던졌다.

"왜 그러기는…… 영문을 몰라서야! 대뜸 이게 무슨 소리인데……!"

그렇게 말한 루리는 다른 이들에게도 보라는 듯이 그 편지지를 손가락으로 가리켰다.

그에 따라 무시키와 다른 이들은 그 편지를 쳐다봤다.

"이, 이건……?!"

"어— 어어……?!"

"……흠."

그리고 루리와 마찬가지로 당황하거나, 미간을 찌푸렸다.

하지만, 그것도 무리는 아니었다. 느닷없이 이런 글을 본다면, 다들 비슷한 반응을 보일 것이다.

—편지에는, 멋진 글씨체로 이렇게 적혀 있었다.

『후야죠 루리 님

네 혼인이 결정됐단다. 진심으로 축복하마.

혼례 의식을 치를 터이니, 즉시 후야죠 본가로 돌아오도록.

후야죠 아오』

제2장 마녀는 향한다 해신의 성이 있는 바다 깊은 곳으로

"무시키 씨."

"……."

"무시키 씨."

"……."

"앗, 저기에 웬일로 기모노를 걸치신 사이카 님이……."

"네?! 어, 어디예요?!"

갑자기 고막에 스며든 정보에, 무시키는 고개를 치켜들었다.

하지만 눈에 들어온 것은 기모노 차림의 사이카가 아니라, 도끼눈을 뜬 쿠로에였다.

하지만 그것도 당연했다. 지금 사이카의 몸은 무시키와 융합한 상태다. 무시키가 이 자리에 있는 한, 사이카가 존재할 리가 없다.

"귀가 막힌 건 아닌가 보군요. 아까부터 몇 번이나 불렀는데 말이죠."

쿠로에는 불만을 드러내듯 입술을 삐죽 내밀었다. 그러자 무시키는 송구하다는 듯이 고개를 숙였다.

"……미안해요. 머릿속이 좀 멍해서요……."

"그런 사람이 사이카 님이란 말에는 바로 반응하는군요."

"아무리 머릿속이 멍해도, 근처에서 대폭발이 일어난다면 눈치채는 게 당연하지 않나요?"

"폭발물 취급인가요."

쿠로에는 어처구니없다는 투로 그렇게 말했다.

—하지만 그 표현은 틀리지 않았다. 기모노 차림의 사이카…… 그 파괴력은 TNT 폭약으로 환산하면 2.5킬로톤. 어마어마한 위험도 탓에 국제 조약으로 착용이 제한될 정도다.

"또 어처구니없는 생각을 하고 있는 거죠?"

"에이, 설마요."

쿠로에가 그렇게 말하자, 무시키는 주저 없이 고개를 저었다. —확실히 이런저런 생각을 하긴 했지만, 결코 변변치 않은 생각은 아니다. 절대로 말이다.

무시키와 쿠로에는 두 사람이 소속된 〈정원〉 고등부 2학년 1반 교실에 있었다.

지금은 점심시간이라 교실에는 학생이 몇 명 없었다.

"—그런데, 무슨 생각을 하고 계셨죠?"

"기모노 차림의 사이카 씨를 합법화하기 위한 조약기구를—."

"그게 아니라, 그 전에 한 생각을 물은 겁니다."

쿠로에가 무시키의 말을 끊으며 말했다.

무시키는 「아……」 하고 가라앉은 목소리로 말하더니, 다른 자리를 쳐다봤다. ―며칠 동안 주인이 없는 자리를 말이다.

"그게…… 루리 생각을 했어요."

"역시 그랬군요."

무시키의 대답을 들은 쿠로에가 납득한 듯이 고개를 끄덕였다. ……왠지 안도한 듯한 느낌이 감돈다고나 할까, 「가련한 몬스터에게도 아직 인간의 마음이 남아 있었다」 하며 안심하는 듯한 느낌이 들었지만…… 기분 탓일 것이다.

"그 편지를 받고 닷새나 지났잖아요. ……대체 무슨 일이 벌어진 걸까요."

무시키는 불안한 듯이 눈썹을 찌푸리며 말했다.

그렇다. 이 교실의 풍경은 어느새 무시키에게 있어 일상이 됐지만, 딱 하나 평소와 다른 부분이 있었다.

―바로, 루리가 없다는 점이다.

물론 루리는 편지의 요청에 따라, 혼례 의식을 치르기 위해 본가로 향한 게 아니다.

무시키는 닷새 전, 이 장소에서 오갔던 대화를 어렴풋이 떠올렸다.

"―헛소리 말란 말이야!"

루리는 책상 위에 펼쳐둔 편지를 주먹으로 힘차게 내려

쳤다. 그러자 책상의 윗부분이 우직하고 비명을 질렀다.

“혼인이 무슨 소리야! 대뜸 편지를 보내서 한다는 소리가……! 이래서 낡아빠진 가문은 문제라니깐!”

그리고 발끈한 루리는 양손을 부들부들 떨었다.

그 모습을 본 히즈미가 미간을 찌푸렸다.

“그럼…… 역시 루리는 들은 게 없는 거구나?”

“당연하잖아! 애초에 나는 아직 열여섯 살이거든?!”

루리가 그렇게 말하자, 다른 이들은 「아」 하고 신음을 흘렸다. 확실히 그랬다. 현행 제도상으로 루리는 아직 결혼할 수 있는 나이에 도달하지 않았다.

“으음…… 그럼, 어떻게 할 거야?”

“무시할 거야, 무시! 본가가 뭐라고 떠들든 내 알 바 아냐! 내 결혼에까지 참견받을 이유가 없어! 무엇보다, 나는 이미 마음에 정해둔 사람이―.”

“뭐?”

“……아무것도 아냐!”

루리는 얼버무리듯 고함을 지르더니, 편지를 힘껏 구겨서 교실 앞쪽에 있는 쓰레기통을 향해 던졌다.

그때 힘을 너무 준 건지, 쓰레기통에서 튕겨 나왔다. 이마에 혈관이 돋아난 루리는 쓰레기통 쪽으로 걸어가더니, 편지를 다시 집어넣은 후에 돌아왔다. 이런 점까지 참 성실했다.

“—하지만, 정말 괜찮을까요.”

바로 그때, 턱에 손을 댄 쿠로에가 그렇게 말했다.

“뭐가 괜찮겠냐는 거야?”

“일반적으로 생각해 볼 때, 본인의 의사를 확인하지 않고 혼인 관계를 맺을 수는 없습니다. 게다가 루리 양은 결혼할 수 있는 나이가 아니죠. —하지만 상대는 마술의 명문 후야죠가의 당주, 후야죠 아오입니다. 다소 억지를 부리는 것도 가능할 테죠. 내버려 둬도 정말 괜찮겠습니까?”

“…….”

쿠로에의 말이 옳다고 생각한 건지, 루리는 인상을 찌푸리며 식은땀을 흘렸다.

“그, 그건 그래……. 대체 무슨 속셈인지는 모르겠지만, 깔끔하게 처리하는 편이 좋을지도 몰라……. 자기도 모르는 사이에 기혼자가 되어버릴지도 모르잖아. 최악의 경우, 알지도 못하는 남자가 『네 남편이야』 하며 여기로 찾아올 가능성도 있으니까…….”

“그, 그건 무섭네…….”

히즈미는 쓴웃음을 머금으며 그렇게 말했다. 확실히 등골이 오싹해지는 사태이기는 했다.

“하지만, 어떤 식으로 깔끔하게 처리할 거야?”

무시키가 묻자, 루리는 잠시 생각에 잠기는 듯한 시늉을 한 후에 말했다.

"그야— 직접 찾아가서 담판을 짓는 수밖에 없어. 편지로 『싫어요』 하고 보내봤자 이 사태에는 변함이 없을 거잖아. 확 찾아가서 난동이라도 부려야, 내 의사가 똑똑히 전해지지 않겠어?"

그렇게 말한 루리는 무기를 휘두르는 시늉을 했다.

여전히 무투파다운 그 모습에 쓴웃음을 머금으면서도— 무시키의 눈썹이 희미하게 흔들렸다.

"잠깐, 그 말은 본가에 가겠다는 거야?"

"뭐……. 당주님이 있는 곳에 찾아가는 거니까, 그렇게 되네."

"그럼 혼자 가는 건 좀 그렇지 않을까……. 뭣하면 나도 같이—."

"—안 돼."

바로 그때였다.

루리가 방금까지와 전혀 다른 표정을 지으며, 무시키의 말을 끊었다.

"어—?"

냉담하게 느껴질 정도의, 강한 거절이었다. 루리답지 않은 반응이었기에, 무시키는 무심코 눈을 동그랗게 떴다.

그런 무시키의 반응을 보고서야 자기가 어떤 어조로 말했는지 눈치챈 것처럼, 루리는 어깨를 희미하게 떨었다.

"아니. 그게…… 무시키가 있어봤자 아무 도움도 안 된

단 소리야! 후딱 해결하고 금방 돌아올 테니까, 얌전히 기다리고 있어! ……아니, 기다릴 것도 없어! 빨리 마술사를 관두고 〈정원〉에서 나가란 말이야!"

루리는 무시키를 손가락으로 가리키며 그렇게 말한 후, 교실을 나서려다— 뭔가가 생각난 것처럼 우뚝 멈춰섰다.

"아, 맞다. 마녀님께도 말씀을 드려야—."

"""……."""

루리가 그렇게 말하자, 무시키와 쿠로에가 눈짓을 교환했다.

그럴 만도 했다. 사이카의 몸과 의식은, 이미 루리의 눈앞에 있는 것이다.

"저기, 지금은 타이밍이 좋지 않은 것 같아."

"네. 사이카 님께서 다른 볼일이 있다고 말씀하셨습니다."

"뭐, 뭐야. 두 사람, 묘하게 호흡이 척척 맞네……."

루리는 미심쩍은 표정을 지었지만, 곧 마음을 다잡듯 고개를 저었다.

"……뭐, 볼일이 있으시다니 어쩔 수 없네. 마녀님께는 금방 돌아올 테니 걱정하지 말아달라고만 전해줘. 그럼 다녀올게!"

"아, 루리—."

무시키의 목소리를 등 뒤로 들으면서, 루리는 빠른 발걸음으로 교실을 나섰다.

―그로부터 닷새가 흘렀다.

후야죠 본가에 간 루리에게서는, 아무런 연락도 없었다.

물론, 이쪽에서도 연락을 취했다. 하지만 전화도, 메일도, SNS도 전혀 반응이 없었다.

무시키의 스마트폰으로 연락을 해서 무시하고 있는 거라면, 이해가 안 되는 것도 아니다. 루리는 아직 무시키를 마술사로 인정하지 않는 것 같으며, 연락처를 교환한 것도 히즈미와 쿠로에가 권해서 어쩔 수 없이 했으니 말이다(참고로 메시지 애플리케이션의 친구 등록을 한 후로 하루 두 번, 아침저녁에 「마술사 관둬」, 「〈정원〉에서 나가」, 「이는 닦았어?」, 「늦잠 자지 마」라는 메시지가 분노의 이모티콘과 함께 오게 됐다).

하지만 **바로 그** 루리가, 사이카의 메시지에 반응을 보이지 않는 건 명백하게 비정상적인 사태였다.

전파가 닿지 않는 장소에 있는 건지, 스마트폰을 분실한 건지, 아니면 조작할 수 없는 상태인 건지…… 아무튼, 예상치 못한 사태가 벌어진 것이 명백했다. 무시키는 초조한 마음으로 스마트폰 화면을 터치했다.

"쿠가……."

바로 그 타이밍에, 히즈미가 말을 걸어왔다.

그런 그녀의 표정은 농담으로도 밝다고 할 수 없었다. 그녀가 무시키와 같은 생각을 하고 있다는 건 쉬이 짐작할 수 있었다.

"루리한테서는 아무 연락 없어?"

"……응. 너도 마찬가지야?"

무시키가 묻자, 히즈미는 어두운 표정으로 고개를 끄덕였다.

"역시 무슨 일이 있는 걸까. 연락도 안 되다니……."

그리고 히즈미는 고민하듯 잠시 입을 다문 후, 결심을 굳힌 듯이 쿠로에를 돌아봤다.

"저기, 카라스마 양. 마녀님은 오늘 수업에 오실까?"

"아뇨. 사이카 님께서는 오늘 학원을 쉬십니다. ―용건이 있으시다면 제가 전달해 드리겠습니다만……."

쿠로에는 표정을 바꾸지 않으며 그렇게 대답했다. 그러자 히즈미는 머뭇머뭇 입을 열었다.

"……후야죠가의 당주님은 〈방주〉의 학원장님이잖아. 마녀님이 직접 루리에 대해 물어봐 주실 수…… 없나 해서 말이야."

히즈미도 자기가 얼마나 당치도 않은 짓을 하려는 건지 알고 있는 것 같았다. 그녀의 얼굴은 긴장으로 굳어 있었으며, 목소리 또한 희미하게 떨렸다.

하지만, 그것을 이해하고 있으면서도 루리의 안부를 확인하고 싶은 것이리라. 그녀의 불안에 찬 두 눈동자 깊은 곳에는 그런 강한 의지가 담겨 있었다.

그리고 쿠로에는 그런 그녀의 결의를 파악할 기량과, 그것을 받아줄 정도의 관용을 지녔다. 그녀는 작게 한숨을 내쉰 후, 말을 이었다.

"—다른 가문의 일에 참견하는 건 좋지 않겠습니다만, 기사 후야죠는 〈정원〉의 학생입니다. 사이카 님이 자기 제자를 신경 쓰는 건 딱히 이상한 일이 아닐 테죠. 〈방주〉의 학원장에게 연락을 취해봐달라고 말씀드려 보겠습니다."

"……아! 정말이야? 고마워!"

히즈미는 표정이 환해지더니, 쿠로에의 손을 꼭 잡았다.

그 반응이 뜻밖인 건지, 평소 그다지 표정에 변함이 없는 쿠로에가 눈을 동그랗게 떴다. 귀엽다.

"하지만, 너무 기대하지는 말아 주십시오. 마술사에게 있어 『가문』이란 단순한 공동체 이상의 의미를 가지죠. 아무리 사이카 님일지라도—."

바로 그때— 쿠로에가 갑자기 말을 멈췄다.

하지만, 그 이유는 곧 알 수 있었다.

창문의 좁은 틈새를 파고들듯, 새 모양을 한 푸른 불꽃이 교실 안으로 들어온 것이다.

그렇다. 닷새 전, 루리에게 편지를 건네주러 왔던 아오의 사역마다.

"……어! 저건—."

"그때 그……?!"

무시키와 다른 이들이 경악하며 눈을 치켜떴을 때, 하늘에서 둥실둥실 떠 있던 사역마는 부리에 문 봉투를 루리의 책상에 떨어뜨린 후에 안개가 흩어지듯 소멸했다.

그러자 이 자리에는 투박한 봉투만이 남겨졌다.

무시키는 쿠로에, 히즈미와 시선을 교환한 후에 그 편지를 향해 서서히 손을 뻗었다.

이름은 적혀 있지 않지만, 뒷면— 보낸 사람의 이름을 적는 곳에는『후야죠 루리』의 이름이 적혀 있었다.

"루리가……?"

무시키는 미심쩍어하면서 봉투를 뜯었다.

안에는 편지 대신 조그마한 메모리 카드가 들어 있었다.

"이건……."

"확인해 보자. 평범한 단말에 연결해도 괜찮을까……?"

히즈미는 그렇게 말하면서 카드를 휴대 단말에 삽입했다.

그러자 잠시 후, 화면에 영상이 재생됐다.

『—으음, 안녕하세요……라고 하면 될까요. 후야죠 루리예요.』

"루리……?!"

그 영상을 본 무시키는 부심코 그렇게 외쳤다.

하지만 그것도 무리는 아니었다. 그 영상에 나온 건, 살풍경한 방에 놓인 의자에 앉은 루리의 모습이었던 것이다.

하지만, 입고 있는 것은 〈정원〉의 교복이 아니었다. 그리고 사복 또한 아니었다. 흰색을 베이스로 한 세일러복 같은 느낌의 의복을 입고 있었다.

물론 이것은 영상이기에 목소리가 전해질 리가 없다. 루리는 무시키의 리액션에 반응을 보이지 않으며 말을 이었다.

『이것을 보고 있는 사람…… 아마 클래스메이트 중 누구일 텐데, 선생님에게 전해주세요.』

그리고 옅은 미소를 머금은 루리가, 믿기지 않는 말을 했다.

『—저, 후야죠 루리는 이번에 좋은 인연이 닿아, 결혼을 하게 됐습니다. 그러니 〈정원〉을 중도 퇴학하려고 합니다.』

"뭐—."

"어……?"

"……."

그 뜻밖의 말을 들은 무시키와 히즈미는 입을 쩍 벌렸다. 쿠로에는 입을 벌리진 않았지만, 미심쩍은 듯이 눈을 가늘게 떴다.

하지만 보는 이들의 그런 반응과 반대로, 화면 속의 루리는 평온한 어조로 말을 이어갔다.

『필요한 서류는 나중에 보내겠습니다. 〈정원〉에서 보낸 나날은 저에게 그 무엇과도 바꿀 수 없는 양식이 됐습니다. 짧은 시간 동안이지만, 정말 신세 많이 졌습니다. 여러분의 무운이 오랫동안 이어지길 기원합니다—.』

루리는 무미건조하고 판에 박힌 인사를 입에 담으면서 고개를 꾸벅 숙였다.

그러면서, 영상은 끝났다.

"……."

"……."

"……."

무시키와 클래스메이트들은 잠시 얼이 나간 후, 서로를 쳐다보며 시선을 교환했다.

"—명백하게, 이상하군요."

가장 먼저 입을 연 이는 쿠로에였다. 희미하게 미간을 찌푸리면서 미심쩍은 어조로 그렇게 말했다.

무시키와 히즈미도 쿠로에의 말에 동의한다는 듯이 고개를 끄덕였다.

"……네. 아무리 봐도 이상해요."

"응. 여러모로 이상한 구석이 있긴 한데—."

확실히 이 영상에는 이상한 구석이 잔뜩 있었다.

그렇게 결혼을 질색하던 루리가 순순히 그것을 받아들인 것도 이상하고, 갑자기 〈정원〉을 관둔다는 것도 이상한 이야기다. 애초에 비디오 통화가 아니라 영상을 기록 미디어에 담아 아오의 사역마로 보낸 것 자체가 부자연스러웠다.

하지만, 가장 간과할 수 없는 점이 있었다.

"—사이카 씨께 한마디도 안 할 리가 없어요."

"—마녀님에게 한마디도 안 할 리가 없어."

"그 점인가요."

무시키와 히즈미가 동시에 그렇게 말하자, 쿠로에는 어처구니없다는 듯한 눈빛을 머금었다.

"하지만 바로 루리잖아요?"

"다른 사람도 아니고, 루리잖아."

"……."

쿠로에가 한 말에, 무시키와 히즈미가 또 동시에 그렇게 답했다.

그렇다. 이상한 구석이 여러 개 있지만, 그중에서 가장 이상한 것은 바로 그 점이다.

—만에 하나, 어디까지나 만에 하나지만 말이다. 본가에 불평을 하러 간 루리가, 멋대로 정해진 약혼자와 만나서 한눈에 반해버렸다고 치자. 그래서 결혼을 긍정적으로 생각하는 일이 벌어질지도 모른다.

결혼을 하기 위해서는 이제까지의 생활을 일변시킬 수밖에 없을지도 모른다. 특히 후야죠가는 명가다. 까다로운 관습 같은 게 있을지도 모른다. 〈정원〉을 관둔다는 선택지를 골라야만 할지도 모른다.

영상을 기록 미디어에 담아서 보낸 것도, 본가가 전파 상황이 좋지 않은 장소에 있어서일지도 모른다.

하지만.

하지만— 말이다.

다른 모든 가능성에서 눈을 돌리더라도—.

루리가, 사이카 씨 사랑해 클럽 명예 회장(비공식) 후야죠 루리가, 사이카에게 한마디도 남기지 않는다는 건 결코 있을 수 없는 일이다……!

만약 진짜로, 피치 못할 사정으로 〈정원〉을 관둘 수밖에 없게 된다면, 루리는 눈물을 흘리며 그 자초지종을 이야기하고, 사이카에게 한도 끝도 없이 사과하고, 사이카와의 추억에 젖어 들고, 사이카의 기록 영상을 배경 삼아 자작곡을 부르고, 역시 떠나기 싫다며 응석을 부리고, 엉엉 울면서 화면 밖으로 질질 끌려 나가는— 그런 상황이 생길 것이다.

"메모리 카드 한 장에 다 담길 리가 없어."

"응. 틀림없다니깐."

"신뢰감이 엄청나군요."

무시키와 히즈미가 확신에 찬 어조로 그렇게 중얼거리자, 쿠로에는 불쑥 그렇게 말했다.

하지만 논거가 어찌 됐든, 이 영상에 미심쩍은 구석이 있다는 결론은 사실이라고 판단한 듯한 쿠로에는 마음을 다잡듯 헛기침을 한 후에 말을 이었다.

"언뜻 보기에는 루리 양으로 보입니다만, 마술 혹은 현대기술로 이런 영상을 만드는 건 불가능하지 않습니다. 게

다가— 루리 양 본인이 어떤 방식으로 조종당하고 있거나, 세뇌됐을 가능성도 부정할 수 없죠."

"뭐……!"

"말도 안 돼—!"

쿠로에가 그렇게 말하자, 무시키와 히즈미는 미간을 찌푸렸다.

"세뇌라니…… 그렇게까지 한다는 건가요?"

"어디까지나 가능성의 이야기입니다. 하지만 루리 양은 당대의 후야죠 일족 안에서도 아마 으뜸가는 천재일 겁니다. 〈방주〉의 학원장으로서는 그녀를 〈정원〉 소속으로 두는 것 자체가 본의는 아니겠죠. 이 기회에 강경책을 쓸 가능성은 충분히 있습니다."

"……큭, 빨리 구하러 가야 해요. 본가는 대체 어디에 있나요?!"

무시키가 인상을 찡그리며 그렇게 말하자, 쿠로에는 고개를 살며시 저으며 말했다.

"진정하십시오, 무시키 씨. 이건 그렇게 간단한 일이 아닙니다."

"간단한 일이 아니라니— 무슨 문제라도 있나요?"

"후야죠 본가의 저택은 당주인 후야죠 아오가 통치하는 마술사 양성 기관 〈공허의 방주〉 안에 존재합니다. 즉, 후야죠 본가에 가기 위해서는 우선 〈방주〉에 들어가야만 하죠."

"〈방주〉에…… 그게, 왜 문제인 거죠? 지금의 나는 미숙하기는 해도 마술사예요. 다른 학원의 학생이 출입하지 못하는 건 아닐 거잖아요?"

교류전 때는 다수의 〈누각〉 소속 마술사가 〈정원〉에 들어왔다. 쿠라라의 일로 경계가 강화됐다고는 해도, 전면 금지일 리는 없다.

바로 그때, 쿠로에가 말을 이었다.

"진정하고 들어주세요. 〈공허의 방주〉는—. 마술사 양성기관 유일의 **여학원**입니다."

"어……?"

쿠로에가 그렇게 말하자, 무시키는 얼빠진 목소리로 그렇게 말했다.

"교사, 학생, 사무원까지, 전원이 여성으로 구성되어 있습니다. 후야죠가의 부지 안이 어떤지까지는 모릅니다만, 적어도 학원 에어리어에는 남성의 출입이 원칙적으로 금지입니다."

"마, 맙소사……."

무시키가 주먹을 말아 쥐며 그렇게 중얼거리자, 히즈미가 이어서 입을 열었다.

"그럼, 내가—."

"—확실히 히즈미 양이라면 들어갈 수 있을지도 모릅니다. 하지만 외람된 말씀이오나, 히즈미 양이 〈방주〉에 가더라도 할 수 있는 일은 딱히 없을 거라고 생각합니다. 상대는 마술의 명문인 후야죠가인 만큼, 아무것도 못 해보고 쫓겨나기만 하겠죠."

"그, 그건……."

쿠로에가 그렇게 말하자, 히즈미는 말끝을 흐렸다. 아무래도 같은 생각인 것 같았다.

무시키는 울분에 찬 한숨을 내쉰 후, 말아쥔 주먹을 책상에 거칠게 내려놨다.

"그럼 대체 뭘 어떻게 하죠? 루리가 바라지 않는 결혼하게 되는걸, 잠자코 보고 있으란 건가요?"

"……."

무시키가 그렇게 말하자, 쿠로에는 잠시 생각에 잠기듯 입을 다물었다.

하지만, 이윽고 각오를 다진 듯이 말을 이었다.

"아뇨. ―이런 섬세한 안건은 그에 합당한 인물에게 맡길 수밖에 없다는 말입니다."

"합당한 인물―."

무시키가 눈을 동그랗게 뜨며 그렇게 말하자, 쿠로에는 「네」 하며 말을 이었다.

"―출입 신청을 해도 취소당할 리가 없고, 후야죠 학원장과 직접 교섭할 수 있으며 최악의 경우 후야죠가 전체를 적으로 돌릴지라도 힘으로 그들을 돌파할 수 있는 인물입니다."

"그, 그런 인물……."

쿠로에가 그렇게 말하자, 히즈미는 눈썹을 살짝 모았다.

하지만 무시키는 자신과 확신에 사로잡히며 힘차게 고개를 끄덕였다.

"—딱 한 명, 뿐이네요."

『……!』

무시키가 〈정원〉 중앙 관리동 3층에 위치한 엔지니어 룸에 발을 들인 바로 그때였다.

거기서 작업을 하고 있던 기술자들이 일제히 돌아보면서 숨을 삼켰다.

하지만 그것도 무리는 아니었다. 왜냐하면 무시키는 현재—.

"잠시 실례하겠어."

〈정원〉 학원장, 쿠오자키 사이카의 모습을 하고 있는 것이다.

그렇다. 아까 대화를 나눈 후에 쿠로에와 함께 교실을 나선 무시키는 아무도 없는 빈 교실에서 키스를 통한 마력 공급을 받은 후, 사이카의 모습으로 되돌아갔다.

“—아, 괜찮아. 하던 작업을 계속해.”

기술자들이 자리에서 일어나서 인사를 하려 하자, 손을 들어 보이며 말렸다. 다들 당황한 표정을 지었지만, 순순히 작업을 다시 시작했다.

“마, 마녀님. 무슨 일이신지요……?”

하지만 이곳을 찾은 학원장을 내버려 둘 수는 없다고 생각한 건지, 근처에 있던 직원이 약간 긴장한 표정으로 응대했다.

“아, 힐데가 여기 있다고 들었거든.”

“기술부장 말씀이십니까? 가장 안쪽의 자리에—.”

“아, 고마워.”

무시키는 짤막하게 감사 인사를 한 후, 쿠로에를 데리고 이 방의 안쪽으로 걸어갔다.

낯선 기계로 뒤덮인 SF영화 속 같은 공간이다. 하지만 곳곳에 주문이 각인된 고풍스러운 마술 도구, 그리고 기묘한 생물의 포르말린 표본 같은 게 놓여 있어서 잡다한 느낌이 감돌았다. 어느 게 어떤 역할을 맡는지는 모르기에, 함부로 만지지 않으려 조심하며 신중히 걸음을 옮겼다.

이윽고 무시키는 임중하게 파티션으로 구분된 공간에 도착했다.

“……, ……, …….”

그곳에서는 등을 동그랗게 굽힌 자세로 의자에 걸터앉은

힐데가르드가 그녀를 둘러싸듯 배치된 듯한 모니터를 향해 무슨 말을 중얼거리며 작업을 하고 있었다.

"—힐데."

"……히익?!"

무시키가 어깨를 두드리며 이름을 부르자, 힐데가르드는 그제야 손님이 찾아왔다는 것을 눈치챈 것처럼 새된 비명을 질렀다.

"아……."

손을 감싸는 듯한 형태의 특수한 콘솔에서 손가락을 뺀 힐데가르드는 안경을 고쳐 쓰면서 무시키의 얼굴을 올려다봤다.

약간 겁먹은 듯한 표정을 짓고 있던 힐데가르드는 무시키 — 정확히는 사이카 — 의 얼굴을 보자 약간 안도한 듯한 반응을 보였다.

"무, 무슨 일이야…… 사이 양. 이렇게 갑자기……."

"사이 양."

무시키는 무심코 따라 말하고 말았다.

힐데가르드는 낯가림이 심하지만, 사이카와 루리는 비교적 잘 따르는 편이다……라는 말을 쿠로에에게 미리 들었다. 하지만, 이렇게 귀여운 호칭으로 사이카를 부르는 사이일 줄이야. —사이 양. 참 감미로운 울림이다. 입에 담고 싶은 단어 1위다.

"사이카 님."
하지만 등 뒤에서 쿠로에의 목소리가 들려오자, 무시키는 현실로 되돌아왔다. 무시키는 헛기침을 한 후, 말을 이었다.
"일하는 데 방해해서 미안해. 너한테 부탁이 있거든."
"부, 부탁……?"
무시키가 그렇게 말하자, 힐데가르드는 눈을 치켜떴다.
"사이 양이 나한테……? 우에, 헤히히…… 그, 그래……. 나한테……."
그리고, 어색해 보이는 미소를 머금었다. 언뜻 보기엔 억지로 웃는 것 같지만 표정을 짓는 것에 익숙하지 않을 뿐이며, 사이카에게 부탁을 받는 게 기쁜 눈치였다.
"으, 응…… 좋아. 뭘 하면 돼? 은행 네트워크에 침입해서 계좌 잔액을 조작할까? 내각부의 홈페이지를 음란 사이트로 바꿀까? 치트 사용자의 주소를 알아내서 착불로 실물 크기 기린 조각상 같은 걸 보낼까? 아니면—."
"힐데."
갑자기 말이 유창해진 힐데가르드를 말리듯 이름을 입에 담자, 그녀는 화들짝 놀라며 어깨를 부르르 떨었다.
"설마 진짜로 그런 짓을 한 건 아니겠지?"
"아…… 안 했거든……?"
얼굴이 땀으로 범벅이 된 힐데가르드가 눈을 돌렸다. 그러면서 「……전부 다는 아냐」란 말이 들린 것 같지만, 잘못 들은 것으로 여기기로 했다.

"뭐, 좋아. —쿠로에."

"네. 이걸 봐주십시오."

무시키의 지시에 따라, 쿠로에가 예의 메모리 카드를 힐데가르드에게 내밀었다.

"……어?"

힐데가르드는 의아한 표정으로 그것을 쳐다본 후, 단말의 슬롯에 그것을 꽂았다.

곧 화면에 루리의 영상이 재생됐다.

"아! 이건—."

그것을 본 힐데가르드는 경악하며 눈을 치켜뜨더니, 굳은 표정으로 무시키를 쳐다봤다.

"이, 이상해……. 루 양이 사이 양에게 한마디도 안 하다니……!"

"그래. 그 점이야."

"그 점인 겁니까."

힐데가르드의 그 말을 들은 무시키가 고개를 깊이 끄덕이며 동의했고, 쿠로에는 도끼눈을 떴다.

"판단 기준은 떠나서— 기사 힐데가르드. 어떻습니까. 〈정원〉 기술부장의 눈으로 볼 때, 이 영상에 미심쩍은 구석이 있는지요."

"으음……."

쿠로에가 그렇게 말하자, 힐데가르드는 눈을 가늘게 뜨면서 다시 영상을 재생시켰다. 그 후, 콘솔을 조작하기 시작했다.

"……좀 더 살펴봐야 정확한 걸 알 수 있겠지만…… 합성이나 페이크 같지는…… 않네……. 살아 있는 인간이 말하고 있는…… 것, 같아……."

"—그래."

무시키는 그 말을 듣고 미간을 살짝 찌푸렸다. —만약 이게 페이크 영상이 아니라면, 어떤 식의 방법으로 루리가 억지로 이런 말을 하게 만들었을 가능성이 커진다.

그런 무시키의 표정을 본 힐데가르드는 불안한 표정을 지었다.

"대, 대체 무슨 일이야……? 루 양이 이런 소리를 할 리가 없어……."

"응. 내 부탁이 바로 그 점에 관한 거야."

"그, 그래. 뭔데……?"

힐데가르드는 고개를 살며시 갸웃거리며 물었다.

무시키는 조용히 머리카락을 쓸어 올린 후, 말을 이었다.

"—가까운 시일 내에 〈방주〉에 가려고 하거든. 너도 좀 도와줬으면 해."

무시키가 그렇게 말하자, 힐데가르드는 힘차게 고개를

끄덕였다.

"으, 응……! 그럼 빨리 기린 조각상을 왕창 준비해둘게……."

"그런 게 아니란 말이야."

힐데가르드가 주먹을 힘차게 말아 쥐자, 무시키는 진땀을 흘리며 말했다.

—루리의 영상이 〈정원〉에 도착하고, 이틀 후.

고급 차량의 뒷좌석에 앉은 무시키는 창밖의 풍경을 쳐다보고 있었다.

또한 깨끗하게 닦인 유리창에는 쿠오자키 사이카의 아름다운 얼굴이 비치고 있었지만, 그것을 의식했다간 영원히 눈을 못 뗄 게 분명하기에 가능한 한 의식하지 않으려 했다.

참고로 현재 무시키는 〈정원〉의 교복이 아니라, 단순하면서도 잘 만든 단색 드레스를 입고 있었다.

그 이유는 단순했다. —이제부터 **다른 마술사 양성 기관에 특별강사를 하러 가는데**, 학생복을 입고 갈 수는 없는 것이다.

"—고마워, 쿠로에. 여러모로 폐를 끼쳤네."

무시키는 옆에 앉은 쿠로에를 쳐다보며 그렇게 말했다.

맑은 종소리 같은 아름다운 목소리가 차 안에 울려 퍼졌다.

"아뇨, 폐라고 할 정도는 아닙니다. 실제로 출입 허가는 순조롭게 내려졌으니까요."

"정말이야?"

"네. —〈정원〉의 쿠오자키 사이카가 특별강사를 맡아주겠다고 하는데, 거절할 수 있는 마술사가 존재할 리 없습니다."

"훗— 하하."

쿠로에가 그렇게 말하자, 무시키는 무심코 볼을 씰룩거렸다. —지당하기 그지없는 말이라고 생각한 것이다.

"참고로 처음에는 체험 입학생으로 등록을 요청하려 했습니다만, 담당자가 입에 거품을 물며 쓰러질 뻔했기에 특별강사로 변경했습니다."

담당자의 심정은 쉬이 짐작할 수 있었다. 정말 놀랐을 것이다. 무시키는 어깨를 가볍게 으쓱했다.

"뭐, 그래도 말이야. 급하게 수속을 부탁한 건 사실이잖아. 여러모로— 미안해."

이것은 어디까지나 후야죠가와 무시키 사이의 문제이며, 사이카는 거기에 휘말리게 된 것에 가깝다. 무시키는 그런 의미에서 미안하다고 말한 것이다.

"개의치 마시길. 이것도 종자가 할 일이니까요."

「게다가」 하고 쿠로에는 덧붙여 말했다.

"루리 양은 저한테 있어서도 학우입니다."

"쿠로에—."

눈썹 끝이 희미하게 흔들린 무시키는 쿠로에의 얼굴을 응시했다.

표정은 평소와 그다지 다르지 않았다. 하지만 그 입술이 자아낸 평소의 쿠로에답지 않은 말이, 무시키의 가슴을 벅차오르게 했다.

"이게 존귀함이란 감정인가—."

"사이카 님."

무시키의 말을 들은 쿠로에가 약간 강한 어조로 대꾸했다.

"이제부터 다른 마술사 양성 기관을 방문할 테니, 부디 발언을 주의해주시길."

"……흣. 알아."

마음속은 격렬하게 날뛰고 있지만, 무시키는 여유로운 미소를 머금었다.

운전석과 뒷좌석은 차단되어 있기에 통신으로 연결하지 않는다면 이 대화는 운전사에게 들리지 않지만, 백미러를 통해 표정과 움직임은 볼 수 있다. 운전사도 〈정원〉의 직원이다. 종자에게 혼나는 쿠오자키 사이카의 모습을 보여줄 수도 없다.

무시키는 다시 창밖을 쳐다보면서, 화제를 바꾸듯 입을 열었다.

"—그런데 전부터 신경 쓰였던 건데, 〈방주〉란 곳은 어디에 있는 거야?"

〈정원〉을 나선 후로 한 시간가량 지났다. 창밖의 풍경도, 주택가나 빌딩 숲에서 꽤 자연미 넘치는 느낌으로 변모하고 있었다.

학원장 회의 전에 본 자료에는 각 양성 기관의 개요가 적혀 있었지만— 지금 생각해 보니 〈방주〉의 소재지는 어찌 된 건지 적혀 있지 않았다.

쿠로에는 그 말을 듣더니, 창밖의 경치를 확인한 후에 대답했다.

"거의 다 왔습니다. 잠시만 기다려주시길."

"흐음……?"

무시키는 의아하다는 듯이 고개를 갸웃거렸다.

이유는 단순했다. 일본에 다섯 개밖에 없는 마술사 양성 기관이 차로 한 시간 정도 거리에 있을 거라고는 생각하지 못했던 것이다. 적어도 다른 세 학원처럼 다른 지방에 존재할 거라고 예상했다.

그런 무시키의 생각을 표정으로 눈치챈 건지, 쿠로에는 조용히 말을 이었다.

"—사이카 님은 정말 운이 좋으십니다. 〈방주〉가 이렇게 **가까운 곳**에 위치하는 건 1년에 두세 번뿐이죠."

"……뭐?"

무시키가 눈을 껌뻑이고 있을 때, 이윽고 차가 멈춰 섰다. 그리고 운전석에서 내린 운전사가 뒷좌석의 문을 열었다.

"마녀님, 도착했습니다. 내리시죠."

그리고 그렇게 말한 후, 공손히 예를 표했다.

"그래, 고마워."

솔직히 말해 아직 머릿속은 물음표로 가득 차 있었지만, 그것을 겉으로 드러낼 수도 없다. 무시키는 지극히 우아한 어조와 몸놀림으로 그렇게 말한 후에 차에서 내렸다.

"—흠."

문밖은 푸른색이 펼쳐져 있었다.

코를 찌르는 강렬한 이끼 냄새. 수면에 반사된 햇빛. 간헐적으로 들려오는 파도 소리와 갈매기 울음소리가 고막을 희미하게 자극했다.

그렇다. —바다다.

정확하게는 관광지 선전 사진으로 쓰일 듯한 아름다운 모래사장이 아니라, 인적 없는 쓸쓸한 장소였다. 수영복 차림의 커플이나 놀러 온 가족보다, 배에서 짐을 내리는 작업원이나 뒷거래를 하는 마피아가 어울릴 듯한 풍경이었다.

"이쪽입니다, 사이카 님."

먼저 차에서 내린 쿠로에는 캐리어 가방 두 개를 끌면서 재촉하듯 말했다.

그녀가 자기 짐까지 옮기는 게 마음 쓰였지만, 주인과 종자라는 관계를 대외적으로 알리기 위해서는 어쩔 수 없었다. 나중에 고맙다고 말하기로 마음먹으면서, 그녀의 뒤를 따르듯이 걸음을 옮겼다.

쿠로에가 향한 곳은 바다를 향해 뻗어 있는 부두 방향이었다.

보아하니 배가 정박되어 있는 것 같지는 않았다. 그 끝에는 해수면이 뻗어 있을 뿐이었다.

하지만…….

"이건……."

무시키는 무심코 그렇게 중얼거렸다. 부두의 끝부분에 다가가자, 불가사의한 감각이 느껴진 것이다.

그것은 〈정원〉의 부지를 드나들 때 느꼈던 감각과 매우 흡사했다. 즉, 인식 저해 결계다. 외부에 보여주고 싶지 않은 것을 감추기 위한 마술인 것이다.

무시키가 그것을 눈치챘을 때—.

눈앞에는 소형 배 같은 것이 나타났다.

아니, 배라는 표현이 올바른지 알 수 없었다. 캡슐 같은 형태를 띤 불가사의한 탈것이다. 수면에 둥실둥실 떠 있는 모습이, 무시키가 자신의 어휘 안에서 배라는 단어를 고르게 만들었다.

바로 그때였다.

"—〈공극의 정원〉 학원장, 쿠오자키 사이카 님이시죠? 기다리고 있었습니다."

갑자기 목소리가 들려오자, 무시키는 그쪽을 쳐다봤다.

어느새 이 자리에 나타난 건지, 부두 끝에는 기묘한 모습을 한 인물이 한 명 서 있었다.

〈방주〉에서 보낸 인물인 걸까. 새하얀 세일러복 위에 일본 전통 외투를 걸친 소녀다. 어깨에 단 견장(스트랩)과 리얼라이즈 디바이스가 그녀의 신분이 마술사라는 것을 알려주고 있었다.

얼굴의 특징은— 알 수 없었다.

하지만 그것은 얼굴 생김새에 개성이 너무 없어서가 아니라, 단순히 그녀가 불가사의한 문양이 새겨진 여우 가면으로 얼굴을 가리고 있어서였다.

무시키는 한순간 흠칫했지만, 마술사가 기이한 복장을 하는 건 흔한 일이다. 그리고 무엇보다 지금의 무시키는 쿠오자키 사이카이기에, 당황한 모습을 보일 수는 없다. 무시키는 차분한 태도를 보였다.

"이번에 안내 역할을 맡게 됐습니다. 저는『아사기』라고 불러주십시오."

"응, 신세 좀 지겠어."

"당치도 않습니다. 그 고명한 극채의 마녀님이 와주시다니, 〈방주〉의 일원으로서 영광스럽기 그지없습니다. 자,

이쪽으로 오시죠."

그렇게 말한 아사기는 『배』 안으로 안내하듯 손을 내밀었다.

여기서부터는 이 『배』로 이동한다는 것이리라. 그렇게 판단한 무시키는 고개를 끄덕이면서 『배』 안으로 들어갔다. 그 뒤를 따르듯, 쿠로에도 『배』 안으로 들어왔다.

안에서 봐도, 참 불가사의한 구조의 탈것이었다. 좌석 주위는 매끈한 곡선으로 구성된 투명한 외벽에 감싸여 있었다. 무시키는 왠지 옛날에 그림책에서 본 공상과학 속의 우주선을 떠올렸다.

"그럼, 출발하겠습니다. 조금 흔들릴 테니 주의해주십시오."

조종석에 탄 아사기는 그렇게 말하더니, 터치패널로 된 콘솔을 만졌다.

그러자 낮은 구동음을 내면서 『배』의 각 부분이 어렴풋한 마력광에 휩싸였다.

그리고, 다음 순간—.

"……!"

무시키는 작게 숨을 삼켰다.

이유는 단순했다. 『배』가 바다 안으로 가라앉아서였다.

"……."

뜻밖의 사태가 벌어지자, 무심코 쿠로에를 쳐다봤다. 하지만 쿠로에는 지극히 차분한 태도로, 작게 고개를 흔들 뿐이었다.

아무래도 사고가 발생한 것이 아니라, 원래 이런 탈것인 것 같았다. 즉, 잠수정이다. ―우주선 같다, 란 무시키의 감상이 완전히 틀리지는 않았던 걸지도 모른다.

그리고 그대로 바닷속을 수십 분 동안 나아간 후…….

"――."

전방에 존재하는 무언가를 발견한 무시키는 눈을 치켜떴다.

하지만 그러는 것도 당연했다. 처음으로 『그것』을 본다면, 다들 비슷한 리액션을 보일 게 틀림없다.

―해저에 자리한, 거대한 도시를 본다면 말이다.

"이건……."

"〈공허의 방주〉―."

그러자 무시키의 말에 답해주듯, 쿠로에가 가면을 쓴 소녀에게 들리지 않을 만큼 작은 목소리로 속삭였다.

"―그 이름대로, 바닷속을 회유하는 이동형 요새 도시입니다."

"호오……."

〈방주〉 안에 도착한 무시키는 눈앞에 펼쳐진 광경을 보더니, 감탄한 건지 얼이 나간 건지 알 수 없는 목소리를 냈다.

응장하고 새하얀 천수각을 중심으로 한, 원형의 도시다. 마치 디자인된 것처럼 — 실제로 그렇겠지만 — 정돈된 도로가 깔려 있고, 그것에 따라 크고 작은 건조물이 줄지어 세워져 있었다.

그리고 거대한 어항을 뒤집은 것처럼, 두꺼운 공기의 벽이 그 전체를 감싸고 있었다.

위쪽을 쳐다보자, 해수면 너머에서 흔들리고 있는 태양을 배경 삼으며 무수한 물고기 떼가 하늘을 날듯 헤엄치고 있었다.

정말 몽환적이고, 비현실적인 광경이다.

옛이야기에 나오는 용궁성이 실제로 존재한다면, 분명 이곳과 경치가 비슷하리란 생각이 들 정도였다.

"—사이카 님."

"아…… 응."

쿠로에가 이름을 부르자, 무시키는 앞쪽을 쳐다봤다. —그렇다. 사이카의 몸으로 관광객 같은 반응을 계속 보일 수는 없다.

마치 이 순간을 기다린 것처럼, 이시기가 입을 열었다.

"학원장님께 안내하겠습니다. 짐은 옮겨둘 테니, 이대로 따라와 주시길."

"그래? 그럼 호의에 따르도록 할까."

무시키는 짤막하게 답한 후, 쿠로에와 함께 아사기의 뒤를 따랐다.

도시 중앙에 존재하는 성 같은 학원 건물을 향해, 깔끔하게 포장된 길을 따라 걸어갔다.

그 도중에 흰색 세일러복을 입은 학생들이 눈에 들어왔다. ―아무래도 저것이 〈방주〉의 교복인 것 같았다. 그러고 보니 동영상 속의 루리도 같은 옷을 입고 있었다.

마술사 양성 기관 유일의 여학원이라는 사전 정보에 걸맞게, 눈에 들어오는 학생은 전부 소녀들이었다. ……사이카의 모습을 빌려 여자들의 화원에 발을 들였다고 생각하니, 무시키는 왠지 나쁜 짓을 한 듯한 기분이 들었다.

바로 그때―.

"어……?"

학생들 사이에서 가면을 쓰고 교복 위에 외투를 걸친 소녀를 발견하자, 무시키의 눈썹이 희미하게 흔들렸다.

"저 가면과 외투는―."

그렇다. 가면에 그려진 문양은 미묘하게 다르지만, 저것은 지금 무시키 일행을 안내하고 있는 소녀가 쓴 가면과 매우 흡사했다.

무시키의 말을 들은 아사기가 「네」 하고 대답했다.

"저희는 『선도위원(아주르스)』이라고 불립니다. 주된 임무는 〈방주〉의 치안 유지 및 풍기 관리이며― 뭐, 간단히 말해 뭐든 다

합니다. 머무시는 동안 저희가 도울 일이 있다면 얼마든지 말씀하십시오."

"흠……."

아무래도 이 특징적인 가면과 외투는 그녀의 취미가 아니라 교복인 것 같았다. 그런 부분도 각 학원에 따른 특색이리라. 무시키는 이해했다는 듯이 고개를 끄덕인 후, 걸음을 옮겼다.

그리고, 수족관 안을 유람하듯이 몇 분 동안 걸어갔을 때였다.

무시키 일행은 도시 중앙에 자리한 학원 건물의 최상층—학원장실에 도착했다.

"—학원장님. 쿠오자키 사이카 님을 모셔 왔습니다."

가면을 쓴 소녀가 그렇게 말하자, 대답 대신에 문이 천천히 좌우로 열렸다.

소녀는 공손한 태도로 문 옆으로 물러났다.

쿠로에 또한 여기서 대기하겠다는 듯이 한 걸음 물러났다.

"……."

여기서부터는 학원장끼리 만나는 자리일 것이다. 무시키는 마른침을 꿀꺽 삼켰다.

하지만, 쿠오자키 사이카는 당황하지 않는다. 무시키는 긴장한 티를 전혀 내지 않기로 마음먹으면서, 거대한 문을 지나 안으로 들어갔다.

문 안은 성을 연상케 하는 건물 외관에 걸맞게, 마치 알 현실처럼 꾸며져 있었다. 방 안쪽이 상석으로 꾸며져 있으며, 경계선을 그리듯 어렴이 쳐져 있었다. 수많은 책으로 뒤덮인 사이카의 방과는 딴판이었다.

"—후후, 어서 와. 오랜만이야, 사이카 씨. 일주일이나 안 만났더니, 쓸쓸해서 죽을 것만 같았다니깐."

어렴 너머에서 〈방주〉 학원장, 후야죠 아오의 목소리가 들려왔다.

무시키는 그 말에 답하듯, 옅은 미소를 머금으며 대꾸했다.

"미안하게 됐어. 네 입에 맞을 찻잎을 찾는 데 시간이 걸렸거든."

"어머, 어머."

아오는 재미있다는 듯이 웃음을 흘렸다.

—겉보기에는, 소소한 유머가 섞어 훈훈하게 인사를 나누는 것처럼 보였다.

하지만 무시키는 심장이 아플 정도로 긴장할 수밖에 없었다.

그녀와 마주하는 건 처음이 아니지만, 전에 만난 것은 학원장 회의 자리— 즉, 같은 뜻을 품고 있는 아군으로서 만났다.

하지만 지금 무시키는 연락이 끊긴 루리를 되찾기 위해, 이 〈방주〉에 발을 들였다.

대화로 해결이 된다면 가장 좋겠지만, 루리의 혼인을 결정한 아오와 적대하게 될 가능성은 제로가 아니었다.

그리고 아마 아오도 그 점을 어렴풋이 눈치챘을 것이다.

사이카의 갑작스러운 방문에서 아무런 위화감도 느끼지 못할 만큼 우둔한 여자가 아니다, 라고 쿠로에가 말했던 것이다.

하지만 아직 무시키 측이 쥔 정보는 얼마 되지 않았다. 현재 상황을 파악할 때까지는 괜한 말을 하지 말라고 쿠로에가 말했었다.

뭐, 거꾸로 보자면— 모든 것이 밝혀진 후에는 그에 상응하는 수단을 취해도 된다는 말이나 다름없지만 말이다.

"그건 그렇고— 왜 갑자기 특별강사를 맡기로 한 거야? 연락을 받은 애가 깜짝 놀랐잖아."

"뭐, 별일은 아냐. 학원 간의 기술 교류도 중요하다 싶어서 말이지."

"전에 부탁했을 때는 거절하지 않았어?"

"……하, 하. 그랬었어?"

그 이야기는 처음 들었기에, 무시키는 쓴웃음을 흘리며 얼버무렸다.

"비상사태인 만큼, 마술사 양성 기관끼리 협력하는 게 중요하잖아."

"뭐, 그런 걸로 해두겠어. 이유야 어찌 됐든 환영할게.

이런 기회는 흔치 않은걸."

아오는 부채를 소리 나게 접으면서 말을 이었다.

"—저기, 사이카 씨."

"왜?"

"신화급 멸망인자 〈우로보로스〉의 부활— 이건 심각한 사태야. 게다가 그 행방도 묘연하며, 이 순간에도 불사신이 양산되고 있을지도 몰라."

"……그래, 맞아."

"그런 위기 상황에서, 다른 가문의 일에 괜히 고개를 들이미는 어리석은 마술사는, 〈정원〉에 없지?"

"——."

아오는 목소리 톤을 약간 낮추면서 그렇게 말했다. 이제까지의 가벼운 어조와는 명백하게 다른 그 말에, 무시키는 폐부가 미세하게 아파 오는 것을 느꼈다.

하지만, 쿠오자키 사이카는 당황하지 않는다. 무시키는 동요했다는 것을 들키지 않기 위해, 과장스럽게 손을 펼쳤다.

"물론이야. —토키시마 쿠라라는 우리에게 송곳니를 드러냈어. 나는 집념이 강하거든. 이 빚은, 반드시 그 애의 몸으로 갚게 할 거야."

"어머나…… 용맹하네, 사이카 씨는 옛날부터 그랬지. 참 무서워. 적으로 돌리고 싶지 않다니깐."

"하하, 안심해. 내가 네 적이 될 리가 없잖아? —네가 내

애제자를 상처입히기라도 하지 않는 한 말이야."

목소리에 미세하게 힘을 주며 그렇게 말하자, 아오는 웃음을 흘리듯 숨을 토했다.

"응, 맞아. 그 점은 안심이야. 내가 그런 짓을 할 리 없잖아. —하지만, 사이카 씨도 조심해. 일전의 사건 탓에 〈방주〉의 선도위원도 신경이 곤두선 것 같아. 당신에게는 그럴 의도가 없다는 건 알고 있지만, 오해를 살 행동은 자제해주면 좋겠네."

"훗, 경계심이 강한 건 나쁜 게 아니잖아. 믿음직한걸. 부디 자기 직무에 힘쓰라고 전해줘. —뭐, 내 걱정은 할 필요 없어. 새끼 고양이가 놀아달라며 칭얼대봤자, 아프거나 가렵지 않거든."

"새끼 고양이에게도 발톱은 있어. 부디 조심해줬으면 해. 나도, 소중한 친구가 상처 입는 모습을 보고 싶진 않거든."

"훗—."

"우후후—."

그렇게 말을 주고받은 후, 두 사람은 미소를 머금었다.

두 사람의 목소리는 온화하지만, 학원장실 안은 긴박한 공기에 휩싸였다. 심약한 인간이라면, 두 사람을 똑바로 바라보는 것조차 어려울지도 모른다.

하지만, 아오도 이런 짓을 계속 이어갈 생각은 없는 것 같았다. 이 이야기를 끝내자는 듯이 가볍게 손을 흔들면서

말했다.

"—뭐, 어려운 시기이기는 하지만 좋은 기회니까 즐기다가. 이곳에 온 것도 꽤 오랜만이잖아?"

"……그래. 그렇게 하겠어."

무시키는 아오의 말에 그렇게 답한 후, 학원장실을 나섰다.

—방을 나가는 것과 동시에, 문이 저절로 닫혔다.

거기에 맞춘 것처럼, 방 밖에서 대기하고 있던 아사기가 예를 표하며 입을 열었다.

"그럼 방으로 안내하겠습니다. 이쪽입니다."

"그래. 부탁해."

무시키는 작게 고개를 끄덕인 후, 쿠로에와 함께 아사기의 뒤를 따르며 복도를 걸었다.

"—쿠로에."

"네."

그 도중에 앞에서 걷고 있는 아사기에게 들리지 않을 만큼 작은 목소리로 쿠로에를 부르자, 그녀는 전부 파악하고 있다는 듯이 고개를 끄덕였다. —그녀라면 대략적인 대화 내용은 추측할 수 있을 것이며, 실제로 어떤 방법을 써서 두 사람의 대화를 들었더라도 이상할 게 없다.

"—역시 아오 씨는 저희의 진짜 목적을 짐작하고 있는 것 같군요."

"그런 것 같아—."

무시키의 대답을 들은 쿠로에가 수긍하며 말을 이었다.
“하지만 저희 쪽에서 그 목적을 명확하게 밝히지 않는 한, 일을 크게 벌이지 않으려는 것처럼 느껴집니다. 아무튼, 우선 루리 양을 찾아보죠. —구속 혹은 감금이 되어 있는 건지, 감시하에서 어느 정도 자유가 허락되고 있는 건지, 애초에 자기 의지로 행동할 수 있는 상태인지……. 그것을 파악해야만 저희의 행동 방침을 정할 수 있을 겁니다.”
“……그래.”
무시키는 주먹을 말아 쥐면서, 천천히 고개를 끄덕였다.
“—무슨 일 있으십니까?”
바로 그때, 앞에서 걷던 아사기가 미심쩍은 듯이 뒤돌아봤다.
아무래도 자기도 모르는 사이에 목소리가 커진 것 같았다. 무시키는 얼버무리듯 「아무것도 아냐」 하며 고개를 저었다.
“오랜만에 와봤지만, 참 멋진 학원이다 싶어서 말이지.”
“사이카 님께서 칭찬해주시다니, 정말 영광입니다. 학원장님께서도 기뻐하실 겁니다.”
담담한 어조로 그렇게 말한 아사기는 무시키와 쿠로에를 데리고 학원을 나서더니, 기숙사가 밀집된 구역을 향해 걸어갔다.
아무래도 오늘 수업은 이미 끝난 것 같았다. 길가에 줄지어 있는 상업 시설에는 하얀색 교복을 입은 소녀들이 모여서 즐거운 듯이 환성을 지르고 있었다.

그중에는 무시키 일행을 발견하고 신기하다는 듯이 쳐다보는 이들도 있었다.

"—저기 말이야. 저 선도위원이 안내하는 분은 누구일까?"

"아름다운 분이네……. 외부에서 오신 손님 아닐까?"

"어디서 본 적이 있는 것 같은데 말이죠……."

"어머? 왠지 〈공극의 정원〉의 마녀님과 닮은 것 같지 않나요……?"

"에이, 말도 안 돼."

그런 내용의 수다로 이야기꽃을 피우고 있었다.

그러고 보니 〈방주〉는 바닷속을 이동하는 도시라는 특성 탓에, 다른 마술사 양성 기관보다 외부와 접촉할 기회가 극단적으로 적다는 이야기를 쿠로에에게 들었다. 외부에서 손님이 오는 것은 그녀들에게 있어 소소한 이벤트일지도 모른다.

"흣—."

사이카라면 무시하고 지나갈 리가 없다. 무시키는 빙긋 미소 지으며, 자신을 쳐다보는 소녀들을 향해 살며시 손을 흔들어줬다. 그러자 소녀들은 볼을 붉히며 환성을 질렀다.

그러자—.

"……!, 사이카 님."

쿠로에가 작게 숨을 삼키더니, 앞장을 서고 있는 무시키의 소매를 잡아당겼다.

항상 냉정한 쿠로에답지 않은 행동이었다. 무시키는 의아하게 생각하며 걸음을 멈췄다.

"응? 아, 미안해. 〈방주〉 학생들에게 내 미소는 조금 자극이 강하려나—."

"무슨 소리를 하시는 겁니까. 그것보다, 저쪽을 보시길."

"저쪽……?"

무시키는 쿠로에가 가리킨 방향을 쳐다보고 말문이 막혔다—.

이유는 단순했다. 길 건너편에 낯익은 소녀가 있었다.

두 갈래로 나눠 묶은 긴 머리카락. 의지가 강해 보이는 날카로운 눈매.

걸친 옷은 〈방주〉의 교복인 흰색 세일러복이지만, 그녀는 틀림없이—.

연락이 끊어진 무시키의 여동생, 후야죠 루리였다.

"……."

루리는 여러 소녀에게 둘러싸인 채, 길을 걷고 있었다.

후야죠가의 여식이라 그런지 매우 인기가 있어 보였으며, 주위의 소녀들은 하나같이 즐거운 듯이 미소 지으며 루리에게 말을 걸고 있었다.

하지만 루리는 그런 소녀들의 중심에 있으면서도, 공허

한 눈길과 어둡게 가라앉은 표정을 머금고 있었다
주위의 목소리가 들리지 않는 것만 같았다.

〈정원〉에서는 본 적이 없는 표정이었다. 무시키는 이 옥죄어드는 느낌을 받았다.

"——."

이렇게 빨리 루리를 발견한 것은 다행이지만, 어딘가 상해 보였다. 무시키는 루리를 부르기 위해, 숨을 들이 셨다.

"루—."

하지만…….

"—쿠오자키 학원장님. 학구 안에서는 조용히 해주셨으면 합니다."

그 순간, 무시키의 행동을 예측한 것처럼 아사기가 가로막아 섰다.

아니, 아사기만이 아니었다. 대체 어디에 숨어 있었던 건지, 아사기와 비슷한 옷차림을 한 소녀들— 선도위원이, 무시키와 루리를 분단하듯 모습을 드러냈다.

"아니……."

무시키가 미간을 살짝 찌푸렸지만, 곧 마음을 진정시키면서 우아하게 머리카락을 쓸어 올렸다.

"으음, 실례했는걸. 확실히 신성한 학원 안을 소란스럽게 하는 건 좋지 않지."

"이해해주셔서 감사합니다."

아사기가 예를 표하자, 주위에 모인 선도위원들 또한 마찬가지로 고개를 숙였다. 마치 프로그래밍된 것처럼 똑같은 움직임이었다.

"하지만— 너무 호들갑스러운 것 아닐까? 나는 우연히 지인을 발견하고 말을 걸려고 했을 뿐이야. 사소한 일에 이렇게 유난을 떠는 것도 〈방주〉의 품격을 떨어뜨리는 짓이 아니려나."

"……."

무시키의 말을 묵묵히 듣고 있던 아사기는 이윽고 가면 너머에서 가라앉은 목소리를 토했다.

"쿠오자키 학원장님. 당신의 영향력을 고려해주십시오. 당신은 세계 최강이라고까지 일컬어지는 마술사이십니다. 사소한 행동 하나가 주위에 어떤 영향을 끼칠지 알 수 없죠. —그리고 당신은 지금 〈방주〉의 특별강사로서 초빙되셨습니다. 특정 학생과 가깝게 지내는 행위는 자제해주시길 부탁드립니다."

"……이런, 이런."

아사기가 빙빙 돌려 그렇게 말하자, 무시키는 한숨을 내쉬었다.

"이상한 소리를 하는걸. 나는 이곳에선 애제자와 이야기를 나눌 권리도 없다는 거야?"

"애제자. 대체 누구를 말씀하시는 거죠. ―만약 그게 〈정원〉에서 학업에 힘쓰던 후야죠 루리 님을 말씀하시는 거라면, 이미 중도 퇴학의 의사를 밝혔을 텐데요?"

"……호오?"

무시키가 짜증 섞인 눈빛을 머금자, 쿠로에가 어깨를 가볍게 두드렸다. ―진정하라고 말하듯이 말이다.

건너편을 쳐다보니, 이미 루리 일행은 이 자리에서 없었다.

……확실히, 이 자리에서 일을 벌이는 건 좋지 않을 것이다. 무시키는 쿠로에에게 답하듯 슬며시 고개를 끄덕인 후, 한숨을 내쉬었다.

"……좀 피곤한걸. 방으로 안내해주겠어?"

"알겠습니다."

가면을 쓴 소녀는 정중히 예를 표하며 그렇게 대답했다.

"자―."

방에 도착한 무시키는 주위를 둘러보며 한숨을 내쉬었다.

기숙사 안쪽에 있는 내빈용 숙소 중 한 곳이다. 아마 가장 좋은 방을 준비해줬을 것이다. 무시키 혼자서 묵기에 넓은 이 공간에는 고급스러운 장식품이 곳곳에 놓여 있었다.

"이제부터 어떻게 하지?"

하지만 현재 무시키는 호화로운 방을 보며 들뜰 여유가

없었다. 그렇기에 한숨 섞인 어조로 그렇게 중얼거렸다.

아주르스인 아사기는 무시키 일행을 이곳에 안내해준 후, 용건이 있으면 언제든 연락하라면서 연락처를 준 후에 모습을 감췄다. 지금 이 자리에는 무시키와 쿠로에뿐이다.

물론 쿠로에에게는 다른 방이 준비됐지만, 앞으로의 방침을 정하기 위해 이 방에 모인 것이다.

"잠시 기다려주시길."

쿠로에는 무시키를 제지하듯 손바닥을 펼쳐 보이면서 그렇게 말한 후, 눈을 살짝 가늘게 떴다.

"―제1현현, 【심문의 눈】."

그리고 의식을 집중한 후, 그 말을 읊조렸다.

그녀의 목에 고리 같은 계문이 펼쳐지더니, 눈에 빛이 어렸다.

그 술식은 전에 본 적이 있다. 눈에 보이는 대상의 구조와 조성을 간파하는 해석 마술이다.

쿠로에는 빛나는 눈으로 방을 둘러보더니, 고개를 끄덕이면서 계문을 없앴다.

"방금 그건 뭐야?"

"도청 우려가 있기에, 혹시나 해서 조사해 봤습니다."

"……아, 그렇구나."

쿠로에의 말을 들은 무시키가 눈썹을 희미하게 떨며 대답했다.

아오가 이쪽의 목적을 의심하고 있다는 건 틀림없는 사실이다. 그렇다면 도청 가능성을 고려하는 게 당연했다.

"하지만 아오 씨도 바보는 아니죠. 저희가 그걸 조사할 것도 예상했을 겁니다. 괜히 저희에게 약점을 내보이진 않을 테죠. 그래도 혹시 모르니 조사해본 겁니다."

그럼, 하고 쿠로에는 이어서 말했다.

"앞으로의 방침을 논의하도록 하죠."

그렇게 말한 쿠로에는 품속에서 소형 단말과 무선 이어폰을 꺼내더니, 이어폰 중 하나를 무시키에게 건네줬다.

무시키가 그것을 귀에 끼자, 곧 작은 목소리가 들려왔다.

『아, 아~ 테스트, 테스트. 라고나 할까…… 우헤헤…….』

그 목소리의 주인은 힐데가르드였다. 약간 알아듣기 힘든 목소리지만, 그것은 전파 상황이 나빠서라기보다 그녀의 목소리 크기 문제 같았다.

『으음…… 들려? 사이 양, 쿠로 양…….』

"응, 잘 들려."

『마, 마치 이런 건…… 스파이 같아서 좀 재미있네…….』

"이해가 안 되는 건 아냐."

무시키가 미소를 머금으며 그렇게 말하자, 힐데가르드는 동의를 얻어서 기쁜지 『우힛』 하고 웃었다.

"그것보다 기사 힐데가르드, 상황은 어떻습니까?"

무시키와는 반대편 귀에 무선 이어폰을 꽂은 쿠로에가 짧막하게 물었다. 그러자 힐데가르드는 허둥지둥 대답했다.

『아…… 으, 응. 여기를 나서기 전에 건네준 단말 있지? 그걸 통해 〈방주〉 내부의 네트워크에 액세스하는 데 성공했어. 시간만 준다면 시큐리티도 돌파할 수 있을 거야. 단말의 배터리가 바닥나는 것에만 주의해줬으면 좋겠네…….』

힐데가르드가 약간 빠른 어조로 말했다.

그렇다. 〈정원〉을 나서기 전, 무시키 일행이 그녀에게 의뢰한 게 바로 이것이다.

루리의 현황 확인, 후야죠가의 정보 수집, 여차할 때 장애물이 될지도 모르는 〈방주〉의 시큐리티에 관한 대책—.

그런 문제를 해결하기 위해, 힐데가르드에서 〈방주〉의 네트워크를 해킹해달라고 요청했다.

……뭐, 그다지 칭찬받을 만한 수단이 아닌 데다 쿠라라가 〈정원〉을 습격한 방식과 비슷한 점도 마음에 좀 걸리지만— 만일의 사태에 대비해 두는 편이 좋을 것이다.

『〈방주〉는 그 특성상 내부 네트워크가 독립되어 있거든……. 외부에서의 액세스만으로는 한계가 있어. 마음 같아서는 메인 서버에 물리적으로 접속하는 게 최고지만, 그건 어려울 테니…… 그래도 한번 내부에 침입하기만 하면 그다음은 일사천리야. 우히힛……, 이렇게 물러터진 프로텍트로 나를 막으려고 하다니, 가소롭기 짝이 없네요~.』

혼잣말을 줄줄 늘어놓던 힐데가르드는 자기만 떠들고 있

다는 걸 눈치챘는지 화들짝 놀라며 숨을 삼켰다.

『아, 아무튼…… 이 일은 맡겨줘. 진전이 있으면 연락할 게…….』

그리고 그렇게 말한 후, 통신을 끊었다.

한쪽 귀에만 이어폰을 꽂고 있던 무시키와 쿠로에는 누가 먼저랄 것 없이 시선을 교환하더니, 동시에 고개를 살짝 끄덕였다.

"힐데 쪽은 진척을 기다리기로 하고— 이쪽도, 할 수 있는 일을 해두자."

"네."

쿠로에는 짤막하게 대답했다.

하지만, 그렇게 간단히 풀릴 듯한 상황은 아니었다. 무시키는 난처한 듯이 팔짱을 끼면서 말했다.

"첫날에 루리를 발견한 건 다행이지만…… 그다지 좋은 상황은 아닌 것 같아."

"네. 감금을 당한 것 같지는 않지만— 보아하니 평소와 인상이 다른 것 같았습니다."

"응—."

무시키는 아까 본 루리의 얼굴을 떠올리며 미간을 찌푸렸다.

멀리서 보기는 했지만, 쿠로에의 말대로 평소의 루리와 어딘가 달라 보였다. 세뇌, 조작— 기분 나쁜 농담이라 여졌던 단어들이 뇌리를 스쳤다.

하지만 지나치게 비관하는 것도 좋지 않다. 무시키는 불길한 상상을 떨쳐내려는 듯이 고개를 저으며 말을 이었다.

"……지금 고민해 봤자 소용없어. 우선 루리와 접촉할 방법을 생각해 보자."

"옳은 판단이십니다. 그럼 눈앞의 현안은 아주르스일까요."

쿠로에가 생각에 잠기듯 턱에 손을 대며 그렇게 말했다. 무시키는 어깨를 과장되게 으쓱하며 대꾸했다.

"그래. 설마 그렇게 노골적으로 방해할 거라고는 생각 못 했어."

"하지만 그것은 사이카 님과 루리 양의 접촉을 꺼린다는 증거이기도 합니다. 만약 두 사람이 만나도 문제가 없다고 여긴다면, 이런 방법을 취하지 않았을 테죠."

"—그렇구나."

쿠로에의 말을 들은 무시키가 이해한 듯이 고개를 끄덕였다.

확실히 완전히 세뇌가 완료됐다면, 그렇게 과민 반응을 보이지는 않았을 것이다. 과도한 경호는 이쪽에 파고들 틈이 있다고 알려주는 것이나 다름없다.

"하지만, 어떻게 접촉하지? 아까 반응을 보면 루리에게도 감시가 붙어 있긴 할 거야. 일을 크게 벌이고 싶진 않은데—."

무시키가 그렇게 말하자, 쿠로에는 자신만만한 듯이 고개를 끄덕였다.

"방법이 하나 있습니다. 이 방법을 쓴다면 사이카 님과 루리 양이 접촉하더라도 부자연스럽지 않고, 아주르스도 입장상 방해하기 어렵지 않을까 싶군요."

"호오. 대체 어떻게 하면 되는데?"

무시키가 그렇게 묻자, 쿠로에는 조용한 어조로 답했다.

"—사이카 님께서, 본래의 소임을 다해주셨으면 합니다."

제3장 사로잡힌 공주의 마음을 여는 것

마술사 양성 기관에도 위치에 따라 다른 특색을 지녔다.

바닷속을 이동하는 〈공허의 방주〉는 특성상 바다에 나타나는 멸망인자를 상대하는 일이 많다. 그렇기에 교내에 있는 연무장의 구조 또한 〈정원〉과는 여러모로 달랐다.

고운 모래가 깔린 필드에는 파도까지 재현되고 있었다. 어떤 원리인지는 모르겠지만, 〈방주〉의 주위를 둘러싼 공기의 벽 일부가 바닷물에 침식된 것이다. 이곳은 연무장이라기보다 해변이나 해수욕장이라 표현하는 편이 적절하리라는 생각마저 들었다.

그리고 현재, 이 연무장에서는—.

"—으음, 장소는 여기가 맞는 거죠?"

"네. 분명『WeSPER』에는 여기라고 적혀 있었습니다."

"역시 어제 잘못 본 게 아니었네요!"

여러 학생이 모여서, 환성을 지르고 있었다.

그뿐만 아니라, 교사로 보이는 마술사까지 드문드문 보였다. 마치 여기서 이벤트라도 벌어진 것만 같았다.

하지만 그것도 무리는 아니었다.

왜냐하면 오늘 여기에서— 극채의 마녀, 쿠오자키 사이

카의 특별수업이 개최되는 것이다.

"정말 성황이네."

"그런 것 같군요."

그런 광경을, 해변 구석에 세워진 대기실이란 이름의 오두막에서 쳐다보고 있는 무시키와 쿠로에가 그렇게 중얼거렸다.

"학원장급의 마술사가 직접 수업하는 것 자체가 매우 귀중한 기회입니다. 게다가 외부의— 그것도 사이카님이니, 주목도가 높은 게 당연하겠죠."

쿠오자키 사이카하면 〈공극의 정원〉 학원장이자 세계 최강이라 여겨지는 마술사다. 그야말로 살아있는 전설이라 불려도 과언이 아닌 경력과 실적의 소유자인 것이다. 그 이름을 들은 적이 없는 마술사는 아마 없으리라.

하지만 그녀를 두 눈으로 본 사람을 꼽자면, 그 숫자는 확 줄어들며—.

직접 가르침을 받은 자는, 극히 한정된 이들뿐이다.

그런 마술사가 일부러 〈방주〉를 찾아와서 수업을 하는 것이다. 마술을 갈고닦는 자라면, 그녀의 수업을 받고 싶어 하는 게 당연했다.

—거기까지는 이해가 되지만…….

무시키는 매우 신경 쓰이는 점이 하나 있었다.

"그런데, 쿠로에."

"네."

"이 복장은 대체 뭐야?"

무시키는 그렇게 말하면서 자기 몸을 내려다봤다.

그렇다. 현재 무시키는 스포티한 홀터넥 타입의 비키니를 입고 있었다.

사이카의 완벽한 몸매를, 몸에 딱 달라붙는 수영복이 감싸고 있다. 그 모습은 그야말로 예술이라 해도 과언이 아니었다. 실제로 무시키는 쿠로에가 수영복으로 갈아입혀 준 후에 한동안 거울 앞에서 꼼짝도 하지 못했다.

정확히는 무시키만이 아니었다. 쿠로에도, 연무장을 가득 채운 소녀들도, 디자인은 다르지만 다들 비슷한 복장을 하고 있었다. 거기에 로케이션까지 더해지자, 특별수업이라기보다 바다로 수련회를 온 느낌이었다.

하지만 쿠로에는 지극히 차분한 어조로 말을 이었다.

"〈정원〉에서도 연무장을 이용해 훈련할 때는 운동복을 입지 않습니까?"

"아, 응. 그래."

"그겁니다."

"지역 차가 어마어마하네."

무시키가 기묘한 감회에 젖으며 그렇게 말하자, 쿠로에는 고개를 갸웃거렸다.

"불만이신지요?"

“아니, 멋지다고 생각해. 〈정원〉에도 도입하고 싶을 정도야.”

“사이카 님이 정신 줄을 놓으셨다며 소동이 일어날 테니 자제해 주십시오.”

쿠로에는 도끼눈을 뜨며 그렇게 말했다. 그건 곤란하기에, 무시키도 순순히 고개를 끄덕였다.

“일단 이해는 했어. ―조금 놀라긴 했지만, 디자인은 나쁘지 않네. 쿠로에도 잘 어울려.”

“감사합니다.”

쿠로에는 담담하면서도 싫지는 않은 듯한 기색이 묻어나는 목소리로 대답했다.

그리고 바로 그 말을 기다린 듯한 타이밍에, 대기실 문에서 노크 소리가 들려왔다.

“―아, 열려 있어.”

무시키가 대답하자, 문이 열리면서 한 소녀가 안으로 들어왔다.

교복 위에 외투를 걸쳤고, 가면을 쓴 소녀― 아주르스다. 그 가면의 문양으로 볼 때, 어제 무시키와 쿠로에를 안내해줬던 아사기 같았다.

“실례하겠습니다. ……쿠오자키 학원장님. 이게 대체 무슨 일입니까?”

아사기는 입을 열자마자 대뜸 그렇게 말했다. 가면 탓에 표정은 알 수 없지만, 한껏 인상을 쓰고 있다는 건 쉬이 짐작할 수 있었다.

"무슨 일, 이라니? 수업 형식에 관해서는 별말이 없어서, 실기 수업을 선택했을 뿐이야. 이러면 교실이나 강당보다 더 많은 학생이 수업을 받을 수 있을 거잖아? ―무슨 문제라도 있어?"

"……."

무시키가 그렇게 말하자, 아사기는 입을 꾹 다물었다.

그렇다. 이것이 바로 어제 쿠로에가 말한 방법이다.

〈방주〉 측은 사이카와 루리가 접촉하는 것을 꺼리지만, 특별강사로서 〈방주〉를 방문한 사이카가 학생을 가르치는 것을 막을 수는 없다. 루리와 접촉을 할 수 있는 건, 바로 이 타이밍뿐이다.

하지만 교실과 강당에서의 이론 수업이라면, 수업 인원이 제한되는 점을 이유 삼아서 루리가 못 듣게 될 가능성이 있다.

그러니 인원에 제한이 없는 연무장을 이용한, 자유 참가형 실기 수업이란 형식을 취했다.

정보의 확산 또한 신경 썼다. 무시키 일행은 어제 힐데가르드에게 의뢰해서, 마술사 전용 SNS 『WeSPER』를 통해 특별수업을 알렸다.

『WeSPER』은 학생 마술사 중 9할 이상이 사용하는 애플리케이션이다. 오락거리가 적은 〈방주〉 학생 사이에서 그 소문은 순식간에 퍼져나갔다.

설령 루리가 정보 단말을 빼앗겼을지라도, 주위 학생 대부분에게 그 소문이 퍼진다면 완전히 차단하는 건 어렵다.

"……이것은 어디까지나 수업입니다. 필요 이상의 사적인 대화는 자제해주셨으면 합니다."

아사기가 쓰디쓴 어조로 그렇게 말하자, 무시키는 과장되게 고개를 끄덕였다.

"그래, 알았어. —자. 그럼 갈까, 쿠로에."

"네."

그렇게 말하며 대기실을 나선 무시키는 그대로 새하얀 모래사장에 발자국을 남겼다.

"—앗! 다들, 저기를 봐!"

가장 먼저 무시키의 등장을 눈치챈 학생이 손가락으로 가리키며 환성을 질렀다.

그러자 그것을 기점으로 해서, 소녀들이 일제히 무시키를 돌아보며 노도와도 같은 환성을 토했다.

"저 사람이 〈정원〉의 마녀님이야?!"

"상상했던 것보다 훨씬 아름다우셔!"

"아앗, 지금 이쪽을 쳐다보셨어요!"

다들 그런 말을 하면서 흥분을 감추지 못했다.

무시키는 그 기세에 한순간 압도당할 뻔했지만, 사이카

가 인기 있다는 건 기분 나쁜 일이 아니다. 그렇기에 여유로운 미소를 머금으며 손을 흔들었다.

그러자 소녀들은 『꺄아아아아아아아아아아아아아아아앗!』 하고 더욱 큰 환성을 질렀다. 연예인이라도 된 기분이었다.

바로 그때—.

"——."

무시키의 눈썹이 희미하게 흔들렸다.

흥분한 수영복 차림의 소녀들 뒤편에 있는 루리가 눈에 들어온 것이다.

무시키는 한순간 쿠로에를 쳐다보며, 살며시 마주 고개를 끄덕였다.

"—아무래도, 제1단계는 클리어한 것 같아."

"네. 하지만, 낙관할 수 있는 상황은 아닌 것 같군요."

쿠로에는 작은 목소리로 대답했다.

그녀의 말이 옳았다. 루리의 상태가 명백하게 이상했던 것이다.

"맞아. 평소의 루리라면 가장 앞줄에서 카메라를 들고 『아앗, 마녀님! 너무 아름다우셔! 밤하늘에서 무수히 빛나는 별 같은 존재감! 희망을 짊어지고 찬란히 하늘을 가르는 유성! 저 눈부신 빛 탓에 잠 못 드는 밤을 보내겠어……!』 하며 셔터를 눌러댈 거야."

"매우 구체적인 예시군요."

"그런 루리가, 저렇게 냉정한 표정으로 서 있다니……."

"기분 탓일까요. 왠지 지금이 더 멀쩡하게 느껴집니다."

무시키와 쿠로에는 그런 대화를 나누면서 걸음을 옮기더니, 이윽고 학생들 앞에 섰다.

그리고 술렁거리는 학생들이 진정할 때까지 기다린 후, 천천히 이야기를 시작했다.

"—만나서 반가워, 여러분. 〈공극의 정원〉 학원장, 쿠오자키 사이카야. 인연이 닿아서 이번에 〈방주〉의 특별강사를 맡게 됐어. 짧은 기간이지만 잘 부탁할게."

맑고 차분한 목소리로 짤막하게 자기소개를 했다.

그러자 〈방주〉의 학생들은 또 환성을 질렀다. 수영복 차림의 소녀들이 이중적인 의미에서 부푼 가슴을 끌어안으며 무시키를 맞이하고 있었다.

정말 자극적인 광경이었다. 평소의 무시키라면 흥분해서 마력 방출량이 상승하지 않도록, 은근슬쩍 고개를 돌렸을지도 모른다.

하지만—.

"……훗."

무시키는 자신만만한 미소를 머금었다.

이유는 단순했다. —방금까지 탈의실에서, 거울을 통해 『수영복 차림의 사이카』라고 하는 대량 파괴 병기를 바라본 무시키는 수영복 차림의 여자애에게 어느 정도 면역이 생겼다(탈의실에서 두 번이나 쿠로에와 키스를 해야 했던 것은 비밀이다).

무시키는 여유에 찬 표정으로 말을 이었다.

"자, 우선 준비 운동부터 할까. —2인 1조를 짜주겠어?"

""""네!""""

무시키가 지시를 내리자, 학생들은 힘차게 대답하면서 친구와 짝을 이뤘다.

그런 와중에, 루리의 주위가 술렁거렸다.

"루리 님! 저기, 괜찮다면 저와 같이해요!"

"제가 하겠어요!"

"저를 뽑아주세요!"

아무래도 루리와 짝이 되고 싶은 이들이 다투고 있는 것 같았다. 그리고 그런 와중에도 루리는 인형처럼 무표정을 유지하고 있었다.

하지만 어제 수많은 들러리에게 둘러싸인 루리를 봤을 때부터, 이 상황은 예상했다. 무시키는 옅은 미소를 머금더니, 그들에게 다가갔다.

"흐음, 짝을 정하지 못하나 보네. 그럼 어쩔 수 없지. —너, 나와 같이하지 않겠어?"

무시키는 그렇게 말하면서 루리를 손가락으로 가리켰다. 그 순간, 루리의 얼굴 근육이 움찔하는 것 같은 느낌이 들었다.

"—쿠오자키 학원장님!"

바로 그때, 뒤편에서 목소리가 들려왔다. —아사기였다.

하지만 그것 또한 예상했던 반응이다. 무시키는 과장스럽게 그녀를 돌아보며 대꾸했다.

"왜 그러지? 설마 선도위원이라는 자가 『수업』을 방해하려는 건 아닐 테고 말이야."

"……큭."

무시키가 『수업』이라는 말을 강조하며 말하자, 아사기는 분하다는 듯이 신음을 흘리면서도 그저 보고 있을 수밖에 없었다.

무시키는 다시 루리를 돌아보더니, 다시 손을 내밀었다.

"어때? 싫어?"

"……아뇨. 그렇지 않아요. 영광이에요."

그러자 루리는 공허한 표정으로 더듬더듬 그렇게 말했다.

주위에 있던 학생들이 새된 환성을 질렀다.

"루리 님과 마녀님이 짝을 이뤘어……?!"

"이, 이걸 공짜로 봐도 되는 건가요……?"

"최고급 성게와 소고기를 같이 먹으면 더욱 맛있는 거나 마찬가지잖아……."

아무래도 다들 이의는 없는 것 같았다. 무시키는 작게 미소 지은 후, 루리의 손을 잡고 원래 장소로 돌아갔다.

"자, 그럼 시작하자. 정성 들여서 말이야. 준비 운동을 대충하면 다칠 수도 있거든."

""""네, 마녀님!""""

무시키가 그렇게 말하자, 학생들은 힘차게 답했다. 아무래도 〈정원〉의 학생들보다 열의가 넘치는 것 같았다. 다들 생전 처음으로 사이카를 접하면서 의욕이 상승한 것 같았다. 그 심정은 이해한다. 무시키도 이 수업이 듣고 싶을 지경이었다.

하지만, 지금 우선해야 할 것은 따로 있다.

손발의 스트레칭을 마친 무시키는 루리를 모래사장에 앉힌 후, 그녀의 뒤편으로 가서 등을 눌러서 앞으로 몸을 숙이게 했다.

그러면서 아사기의 위치에서 보이지 않도록, 루리의 귓가에 입술을 가져가서 속삭였다.

"—걱정했어, 루리. 무사해서 다행이야."

"—흐응."

루리는 무표정한 얼굴로 온몸을 부르르 떨었다.

역시, 어딘가 이상했다. 하지만 무시키의 말에 반응하는 건 틀림없었다. 무시키는 아사기의 눈길을 피하며, 말을 이어갔다.

"지금은 감시가 붙어 있잖아. YES면 한 번, NO면 두 번, 눈을 깜빡여."

"……."

무시키가 속삭이듯 그렇게 말하자, 루리는 어금니를 깨물면서 눈을 한 번 깜빡였다.

"〈방주〉에 남아 있는 건 루리의 의지야?"

"……."

이번엔 눈을 두 번 깜빡였다.

"머무는 곳에는 감시 카메라가 달려있어?"

"……."

다시 눈을 한 번 깜빡였다.

"비밀리에 연락을 취할 수단은 있어?"

"……."

이어서, 눈을 두 번 깜빡였다.

그대로 질문 몇 개를 이어갔다.

반응이 좀 이상하긴 하지만, 질문에는 어찌어찌 대답하고 있다. 그 모습은 자유롭게 움직이지 못하는 몸을, 기력만으로 움직이고 있는 것처럼 보였다.

"……흐음."

혹시 아오가 건 암시에 걸렸지만, 사이카와의 접촉을 통해 자아를 되찾고 있다…… 같은 걸까.

충분히 있을 수 있는 일이다. ―만약 그렇다면, 더 강한 자극을 가해서 암시를 완전히 푸는 것도 가능할지 모른다.

그런 생각이 머릿속을 스친 순간, 무시키는 즉시 행동에 옮겼다.

"루리, 몸을 더 숙여보렴."

무시키는 루리의 등에 몸을 밀착시키더니, 그대로 앞쪽을 향해 체중을 실었다.

그러면서, 귓불에 닿을락 말락 할 정도로 가까운 위치에서 속삭였다.

"참는 건 좋지 않아……. 더 솔직하게…… 자기 자신을 해방하는 거야……."

"끼…… 끼햐아아아아아아아아……."

몸 어딘가에서 기묘한 소리가 흘러나오는 가운데, 루리는 몸을 완전히 접었다. 마치 뼈가 다 사라져버린 것만 같을 정도로, 몸이 어마어마하게 유연했다.

바로 그때, 루리의 얼굴이 새빨개졌다는 것을 눈치챘다. 자기도 모르는 사이에, 필요 이상으로 루리의 등에 가슴을 비벼댄 것 같았다.

"어이쿠."

무시키가 루리에게서 떨어지자, 그녀는 기기긱…… 하며 몸을 일으킨 후에 푸쉭~ 하며 증기를 뿜었다. 그런 느낌이 들었다.

"미안해. 너무 세게 눌렀지?"

"아……뇨……."

루리가 녹이 슨 로봇 같은 움직임을 보이며 그렇게 말했다. 얼굴은 여전히 무표정했지만, 확실히 반응은 있었다.

—이대로 밀어붙일 수밖에 없다. 무시키는 고개를 들며 입을 열었다.

"다들, 준비 운동은 충분히 했지? —쿠로에, 다음으로 넘어가자."

"네."

짤막하게 답한 쿠로에는 미리 준비한 바구니에서 조그마한 병을 꺼냈다.

"그럼 여러분. 이 머메이드 로션을 몸에 발라 주십시오. 마술적 처리가 된 액상 보호제입니다. 바닷속에서 사고가 발생했을 때, 수압 등으로부터 몸을 지켜주죠. 혼자서는 등까지 골고루 바르기 어려운 만큼, 이것도 2인 1조로 발라주십시오."

쿠로에는 그렇게 말하면서 학생들에게 병을 나눠줬다.

무시키도 쿠로에에게서 병을 건네받더니, 뚜껑을 연 후에 점성이 있는 액체를 손에 듬뿍 묻히면서 루리에게 다가갔다.

"자, 루리. 내가 로션을 발라줄게."

"뀨……, 뀨삐이이이이이이……."

무시키가 요염한 미소를 머금으며 그렇게 말하자, 루리는 무표정한 얼굴로 기묘한 소리를 냈다.

하지만 무시키는 개의치 않으면서 루리의 등 뒤로 이동하더니, 손에 묻힌 로션을 그녀의 피부에 발라줬다. 어깨,

팔, 그리고 등을 손가락으로 매만졌다.

"……좋아, 루리. 여기는…… 이렇게……."

"오……, 오옷…… 옷……."

무시키가 등을 매만지며 귓가에서 속삭이자, 루리는 온몸을 부들부들 떨면서 상체를 힘껏 젖혔다. 뭔가가 몸을 찢고 튀어나오려 하는 것만 같았다.

"흠…… 이 정도면 됐나."

루리의 몸 뒤편에 로션을 꼼꼼하게 발라준 무시키는 만족 어린 숨결을 토했다.

아무리 여동생이라 해도, 몸 앞쪽까지 로션을 발라주는 건 좀 애매했고, 무엇보다 자칫하면 몸이 무시키로 되돌아갈 수도 있다. 그러니 이 정도가 한계다.

"그럼 루리. 이번에는 내 등을 발라주지 않겠어?"

"……히익?!"

무시키가 그렇게 말하자, 루리는 고개를 180도 가까이 돌리면서 숨을 삼켰다.

2인 1조이니 자연스러운 일이라고 생각하지만 루리에게 있어서는 엄청난 중대사 같았다. ―뭐, 심정은 이해한다. 로션을 묻혔다고는 해도 합법적으로 사이카의 등을 만질 수 있는 것이다. 그 충격은 상상을 초월하리라.

하지만 그것이야말로, 무시키의 목적이었다.

루리라면, 쿠오자키 사이카 추진 담당 장관(비공인) 후야죠 루리라면, 그 충격을 통해 자아를 되찾을 거라고 믿어 의심치 않는다.

"자— 그럼 부탁해."

무시키는 루리에게 로션이 들어 있는 병을 넘겨준 후, 등을 보이며 돌아섰다.

그리고 천천히 비단 같은 머리카락을 쓸어 올리며, 등을 드러냈다.

"으……, 워…… 어……."

루리는 좀비라도 된 것처럼 몸을 부들부들 떨면서도, 손에 로션을 바른 후에 무시키의 등을 향해 그 손을 천천히 뻗었다.

그리고, 손가락 끝이 등에 슬며시 닿은 순간—.

"아아아아아아아아아아아아아아아아아아앗—?!"

정수리에 번개라도 떨어진 것처럼 괴로워한 루리는 그 자리에서 쓰러지고 말았다.

"꺄앗?!"

"루, 루리 님!"

"왜 그러세요?!"

갑작스러운 일에 놀란 주위의 학생들이 경악에 찬 비명을 질렀다. 뒤편에서 지켜보고 있던 아사기 또한 이쪽으로 달려오려는 듯이 몸을 숙였다.

하지만, 다들 그런 리액션을 보이는 가운데—.

"헉……?!"

루리는 눈을 치켜뜨더니, 용수철이 달린 장난감처럼 그 자리에서 벌떡 일어났다.

"내, 내가…… 대체……?"

그리고 눈을 껌뻑거리면서 주위를 둘러봤다.

그 말투와 표정으로 볼 때, 무시키가 잘 아는 루리로 되돌아온 것 같았다.

아무래도 진짜로 원래대로 되돌아온 것 같았다. 안도와 환희를 느끼면서도— 남들 앞에서 주먹을 말아 쥐며 기뻐하는 건 사이카답지 않다고 판단했기에, 부드러운 미소만 머금었다.

"안녕, 루리. 좋은 아침이야. 기분은 좀 어때?"

"……앗! 마녀님."

무시키가 그렇게 말하자, 루리는 즉시 돌아서면서 그 자리에서 무릎을 꿇었다.

"—오랜만에 뵙습니다. 허가 없이 결석해서 송구해요."

"아냐. 개의치 마."

무시키는 아사기 쪽을 힐끔 쳐다본 후, 말을 이었다.

"그것보다 잡담은 이쯤에서 끝낼까. 지금은 수업 시간이거든."

"—네."

그 시선과 말만으로 무시키의 의도를 눈치챈 건지, 루리는 짤막하게 대답했다.

무시키는 만족한 듯이 고개를 끄덕인 후, 다시 루리에게서 등을 보였다.

"그럼 내 등에 로션을 발라주겠어?"

"아……, 아……앗……."

그 순간, 자아를 되찾은 줄 알았던 루리가 또 좀비 같은 소리를 냈다.

"일이 성가셔지니 자제해 주십시오."

상황을 파악한 쿠로에가 달려오더니, 무시키의 등에 냅다 로션을 끼얹었다.

"자—."

루리가 진정할 때까지 기다린 후, 무시키는 수업을 다시 시작했다.

루리와의 접촉이라는 최소한의 목표는 달성했지만, 특별 강사를 맡은 만큼 사이카가 어중간한 행동을 하게 할 수는 없다.

"그럼 다시 수업을 시작해 볼까. —그래, 너."

"아…… 네!"

무시키가 근처에 있는 학생을 손가락으로 가리키자, 그 학생은 긴장한 표정으로 그렇게 외쳤다.

"하하. 너무 긴장하지 마. ―보통 해상 및 수중 전투에서 〈방주〉는 주로 무엇을 사용하지?"

"으, 으음…… 에어리얼 디바이스예요."

그 학생은 대답하면서, 수영복 목덜미에 달린 초커 같은 것을 매만졌다.

에어리얼 디바이스는 제4세대 마술에 해당하는 마술 장치 중 하나이며, 몸 주위에 얇은 공기의 막을 만들어서 수중 및 진공 공간에서의 호흡 및 행동을 가능하게 해주는 기계다. ―무시키는 어제까지 그 존재조차 몰랐지만, 쿠로에가 가르쳐줬다.

"그래. 그게 일반적이지. 하지만 싸움이란 예측을 불허해. 항상 만전의 상태에서 치를 수 있을 거란 보장은 없고, 뜻밖의 사고가 벌어질 가능성도 있지. 내수압액을 몸에 바를 수 있는 것도, 지금이 훈련 시간이라서야. ―그러니 이번에는 그것들을 쓸 수 없는 비상시의 비책을 전수해주겠어."

무시키는 검지를 세우더니, 학생들이 알아듣기 쉽도록 또렷한 어조로 말했다.

사이카의 이미지를 흐트러뜨리지 않으면서 자신만만하게 말하고 있지만, 그 내용은 어젯밤에 쿠로에가 알려준 것이다.

듣자 하니 현현술식 훈련은 이곳에서도 평소에 하고 있다고 한다. 그러니 모처럼 외부에서 강사를 초청해서 하는 특별수업이라면, 평소에 얻을 수 없는 지식을 접해야 기뻐하지 않을까, 라는 것이다.

특별강사가 된 것은 어디까지나 〈방주〉의 당당히 잠입하기 위한 방책이지만, 기왕 할 거라면 대충하지 않는 편이 사이카답다. 멋지다.

"—쿠로에."

"네."

무시키가 이름을 부르자, 쿠로에는 짤막하게 답하면서 앞으로 한 걸음 내디뎠다.

"그럼 사이카 님을 대신해, 제가 시범을 보이겠습니다."

학생들의 시선이 쿠로에에게 집중됐다.

하지만 쿠로에는 딱히 긴장하지 않으며, 차분한 분위기 속에서 눈을 가늘게 떴다.

바람이여, 지켜라　내 몸에 모여들어 경계를 가르는 벽이 되어라

"공압 결계, 범위 전개, 170, 70, 60—."

그리고, 읊조리는 듯한 말이 입술 사이에서 흘러나왔다.

"방금 그건……."

"『주문』일걸? 제2세대 마술사의 구성식 말이야. 수업에서 배웠잖아?"

"아, 그러고 보니……."

그 모습을 본 〈방주〉 학생들이 약간 술렁거리기 시작했다.

쿠로에는 학생들의 주목을 받으면서, 〈방주〉의 외곽—바다 쪽을 향해 달려갔다.

그리고 그대로 〈방주〉와 바다를 나누고 있는 공기의 벽에 뛰어들었다.

공기의 벽은 한순간 출렁이듯 흔들리더니, 쿠로에의 몸을 외부의 바다로 토해냈다.

〈방주〉를 둘러싼 공기의 막은 원래 맨몸으로 돌파할 수 있을 정도로 강도가 약하지 않지만, 수중 전투 실습을 하는 연무장의 한편은 그 경계에 특수한 처리가 되어 있는 것 같았다. ―이 해안 같은 형태의 연무장과 수영복 같은 훈련복에도 일단은 의미가 있는 것이다.

"어……?!"

"디바이스도 없이 바다로 나갔어?!"

"공기도 없고, 로션을 발랐다고는 해도 수압이―."

학생들이 경악하며 눈을 치켜떴다.

하지만 쿠로에는 태연하게 바닷속을 떠다녔다.

유심히 보니, 그녀의 몸 주위에는 희미하게 공기의 막이 생성되어 있었다. 〈방주〉 안에 있을 때는 눈치채지 못했지만, 수중을 이동하면서 그 경계가 뚜렷하게 보이게 된 것이다.

쿠로에는 한동안 바다에 떠 있거나 주위를 선회한 후, 무시키 일행이 있는 곳으로 돌아왔다.

참고로 그녀의 머리카락과 몸은 전혀 물에 젖지 않았다.

"―어떠셨는지요."

쿠로에가 그렇게 말하자, 아연실색한 학생들이 일제히 손뼉을 쳤다.

"방금 그건……."

"주문을 통한 마술 발동인가요?"

학생들의 질문에, 쿠로에는「네」하고 답했다.

"3소절 구성식으로 몸 주위에 간이 결계를 생성해, 공기를 대류시켰습니다. 물론 에어리얼 디바이스 수준의 정밀도와 효과는 없습니다만, 몇 분 정도는 활동할 수 있죠. 바닷속에서의 호흡 및 활동에는 다양한 방법이 있습니다만, 구성식의 전개 속도와 효과 시간의 밸런스를 추구한다면 이것이 가장 효율적이리라고 생각합니다. 최소한의 마력 조작이 가능하다면, 주문을 통째로 암기하기만 해도 긴급 시에 도움이 되죠. 제4세대의 마술 장치와 제5세대의 현현술식이 일반화된 후로는 그다지 쓰이지 않게 된 기술입니다만, 제조 및 정비에 있어 전문성이 매우 높은 지식과 설비가 필요한 마술 장치나 개개인의 자질에 따라 효과가 좌우되는 현현술식에 비해 범용성이 뛰어나단 이점이 있습니다. 무엇보다 구성식의 커스터마이즈가 쉬운 점이 좋죠. 가능한 한 문자 숫자를 줄이면서 제어 효율을 떨어뜨리지 않기 위해 문언을 조정하는 데서는 시가와 흡사한 정취가 있―."

웬일로 빠른 어조로 말을 늘어놓던 쿠로에는 그제야 학생들이 얼이 나간 표정으로 쳐다보고 있다는 것을 눈치챈 건지, 가볍게 헛기침을 했다.

"—다고, 사이카 님께서 말씀하셨습니다."

"아…… 그래."

쿠로에가 그렇게 말하자, 무시키는 고개를 끄덕였다.

왠지 공을 떠넘기는 것 같지만, 「사이카가 한 말」이라는 점은 엄연한 사실이다.

쿠로에는 평소 쿨한 종자를 연기하지만, 좋아하는 이야기를 할 때는 이렇게 말을 쏟아내는 것 같았다. —이제 와서 새로운 일면을 보여줄 줄이야. 쿠로에의 퍼텐셜을 접한 무시키는 온몸이 떨려왔다.

"자, 이참에 다들 연습해 볼까. 우선 여기서—."

—바로 그때였다.

무시키가 갑자기 말을 멈췄다.

이유는 단순했다. 돔 형태를 한 공기의 벽에 둘러싸인 〈방주〉 안에서 격렬한 경보음이 울려 퍼진 것이다.

"……앗!"

"이건—."

학생들의 얼굴에 경계의 빛이 어렸다.

그 소리는 귀에 익었다. 〈정원〉 안에서도 때때로 울리는 소리다.

즉—.

"—멸망인자."

"그런 것 같습니다."

무시키가 그렇게 말하자, 쿠로에는 조용히 고개를 끄덕였다.

그러자 다음 순간, 상공— 바닷속에 거대한 꽃 같은 것이 생겨나더니, 꽃잎 중 하나가 〈방주〉를 둘러싼 공기의 벽을 움켜쥐듯이 퍼져나갔다.

외부에서 가해진 힘과 〈방주〉를 둘러싼 공기의 압력이 격돌하자, 날카로운 소리가 울려 퍼졌다.

"꺄앗?!"

"무, 무슨 일이죠~?!"

이 갑작스러운 일에, 학생들은 당황하고 말았다.

"……앗!"

바로 그때, 무시키는 눈치챘다. —〈방주〉 상공에 나타난 것이 부채꼴 형태로 펼쳐진, 빨판이 달린 촉수들이라는 것을 말이다.

"저건—."

"—멸망인자 302호: 〈크라켄〉. 바다에 출현하는 멸망인자 중에서는 비교적 출현 빈도가 높은 종입니다. 하지만— 이렇게 거대한 개체는 흔치 않죠. 서둘러 대처하지 않으면 위험할지도 모릅니다."

쿠로에가 담담한 어조로 설명했다. 위기 상황이지만, 그녀는 전혀 초조하지 않은 것처럼 보였다.

바로 그때, 한 소녀가 무시키와 쿠로에를 향해 뛰어왔다.
—루리다.

"—마녀님!"

"그래, 루리. 꽤 커다란 〈크라켄〉인걸. 〈방주〉에 피해가 발생하기 전에 대처하도록 할까."

무시키가 방금 쿠로에에게 들은 지식을 입에 담자, 루리는 고개를 끄덕였다.

"네. 무녀님께서 수고롭게 나서실 필요도 없어요. 제가—."

"—아뇨, 그럴 필요는 없습니다."

루리의 말을 끊듯이 그런 목소리가 들려오자, 무시키는 눈을 동그랗게 떴다.

목소리가 들린 방향을 쳐다보니, 그곳에는 아사기가 있었다.

"아사기—."

"네. 바다에서의 전투는 〈방주〉의 전문 분야입니다. 이 일은 저희에게 맡겨 주십시오."

그렇게 말한 아사기가 신호를 보내듯 오른손을 치켜들었다.

"—개시."

그러자 거기에 맞춘 것처럼, 〈방주〉 외곽에서 어뢰 같은 것이 몇 개나 발사됐다.

아니. —어뢰가 아니다. 유심히 쳐다보니, 그것 하나하나는 아사기와 비슷한 옷차림을 한 소녀들이었다.
그 숫자는 서른 명이 넘는 것 같았다.
에어리얼 디바이스를 이용한 공기 결계를 몸에 두른 소녀들은 밤하늘을 가르는 유성 같은 속도로, 바닷속에 궤적을 남겼다.
"—준비."
아사기가, 조용히 중얼거렸다.
그러자 바닷속에 자리한 선도위원들이 거대한 〈크라켄〉을 둘러싸듯 위치하더니, 일사불란한 동작으로 일제히 오른손을 들었다.
다음 순간, 그녀들의 머리에 2획의 계문이 생겨나더니— 그녀들의 손에는 눈부시게 빛나는 투척용(재블린) 창을 연상케 하는 무기가 생겨났다.
"—사출."
짧은 지령을 입에 담으며, 소녀는 들어 올린 손을 아래편으로 휘둘렀다.
그러자 완벽하게 동일한 타이밍에, 선도위원들이 제2현현의 창을 던졌다.
무수한 빛의 창이, 사방팔방에서 〈크라켄〉에게 꽂혔다.
고통스러운 듯이 촉수를 꿈틀거리던 거대한 멸망인자는 이윽고 움직임을 멈추더니, 해류에 휩쓸린 것처럼 〈방주〉로부터 멀어졌다.

"호오……."

순식간에 눈앞에서 벌어진 일을 본 무시키는 무심코 눈을 치켜떴다.

"……대단하군요. 이 정도로 완벽한 호흡의 연계는 처음 봤습니다."

"과찬입니다."

가면을 쓴 소녀는 쿠로에의 말을 듣더니, 공손히 예를 표했다.

그리고 시선을 알 수 없는 얼굴로 무시키를 쳐다보며, 말을 이었다.

"—루리 님은 혼례를 앞두신 귀중한 몸이십니다. 만에 하나라도 부상을 입게 할 수는 없죠. 저희들 아주르스는 **그 어떤 위협에도 루리 님을 지켜낼 겁니다.**"

"……."

아사기가 그렇게 선언하자, 무시키의 눈썹이 희미하게 흔들렸다.

그러는 게 당연했다. 아사기의 말은— 무시키가 무슨 짓을 하든, 절대로 루리를 〈방주〉 밖으로 내보내지 않겠다는 소리인 것이다.

하지만— 다음 순간.

"……!"

주위에 땅울림 같은 소리가 울려 퍼지더니, 〈방주〉 전체가 크게 진동했다.

"이게, 무슨 일이지……?! 멸망인자를 방금 쓰러뜨렸는데—."

"—위원장님!"

아사기가 숨을 삼킨 순간, 가면과 외투를 걸친 선도위원 소녀 한 명이 이쪽으로 뛰어왔다.

"무슨 일이지?"

"아래쪽을 보십시오! 해저에 〈크라켄〉이 한 마리 더 있습니다……!"

"뭐—?"

아사기가 그렇게 외친 순간이었다.

땅울림 같은 소리와 함께, 〈방주〉 외곽에서 거대한 그림자가 몇 개나 일렁거렸다.

고층 빌딩조차 비교가 안 될 듯한 몸집을 자랑하는 『무언가』가, 〈방주〉를 감싸듯 해서에서 모습을 드러낸 것이다.

—그것이 지나치게 거대한 『촉수』란 사실을 눈치챈 건, 〈방주〉가 완전히 포위되고 나서였다.

"말도 안 돼, 이렇게 거대하다니……!"

아사기가 당황한 목소리로 그렇게 외쳤다.

하지만 그것도 무리는 아니었다. 그 멸망인자는 아까 전의 〈크라켄〉과는 비교도 안 될 만큼 거대했으니 말이다.

게다가 그 열 개의 발은 지금 발바닥으로 조그마한 공을 으스러뜨리려는 듯이, 〈방주〉를 휘감고 있었다. 이대로 압박을 받다가는 〈방주〉 자체가 붕괴할지도 모른다.

"〈방주〉 내부에 있는 모든 선도위원에게 연락! 학원장님께도 협력 요청을—."

"—아니, 그럴 필요 없어."

하지만…….

무시키는 지극히 태연한 어조로 그렇게 말하더니, 당황한 아사기의 어깨를 상냥히 두드렸다.

"아……! 쿠오자키 학원장님—."

확실히 저 멸망인자는 위협적이다. 저대로 내버려 뒀다간, 〈방주〉가 파괴되고 말지도 모른다. 그렇게 되면, 이곳에 사는 수많은 학생이 바다에 내던져지게 된다.

하지만 무시키의 얼굴에서는 일말의 초조나 당황도 어려 있지 않았다.

그도 그럴 것이, 지금 이 자리에는—.

세계 최강의 마술사가, 있으니 말이다.

"더할 나위 없는 수업 기회인걸. 다들 잘 봐둬. —쿠오자키 사이카의 싸움을 말이야."

무시키는 의연한 미소를 머금으며 그렇게 말하더니, 모래사장을 박차며 하늘로 날아올랐다.

무시키 자신은 마술사로서 미숙한 신출내기나 다름없다.

하지만 지금 무시키가 깃들어 있는 건, 세계 최강의 육체가 틀림없다.

"——."

무시키는 그대로 〈방주〉를 감싼 공기의 벽을 통과하더니, 바닷속으로 뛰어들었다.

그리고, 머리 위에 4획의 계문이 전개됐다.

"—만상개벽. 이리하여 천지는 내 손아귀 안."

극채색으로 빛나는 그것은, 마치 마녀의 모자처럼 보였다.

무시키는 지금 벌어지고 있는 광경— 〈방주〉를 으스러뜨리려 하는 거대한 〈크라켄〉의 촉수를 보더니, 천천히 손을 들어 올리며 그 말을 읊조렸다.

"순종을 맹세해. —너를, 신부로 삼아주겠어."

그 순간.

세계가, 변모했다.

비유나 농담이 아니다. 무시키의 주위에 펼쳐진 해저의 풍경이 일그러진다 싶더니, 전혀 다른 것으로 다시 구성되고 말았다.

—제4현현. 현대 마술사의 도달점이자, 현현술식의 극치.

자신을 중심으로 세계를 덧칠하는, 최대 최강의 술법이다.

주위는 용암이 펄펄 끓어오르고 있는 시뻘건 동굴로 변모했다. 숨만 쉬어도 폐가 타들어 갈 듯한, 지옥의 가마솥 밑바닥. 그 어떤 생물도 거절할 듯한, 처절하고 참혹한 환경이다.

그런 극한의 세계에, 멸망인자가 내던져졌다. —거대한 촉수의 소유주는 고래도 한입에 삼켜버릴 만큼 커다란 연체동물이었다.

무시키는 천천히 손바닥을 뒤집더니, 그대로 말아 쥐었다.

그러자 그 동작에 맞춘 것처럼, 주위의 경치가 나선 형태로 응축되었고—.

그 압도적인 질량이, 멸망인자 〈크라켄〉을 압살했다.

"훗—."

말아쥔 손을 편 후, 티끌을 털 듯이 숨결을 토했다.

그와 동시에, 주위의 경치가 원래대로 되돌아갔다.

무시키는 그대로 〈방주〉에 다시 들어가더니, 다른 이들을 향해 빙그레 미소 지었다.

""""……!""""

망연자실하게 그 광경을 쳐다보던 학생들은 그제야 상황을 파악한 것처럼 눈을 치켜뜨더니, 선망과 경외가 뒤섞인 표정을 지으며 환성을 질렀다. 무시키는 크게 고개를 끄덕이며 손을 흔들어보였다.

"—멋지셨습니다, 사이카 님."

"그래."

그리고 쿠로에의 말에 짤막하게 답한 무시키는 얼이 나간 듯이 멍하니 서 있는 아사기를 향해 걸어가니 빙그레 미소 지었다.

"소속 기관이 다르다고는 해도, 우리는 동료야. 너무 무리하지 말고 의지해줬으면 해. —루리를 지키고 싶은 건, 나도 마찬가지거든."

그리고 아까 들은 말에 앙갚음하듯, 그렇게 말했다.

그러자 아사기는 주먹에 힘을 주며, 무시키의 얼굴을 똑바로 바라봤다.

"……네, 그렇죠. 서로가 최선을 다하죠. —루리 님을 지키기 위해서 말입니다."

"응, 그래."

말은 조용했고, 어조는 온화했다. 하지만 분위기만은 날이 서 있었다.

무시키와 아사기는 가면 너머로 시선을 교환하며, 누가 먼저랄 것 없이 미소를 지었다.

그날 밤.

저녁 식사를 마친 무시키와 쿠로에는, 내빈용 숙소 최상층에 준비된 사이카의 방에 모였다.

일단 귀빈 대접이라 식사는 호화로웠고, 방 또한 고급이었다. 게다가 무슨 일이 있으면 아주르스가 바로 뛰어오게 되어 있다. 만약 단순히 관광하러 온 것이라면, 더할 나위 없이 쾌적한 환경이었다.

"……자. 문제는 앞으로 어떻게 할 것이냐, 인걸."

"네."

하지만 무시키와 쿠로에는 그다지 밝지 않은 표정으로 이야기를 나누고 있었다.

—아까는 사후 처리와 〈방주〉 설비의 손상 확인이라는 명목으로 수업이 중단되면서, 결국 루리와 격리되고 말았다.

무시키는 기습이나 다름없는 방법으로 루리와 접촉하는 데 성공했지만, 다음부터는 아사기 측도 경계할 것이다. 같은 방법이 통할지는 미지수였다.

그렇다면, 미리 써둔 작전이 성공하기를 기도할 수밖에 없다. 무시키는 쿠로에가 타 준 홍차를 한 모금 마신 후, 따뜻한 숨결을 토했다.

바로 그때—.

"……!"

조심스럽게 문에 노크하는 소리가 들려오자, 무시키는 표정을 싹 바꿨다.

"—열려 있어. 들어와."

무시키가 그렇게 말하자, 천천히 문이 열리면서 한 소녀가 방에 들어왔다.

그 모습을 본 순간, 무시키는 무심코 의자에서 일어섰다.

"루리—."

그렇다. 그 소녀는 바로 실내복으로 갈아입고 샌들을 신은 루리였다.

무시키는 감회에 젖은 숨결을 토했다.

"—다행이야. 용케 내 메시지를 눈치챘구나."

"아, 네……! 물론이죠! 마녀님의 의도를 제가 눈치 못 챌 리가 없잖아요!"

루리는 흥분한 어조로 주먹을 말아 쥐었다.

그렇다. 실은 오늘 수업 중에, 무시키는 루리의 등을 손가락으로 훑는 식으로 어떤 정보를 전달했다.

이 방에 묵고 있다는 것과 이 방에 도달하는 루트, 그리고 힐데가르드에게 부탁해서 감시 카메라를 무력화시켜뒀다는 것도 말이다.

꽤 위험한 다리를 건너기는 했지만, 다행히 루리에게 전부 전해진 것 같았다.

그런 루리를 본 쿠로에는 한숨을 내쉬었다.

"아무래도 암시는 완전히 풀린 것 같군요."

"암시? 무슨 소리야?"

하지만 루리는 쿠로에가 무슨 말을 하는지 모르겠다는 듯이 고개를 갸웃거렸다.

"네……? 아오 씨가 루리 양에게 암시를 건 게 아닌가요? 어제 저희가 루리 양을 봤을 때, 딴사람이 된 것 같을 정도로 공허한 표정을 짓고 있었습니다만……."

쿠로에가 그렇게 말하자, 루리는 지긋지긋하다는 표정으로 「하아……」 하고 한숨을 내쉬었다.

“그럴 만도 하잖아……. 〈정원〉에 온 후로 마녀님을 한 번도 못 만났는걸. 스마트폰까지 빼앗겨서 사진과 영상과 음성도 섭취하지 못했다니깐……. 예를 들자면 일주일 동안 금식한 거나 다름없어. 기운이 안 날 만도 하지 않아?”

“식사 취급인가요.”

“호흡이라는 표현이 적절할지도 모르겠네.”

“그럼 죽지 않을까요.”

쿠로에는 담담히 대답한 후, 또 한 번 고개를 갸웃거렸다.

“그럼 오늘 낮의 수업에서 태도가 이상했던 건 어째서죠?”

“아니, 느닷없이 마녀님의 수영복 차림을 보니…… 최고의 눈 호강이긴 하지만, 일주일 동안 금식한 후에 샤토브리앙 스테이크를 먹는 건 무리잖아……. 우선 미음부터 먹으면서…….”

“미음인가요.”

“구체적으로는…… 마녀님을 모티프로 한 픽셀 아트를 감상하거나, 〈정원〉의 매점에서 산 손수건의 냄새를 맡는 것으로 시작하면서 서서히 익숙해져야 해.”

“사이카 님의 사진이나 본인의 손수건은 안 됩니까?”

“그, 그건 미음이 아니라 쌀이야! 텅 빈 위장에는 자극이 너무 강해!”

루리는 볼을 붉히면서 「꺄아~!」 하고 환성을 질렀다.

"그럼, 사이카 님의 등을 만진 순간에 자아을 되찾은 것처럼 보인 건……."

"허용량을 넘어서서 강제 셧다운이 됐다고나 할까? 아무튼 덕분에 머릿속이 개운해졌어."

"아하."

무시키는 이해한다는 듯이 고개를 끄덕였다.

"……."

쿠로에는 생각에 잠긴 듯한 표정을 지었지만, 곧 이해하길 포기한 건지 「그런가요」 하고 말했다.

"그럼— 이건 루리 양이 아니었다, 는 거군요."

쿠로에는 호주머니에서 스마트폰을 꺼내더니, 어떤 영상을 재생했다. —〈정원〉으로 보내졌던, 루리의 영상이다.

"어—."

루리는 얼이 나간 표정으로 그것을 쳐다보더니, 곧 눈을 치켜떴다.

"이 영상은 뭐야……! 이딴 말을 한 기억도, 이런 영상을 찍은 기억도 없어!"

그리고 발끈하며 언성을 높였다.

그 모습을 본 무시키는 작게 한숨을 내쉬었다.

"역시 페이크 영상이었구나."

"그런 것 같습니다. 기사 힐데가르드가 간파하지 못한

것을 보면, 영상 편집 이외의 방법을 쓴 걸까요."

무시키와 쿠로에가 그렇게 말하자, 루리는 뭔가를 깨달은 것처럼 어깨를 부르르 떨었다.

"이런 영상이 〈정원〉에……? 서, 설마 마녀님이 여기에 오신 건—."

"그래. 나도 이게 진짜란 생각이 안 들었거든. —귀여운 제자의 본심을 확인하러 온 거야. 만약 네가 부조리한 상황에 부닥쳤다면, 잠자코 보고 있을 순 없잖아?"

무시키가 윙크하며 그렇게 말하자, 루리는 손으로 입가를 감싸며 감격한 듯이 눈물을 흘리기 시작했다.

"아, 아니…… 저 같은 걸 위해……! 크……으, 으흑……, 과분한 영광입니다……!"

그러면서 오체투지를 하듯 지면에 엎드렸다.

하지만 이대로는 이야기가 진행되지 않을 거라고 생각한 건지, 쿠로에가 헛기침을 했다.

"아무튼, 루리 양이 무사하다는 것과 그녀의 의사를 확인했습니다. 그럼 다음은 구체적인 방법을 정하도록 하죠. —이 혼담을 없었던 일로 만들고, 루리 양을 〈정원〉으로 데리고 돌아가기 위해서 말입니다."

"응, 그래. 하지만 여기서부터가 난제야. 어떻게 할 생각이야?"

무시키가 묻자, 쿠로에는 생각에 잠기듯 턱에 손을 댔다.

“생각이 하나 있긴 합니다. 하지만— 이 방법을 쓰기 위해선 문제가 하나 있죠.”

“흐음…… 어떤 방법인지 물어봐도 될까?”

“네. 우선—.”

쿠로에는 간결하게 작전을 설명했다.

무시키는 그 내용을 듣고 납득한 듯이 고개를 끄덕였다. 루리 또한 볼을 붉히면서, 납득했다는 듯이 고개를 끄덕였다.

“재미있는걸. 확실히 시험해 볼 가치는 있을지도 몰라.”

“하, 하지만 마녀님. 대체 누구에게 그 역할을 맡길 건가요? 이 〈방주〉에는 그런 사람이…….”

루리가 머뭇거리며 무시키를 쳐다봤다. —하지만.

“—적당한 사람이 한 명 있거든. 그러니 나한테 맡겨주지 않겠어?”

무시키는, 자신만만한 어조로 그렇게 말했다.

다음 날. 〈공허의 방주〉 중앙 학사, 학원장실.

“……흐음?”

학원장, 후야죠 아오는 한껏 뜸을 들인 후에 과장되게 고개를 갸웃거렸다.

“다시 한번 말해주지 않겠니? 루리.”

그리고 어렴 너머에서 차분한 어조로 그렇게 말했다.

지극히 평온하고, 차분한 어조였다. 딱히 불쾌함이나 분노가 어려 있지도 않았다. 그녀 또한 상대를 위압할 의도는 없을 것이다.

하지만 그녀와 마주한 루리는 그 말 한 마디 한 마디에서 어마어마한 압력을 느낄 수밖에 없었다.

그럴 만도 했다. 지금 루리의 눈앞에 있는 인물은 후야죠가의 절대 권력자이자, 전 세계에서 다섯 손가락 안에 들어가는 힘을 지닌 마술사인 것이다.

"……."

하지만, 그렇다고 해서 물러날 수는 없다. 루리는 머리를 짓누르는 듯한 중압감을 떨쳐내듯 주먹을 말아 쥐더니, 말을 이었다.

"네. 전에도 말씀드렸다시피, 저는 이번 혼담을 받아들일 수 없어요."

루리가 그렇게 말하자, 아오는 가늘게 한숨을 내쉬었다.

"—그래서?"

그리고 어깨를 으쓱한 후, 말을 이었다.

"내 시간을 빼앗으면서까지 할 말이라는 게 그거야? 이 문답은 네가 〈방주〉에 왔을 때 마쳤다고 생각하는데 말이지."

"그건—."

루리는 미간을 찌푸리며 신음에 가까운 어조로 그렇게

말했다.

확실히 루리는 〈방주〉에 오자마자, 아오에게 같은 말을 했다. —그리고 들을 가치도 없다는 듯이 퇴짜를 놨다. 그걸 가지고 「문답은 끝났다」고 말하고 있으니, 루리로서는 분통이 터질 일이었다.

하지만 아오는 진심으로 그렇게 생각하는 것 같았다. 말을 안 듣는 어린아이를 달래듯, 말을 이었다.

"루리, 너무 응석을 부리지 마. 너도 마술사라면, 뛰어난 힘을 지닌 혈통이 끊겨선 안 된다는 것 정도는 이해하고 있잖니?"

"그건…… 이해하고 있어요. 평생 결혼을 하지 않겠다는 것도, 아이를 낳지 않겠다는 것도 아니에요! 하지만 저는 아직 어리고, 무엇보다 얼굴도 모르는 상대와 결혼한다니—."

"너는 당대 후야죠가 제일의 인재야. 잔인하게 들리겠지만, 네 몸은 너 혼자만의 것이 아냐. 너도 후야죠의 여자라면 이해해줘. 게다가 상대는 내가 고른 최고의 마술사거든. 분명 너도 마음에 들 거야. 아니면— 결혼할 수 없는 다른 이유가 있기라도 한 거야?"

"……윽!"

아오가 그렇게 말하자, 루리의 어깨가 떨렸다.

—이 작전을 쓸 타이밍은 바로 지금뿐이다. 마음을 다진 루리는 고개를 끄덕였다.

루리는 두근거리는 심장을 억누르며, 준비한 말을 입에 담았다.

"—네. 사실 저는…… 마음에 둔 상대가 있어요."

"……흐음?"

루리가 그렇게 말하자, 아오는 미심쩍어하는 듯한 목소리를 냈다.

"장래를 약속한 연인이 있다는 거니?"

"으…… 네!"

연인이라는 단어를 듣고 멋쩍은 느낌을 받으면서도, 루리는 힘차게 대답했다.

그러자 아오는 뭔가를 재보듯이 고개를 갸웃거렸다.

"……일단 물어는 보겠는데, 그 상대는 대체 어디 사는 누구니?"

예상했던 질문이다. 루리는 마른침을 삼킨 후, 말을 이었다.

"실은— 지금, 이곳에 와 있어요."

"뭐?"

역시 그 말은 예상 못 했던 것 같았다. 루리가 그렇게 말하자, 아오는 뜻밖이라는 듯한 반응을 보였다.

—아오가 냉정함을 되찾기 전에 밀어붙일 수밖에 없다. 루리는 아오의 대답을 기다리지 않고, 뒤편에 있는 문을 향해 고함을 질렀다.

"—들어와!"

그러자 그 말에 답하듯이 학원장실의 문이 열리더니, 한 소년이 방 안으로 들어왔다.

색소가 옅은 머리카락, 상냥한 느낌의 두 눈, 중성적인 얼굴—.

소년은 긴장한 표정으로 루리의 옆에 서더니, 아오를 향해 정중히 인사했다.

"처음 뵙겠습니다, 후야죠 학원장님. —루리의 연인인 쿠가 무시키입니다."

소년— 무시키의 목소리로 말이다.

"……커억!"

루리는 미리 각오했는데도 얼굴을 새빨갛게 붉히더니, 피를 토할 듯이 기침을 했다.

어젯밤에 있었던 일이다.

"어, 어어어어어어어어어어어어어어어어어어—."

사이카의 방에서, 두 손에 경련이 일어난 루리의 입에서 떨리는 목소리가 흘러나왔다.

"네가 왜 여기 있는 거야!"

그리고, 검지로 이쪽을 가리키며, 고함을 질렀다.

하지만, 그것도 당연한 반응이기는 했다.

—지금 이 자리에 있는 건, 본래 모습으로 되돌아간 무시키인 것이다.

그렇다. 아까 쿠로에와 함께 방을 나선 무시키는 빈방에서 서둘러 존재변환을 마친 후, 다시 이 방으로 돌아온 것이다.

"으음……. 아니, 그게……."

"—물론, 저희와 함께 〈정원〉에서 왔습니다."

무시키가 대답을 못 하자, 쿠로에가 도움의 손길을 내밀 듯 그렇게 말했다.

거짓말은 아니기에, 무시키는 맞다는 듯이 고개를 끄덕였다.

"마, 맞아. 루리가 걱정됐거든. 무사해서 다행이야."

"무…… 무슨 그런 부끄러운 소리를 하는 거야!"

무시키의 말을 들은 루리가 볼을 새빨갛게 붉히며 고개를 휙 돌렸다.

그로부터 몇 초 후. 마음을 진정시키듯 심호흡을 한 루리는 고개를 돌린 채 말을 이었다.

"……걱정 끼쳐서 미안해. 나도 금방 돌아갈 수 있을 줄 알았어."

"루리 탓이 아냐."

"……그건 그래. 아직도 시대착오적인 본가가 나쁘다는 건 나도 알아. 하지만, 마녀님마저 이런 곳에 오시게—."

바로 그때, 뭔가가 문뜩 생각난 것처럼 루리의 눈썹이 희미하게 떨렸다.

"어라? 그런데 마녀님은 어디 계셔? 아까 쿠로에와 같이 방을 나서셨잖아."

"……."

"……."

루리가 그렇게 말하자, 무시키와 쿠로에는 입을 다물었다.

두 사람이 부자연스러운 침묵에 잠기자, 루리는 불안한 듯이 어깨를 부르르 떨었다.

"두, 두 사람 다 왜 그래. 내가 무슨 이상한 거라도 물었어……?"

"—아뇨. 사이카 님은 볼일이 있으셔서 잠시 자리를 비우셨습니다."

"그래? ……아, 그럼 우리가 다른 장소로 이동하는 편이 낫지 않아?"

루리가 허둥지둥 방을 나서려 했다. 그러자 무시키와 쿠로에는 루리의 앞을 막아섰다.

"괜찮아. 사이카 씨에게 허락을 받았어."

"네. 저희끼리 작전회의를 진행하라고 말씀하셨습니다."

"그, 그래……?"

루리는 불안해하며 걸음을 멈췄지만— 곧 어깨를 부르르 떨며 쿠로에를 돌아봤다.

"잠깐만. 작전이라면, 아까 이야기했던 그거지? 설마 마녀님이 말씀하신 적당한 사람이 무시키야?!"

그리고 볼을 붉히며 고함을 질렀다.

하지만 그것도 무리는 아니었다. 왜냐하면 그 작전이란—.

"네. 아까 말씀드렸다시피, 마술사에게도 기본적으로 중혼은 허락되지 않습니다. 만약 루리 양에게 이미 장래를 약속한 연인이 있다면, 저쪽도 태도를 바꿀 수밖에 없지 않을까요."

쿠로에가 담담한 어조로 그렇게 말하자, 루리의 얼굴이 더욱 빨개졌다.

"그, 그그그그그그그그, 그래도 왜 하필이면 그 상대가 무시키인 건데?!"

"그럼 거꾸로 묻겠습니다만, 무시키 씨 이상의 적임자가 있습니까? 이곳은 〈공허의 방주〉. 후야죠 아오 학원장이 지배하는 여자의 화원입니다. 남성은 물론이고, 아오 씨에게 의견을 내놓으려는 이 자체가 존재하지 않으리라고 생각합니다만?"

"하, 하지만, 나와 무시키는 남매거든?!"

"흠. 그래서 결혼할 수 없다는 겁니까?"

"그렇게는 말 안 했거드으으으은?!"

쿠로에가 그렇게 말하자, 루리는 발끈하며 반론했다. 어째선지 이제까지 한 말 중에서 가장 힘이 들어간 것 같았다.

"흔치 않은 케이스이긴 하지만, 마술사 가문에서는 피를 유지하기 위해 근친혼을 하기도 해! 유전자적 문제도 한 세대 정도라면 마술로 해결 가능하거든?!"

"어, 그래? 대단하네."

무시키가 솔직하게 감상을 입에 담자, 어찌 된 건지 루리는 얼굴을 새빨갛게 붉혔다.

"착각하지 마! 나는 객관적 사실을 말했을 뿐이야!"

"어? 아, 응."

무시키가 고개를 끄덕이자, 쿠로에는 다시 이야기를 원래 궤도로 돌리려는 듯이 헛기침을 했다.

"즉, 문제는 없다는 거군요."

"끄……응……!"

루리가 분한 듯이 신음을 흘렸다. 자기 입으로 논거를 제시한 만큼, 반론하기 어려울 것이다.

"하, 하지만…… 애초에, 무시키는 어떤데?! 시…… 싫지 않은 거야?"

루리는 그렇게 말하면서 무시키를 쳐다봤다. 그 시선에는 아까까지의 기세가 느껴지지 않았으며, 그 대신 무시키의 안색을 살피는 듯한 기색이 어려 있었다.

"나는—."

무시키는 눈을 내리깔며 생각에 잠겼다.

—무시키 또한, 마음에 정해둔 사람이 있다. 물론 좋은 대답을 받을 수 있을지는 미지수지만, 그런 그녀의 눈앞에서 다른 상대와 연인 행세를 하는 것에 거부감을 느끼지 않는다고 말하면 거짓말이리라.

하지만— 그것이 루리를 구하기 위한 일이라면, 이야기가 달라진다.

"당연히, 싫지 않아."

무시키는 결의를 품으며 그렇게 말하더니, 루리의 눈을 응시하며 그녀의 손을 잡았다.

"—부디, 나에게 연인 역할을 맡겨줬으면 해."

"어엇……?!"

무시키가 그렇게 말하자…….

"네, 네에……."

루리는 눈이 빙글빙글 돌면서도 승낙의 말을 입에 담았다.

—그런 경위를 거쳐, 현재에 이르렀다.

무시키는 미세한 긴장에 사로잡힌 채, 루리의 옆에 서서 이 해역의 지배자와 마주했다.

후야죠 아오 학원장은 아까부터 아무 말 없이 무시키를 쳐다보고 있었다.

어렴이 쳐져 있어서 표정을 알 수는 없지만, 어안이 벙벙한 상태라는 것은 왠지 알 수 있었다.

하지만, 그것도 당연했다.

루리가 갑자기 장래를 약속한 연인을 데려왔으니 말이다.

"……."

아오는 한동안 침묵을 지킨 후, 갑자기 손을 놀렸다.

그리고 다음 순간, 학원장실 안에서 격렬한 경보가 울려 퍼졌다.

"어."

무시키가 깜짝 놀랐을 때, 방문이 거칠게 열리면서 선도 위원 여러 명이 안으로 들어왔다.

"부르셨습니까, 학원장님."

"그래. 불법 침입자야."

그리고, 냉혹한 어조로 그렇게 말했다. 무시키와 루리는 무심코 눈을 치켜떴다.

"어…… 어엇?!"

"잠깐만 기다려주세요! 이야기만이라도—."

루리가 그렇게 말하자, 어렴 너머의 아오가 부채로 무시키를 가리켰다.

"물어볼 게 많긴 한데, 우선 왜 남자가 〈방주〉에 있는 거지? 출입을 허가한 기억은 없는데 말이야."

"……, 앗."

무시키는 그 말을 듣고 식은땀을 흘렸다.

듣고 보니 그러했다. 작전에 정신이 팔린 탓에, 그 중요한 전제조건을 깜빡하고 말았다.

옆에 있는 루리가 「어?!」 하며 깜짝 놀란 표정을 지었다.

"……잠깐만, 마녀님들과 같이 온 게 아니었어? ……밀항한 거야?"

"아니, 저기, 뭐…… 루리가 너무 걱정되어서 말이야."

"으윽……."

무시키와 루리가 작은 목소리로 그런 이야기를 나누고 있을 때, 아오가 한숨을 내쉬었다.

"아무튼, 이건 연인 운운하기 이전의 문제야. ―쫓아내."

""""네.""""

아오의 지시에 따라, 선도위원들이 무시키에게 서서히 다가갔다.

그러자 루리는 무시키를 지키려는 듯이 손을 펼쳤다.

"기다려주세요, 당주님! 무시키는 그저 저를 도우려고……!"

"나와는 상관없는 일이야. 대체 어떻게 숨어든 건지는 모르겠지만―."

바로 그때, 아오가 갑자기 말을 멈췄다.

"무시키…… 무시키라고 했어……?"

그리고 미심쩍은 투로 무시키의 이름을 입에 담았다. 그러자 무시키는 뜻밖이라는 듯이 눈을 동그랗게 떴다.

"……너, 설마 아이의 자식이니?"

아이. 그것은 무시키를 낳아준 어머니의 이름이다.

"아, 네……. 저를, 아세요?"

"……."

무시키가 그렇게 말하자, 아오는 잠시 뭔가를 생각하듯 침묵을 지킨 후에 입을 열었다.

"……그래. 후야죠의 핏줄, 특히 본가로부터 일촌 이내에서 남자아이가 태어나는 건 매우 드문 일이거든."

"그렇군요."

무시키가 솔직한 반응을 보이자, 아오는 의미심장하게 턱을 쓰다듬었다.

"흐음— 그래. 그 애가……."

"……어?"

아오의 반응을 접한 무시키는 고개를 갸웃거렸다.

하지만 무시키가 의문을 입에 담기도 전에, 아오가 손을 크게 내저었다.

"—좋아. 다들 물러나 있어."

"괜찮겠습니까?"

"그래. 남자라고는 해도, 일단 후야죠의 피를 이은 자인걸. 특례를 적용해 쫓아내지는 않도록 하겠어."

“……알겠습니다.”

선도위원은 예를 표한 후, 문밖으로 나갔다.

그러자 학원장실에는 아까와 마찬가지로 세 사람만이 남겨졌다.

“—그런데.”

잠시 정적이 흐른 후, 어렴 너머의 아오가 입을 열었다.

“아이의 자식이라면, 너는 루리의 오빠지? ……즉, 남매가 서로를 사랑하고 있다는 거니?”

“네.”

“커억.”

무시키가 아오의 질문에 대답하자, 옆에 있던 루리가 가슴을 움켜쥐며 몸을 배배 꼬았다.

“루리는 제가 행복하게 해주겠습니다.”

“푸끄억!”

“저는, 루리를 진심으로 사랑하고 있어요.”

“오끼야우엑!!”

“그러니, 부디 저와 루리를 결혼시켜주십시오!”

“크어w세drftgy후지꺼~p.”

무시키의 말에 맞장구를 치듯, 얼굴이 새빨개진 루리가 괴성을 토해냈다. 그러자 아오는 당혹스럽다는 듯이 고개를 갸웃거렸다.

“왠지 루리가 옆에서 대미지를 입고 있는 것 같은데 말이야."

"루리는 평소에도 이런 느낌입니다."

"그, 그렇구나."

무시키가 딱 잘라 단언하자, 아오는 작게 헛기침을 했다.

그리고 아오는 루리를 향해 미심쩍은 목소리로 말했다.

"루리, 정말이야? 결혼을 안 하려고 둘러대는 것 아니니?"

"그, 그게—."

아오가 그렇게 묻자, 루리는 말끝을 흐렸다.

그 심정도 이해가 안 되는 건 아니다. 피치 못할 사정이 있다고는 해도, 실제로 그 말을 입에 담으려니 거부감이 느껴지는 것이리라.

"—루리."

하지만, 지금은 밀어붙일 수밖에 없다. 무시키는 맑은 눈동자로 루리의 눈을 응시했다.

"……!"

루리는 흠칫하며 어깨를 부르르 떨더니, 얼굴을 잘 익은 토마토처럼 붉히면서 더듬더듬 말을 이었다.

"네, 네에……. 루리는, 오라빠니를…… 싸랑……애요……."

"흐음…… 그래."

아오는 그 말을 듣더니, 천천히 한숨을 토한 후에 부채로 두 사람을 가리켰다.

"그럼, 증거를 보여주겠니?"

"증거……?"

"응. 그래. ―지금 이 자리에서, 입맞춤을 해봐."

"……."

"뭐―."

아오가 그렇게 말하자, 무시키와 루리는 무심코 숨을 삼켰다.

―쿠로에가 술식을 걸지 않은 지금 상태에서는, 키스로 마력이 공급되지는 않을 것이다. 그러니 이 자리에서 사이카가 될 일은 없다.

하지만 무시키는 사이카를 위해 정조를 지키기로 맹세한 몸이다. 그렇기에 아무리 상대가 여동생일지라도 키스를 하는 것에 거부감을 느꼈다.

"……."

하지만, 무시키는 곧 생각을 고쳤다.

무시키의 마음속에 있는 사이카(상상)가 모습을 보였기 때문이다.

『―뭘 주저하는 거지? 입술 한 번 맞대는 걸로, 저 후야죠 아오가 결정한 혼인을 백지로 되돌릴 수 있을지도 모르잖아. 아니면 뭐야? 네 결의는 그것밖에 안 되는 거려나?』

반투명한 사이카는 그렇게 말하더니, 무시키의 어깨를 두드려줬다.

그 미세한 충격(상상)을 느낀 순간, 무시키는 각오를 다졌다.
루리의 어깨를 상냥히 움켜잡으며, 자기 쪽으로 끌어당겼다.
"앗! 무, 무시키 무슨……?"
"괜찮아, 루리. 나한테 맡겨."
"……!"
루리는 화들짝 놀라며 몸을 떨더니, 천천히 눈을 감았다. ―아무래도, 루리 또한 각오를 다진 것 같았다.
무시키는 천천히 루리를 향해 얼굴을 내밀었다.
두 사람의 입술이, 서로의 숨결이 느껴질 거리까지 다가갔다.
―다음 순간.
"……모, 못 해애애애애애애애애애앳!"
얼굴을 새빨갛게 붉힌 루리의 어퍼컷이 턱에 작렬하자, 무시키는 그대로 그대로 꼬꾸라지고 말았다.

"……실패했어."
"……실패했네."
사이카의 방으로 돌아온 루리와 무시키는 고개를 푹 숙이며 한숨을 내쉬었다.

"실패하셨습니까."

방에서 대기하고 있던 쿠로에는 두 사람의 보고를 듣더니, 평소와 다름없는 담담한 어조로 그렇게 말했다.

"네……. 뜻대로 풀려나가는 것 같았지만요. 루리도 열심히 했고요."

"……으, 응……."

무시키가 그렇게 말하자, 루리는 아까 일을 떠올린 건지 볼을 붉히며 고개를 돌렸다.

"대책을 세워야 하니, 무슨 일이 있었는지 가르쳐주시겠습니까?"

"아, 네. 내가, 루리를 진심으로 사랑한다고 말했더니—."

"구체적으로 재현하지 마아아아아아앗!"

쿠로에의 요청에 따라 무시키가 대답하자, 루리는 비명에 가까운 목소리로 그렇게 외치면서 근처에 있던 쿠션을 집어 던졌다.

무시키는 안면에 정통으로 맞은 쿠션을 소파에 내려놓은 후, 학원장실에서의 일을 쿠로에에게 설명했다.

"—그랬군요."

쿠로에는 무시키의 설명을 듣더니, 생각에 잠기듯 턱에 손을 대며 그렇게 중얼거렸다.

그러자 볼을 붉힌 루리가 인상을 찡그리며 입을 열었다.

"……미안해. 전부 내 잘못이야."

"확실히 루리 양의 행동은 얼간이 그 자체라 해도 과언이 아니었습니다만……."

"……."

그래도, 하며 쿠로에는 말을 이었다.

"키스에 성공하더라도 더 무리한 일을 시켰을 가능성이 큽니다. 너무 마음 쓰지 마시길. —지금은 다른 상대와의 혼인이 결정된 상태입니다. 아오 씨 입장에선 그것을 전부 엎어버리면서까지 근친혼을 우선할 이유가 없겠죠. 후야죠가는 명문입니다. 상대에 그에 걸맞은 가문의 자제일 거라 예상됩니다. 물론 마술사로서의 실력도 중시하겠죠."

"그렇구나……."

무시키는 쿠로에의 말을 듣고 미간을 찌푸렸다.

"연인 역할을 맡으려면, 지금 결정된 혼담을 엎어버리고 싶어질 만큼 뛰어난 가문 출신의 강력한 마술사여야만 한다는 거네요."

"물론 그 외에도 조건이 있겠습니다만, 간단히 말하자면 그렇게 됩니다. —문제는, 그런 인물이 흔치 않다는 거겠죠."

"네? 그런 완벽한 인물이라면 한 명 있잖아요."

""……, 어?""

무시키가 그렇게 말하자, 쿠로에와 루리는 서로의 얼굴을 쳐다보며 눈을 동그랗게 떴다.

◇

"……으음, 다시 한번 말해주겠어?"

그로부터 약 30분 후.

〈방주〉 중앙 학사의 학원장실에서, 후야죠 아오는 머리를 감싸 쥐는 듯한 포즈를 취하고 있었다.

하지만, 그녀의 심경도 이해가 안 되는 건 아니다.

왜냐하면, 지금 학원장실을 찾아온 이는—.

"그래. 몇 번이든 말해주겠어. —나, 쿠오자키 사이카는 후야죠 루리를 진심으로 사랑해. 그녀와의 결혼을 허락해줘."

극채의 마녀란 별명을 지닌 마술사, 쿠오자키 사이카 본인이었다.

—물론 그 정체는 아까와 마찬가지로 무시키지만, 아오가 그런 걸 알 리가 없다.

그렇다. 사이카라면 가문, 실력, 둘 다 나무랄 데가 없었다. 그도 그럴 것이 〈공극의 정원〉 학원장이자, 마술사로서의 실력은 세계 최강이라 일컬어질 정도다. 단순히 조건만으로 본다면, 그녀 이상 가는 인간은 현재 지구상에 존재하지 않는다고 해도 과언이 아니었다.

참고로 당사자인 루리는 무시키의 옆에서 황송하다는 듯

이 어깨를 움츠리고 있었다.

딱히 말은 안 했지만 「나, 나 따위를 위해 마녀님이…… 죄송해요, 죄송해요……. 너무 영광스러워서 골로 가버릴 것 같아……」 하고 생각하고 있는 게 훤히 느껴졌다.

"……사이카 씨, 진심으로 하는 말이야?"

땅이 꺼지게 한숨을 내쉰 아오가 가라앉은 목소리로 그렇게 말하자, 무시키는 고개를 끄덕였다.

"물론이지. 나와 루리는 서로를 진심으로 사랑해. ―그렇지? 루리."

"네…… 네엣!"

무시키가 상냥히 어깨를 끌어안아 주자, 루리는 눈이 빙글빙글 돌면서도 상기된 어조로 그렇게 말했다.

"……뭐, 뭐야……? 이런 일이 있어도 돼……? 오 신이시여……. 이건 현실? 아니면 꿈? 자남색으로 물든 하늘에 슈팅 스타……."

루리는 그런 싸구려 가사 같은 말을 늘어놓고 있었다.

그래도 그 심정이 이해 안 되는 건 아니다. 무시키도 사이카에게 이런 식으로 포옹을 받았다면, 비슷한 반응을 보였을 것이다.

바로 그때, 아오는 뭔가가 생각난 것처럼 말했다.

"……하지만 루리는 아까, 오빠와 사랑하는 사이라고 말하지 않았어?"

"……! 그, 그게—."

루리는 볼을 붉히면서 말끝을 흐렸다.

하지만 무시키는 그런 루리의 말을 끊으며 말을 이었다.

"—옛날이야기는 그쯤 해. 사랑이란 항상 갑작스러운 것이야."

"……그것보다 그 애는 대체 어디에 간 거야? 특별히 허가하긴 했지만, 남자가 학원 안을 함부로 돌아다니면 곤란해."

"대체 무슨 소리를 하는 건지 모르겠는걸."

"……."

무시키가 그렇게 말하자, 아오는 입을 다물었다. 마치 두통을 참고 있는 듯한 모습이지만, 아마 기분 탓일 것이다.

"……여러모로 할 말이 있거든?"

몇십 초 동안 침묵이 이어진 후, 아오는 다시 입을 열었다.

"뭐지?"

"……사이카 씨. 당신은 여자지?"

아오는 대뜸 치명적인 말을 건넸다.

그렇다. 사이카는 가문과 실력 면에서 최고라고 해도 과언이 아니지만, 유일한 문제점이 바로 여자라는 점이다.

하지만 그런 심각한 문제점에 대해 사전에 아무 고려도 하지 않았을 리가 없다. 무시키는 자신만만한 미소를 머금었다.

"동성끼리 파트너가 되는 걸 인정하지 않는 거야? 그런 시대착오적인 발언은 너한테 듣고 싶지는 않았는걸."

"……딱히 그런 커플을 부정하는 건 아냐. 하지만 그래선 루리의 피를 이은 자식이 태어나지 않잖아? 후야죠가로서는 그렇게 되면 매우 곤란해."

"흠—."

무시키는 턱을 쓰다듬으며 말을 이었다.

"그런데 아오."

"왜?"

"iPS 세포란 말을 들어본 적 있어?"

"사이카 씨?"

아오가 강한 어조로 되묻듯 그렇게 말하자, 무시키는 어깨를 가볍게 으쓱했다.

"—뭐, 그 점에 대해서는 앞으로 생각해 보자. 루리에게 심경의 변화가 일어날지도 모르잖아. 어쩌면 나 말고 다른 누군가와 재혼할 가능성도 충분히 있는걸. 사람의 마음이란 종잡을 수 없으니 말이지."

그것이 궤변이란 사실은 무시키 본인도 자각하고 있다.

그 말은 루리가 어른이 되어서 직접 결혼 상대를 고르는 시기가 된다면, 사이카가 물러나겠다는 것이나 다름없다. 아오가 준비한 혼담을 엎기 위한 구실로 여겨져도 이상할 게 없다.

하지만 이 억지스러운 소리도, 쿠오자키 사이카가 입에 담는다면 올바른 발언이 된다.

무시키는 입가를 누그러뜨리더니, 자신만만한 눈길로 아오를 쳐다봤다.

"그렇게 된 거야. ―만약 우리를 갈라놓으려 하는 괘씸한 자가 있다면, 나도 무슨 짓을 할지 모르겠는걸."

"……."

무시키가 그런 발언을 입에 담자, 아오는 다시 침묵했다.

하지만 곧 땅이 꺼지게 한숨을 내쉬더니, 루리를 돌아봤다.

"사이카 씨의 말이 사실이니? 루리."

"네…… 네엣! 밀키 웨이로 플라이 어웨이!"

루리는 경례를 하며 그렇게 말했다. 그 말의 의미는 모르겠지만, 긍정을 뜻한다는 건 알 것 같았다.

그러자 아오는 한 번 더 한숨을 내쉰 후에 부채 끝으로 두 사람을 가리켰다.

"―그럼 이 자리에서 입맞춤을 해서, 두 사람의 사랑을 증명해줘."

그리고 아까 무시키와 루리에게 제시했던 난제를 또 입에 담았다.

"……."

"흠."

루리는 그 말을 듣고 숨을 삼켰으며, 무시키는 눈을 약간 가늘게 떴다.

이 요구를 예상하지 못한 건 아니다. 이미 무시키와 루리도 각오를 다졌으며, 쿠로에 또한「비상 상황이니 주저할 필요는 없습니다. 화끈하게 해버리시길」하며 GO 사인을 내려줬다.

그렇다. 문제 될 것은 없다.

"—루리. 이리 와."

무시키는 상냥히 속삭이면서, 루리의 어깨에 팔을 둘렀다.

"히익?!"

루리는 볼을 새빨갛게 붉히더니, 새된 목소리로 비명을 토했다.

하지만 무시키는 개의치 않으면서, 그녀의 턱을 살며시 들어 올렸다.

"마, 마마마마마, 마녀님……!"

"—싫어?"

"그—, 그런 건……!"

"그럼, 나한테 맡겨줘. 괜찮아. 아무 걱정 할 필요 없어—."

무시키는 달콤한 목소리로 그렇게 말하더니, 루리를 향해 천천히 입술을 내밀었다.

—하지만, 두 사람의 입술이 닿기 직전…….

"앗—."

상상을 초월한 이 상황에, 뇌가 한계를 맞이한 것일까.

루리의 의식은, 밀키 웨이로 플라이 어웨이하고 말았다.

◇

"실패했어."

"—죄송해요오오오오오오오오오오오오오!!"

루리는 방에 돌아오자마자 힘차게 점핑 무릎 꿇기를 선보였다. 도약한 높이, 비거리, 무릎 꿇는 자세 등, 모든 면에서 높은 예술 점수를 기대할 수 있는 연기였다.

그런 두 사람을 보고 모든 사태를 짐작한 쿠로에는 한숨을 토했다.

"실패하셨습니까."

"응. 중간까지는 나쁘지 않았는데—."

무시키가 간략하게 설명해주자, 쿠로에는 「그랬군요」 하고 말하며 고개를 끄덕였다. 참고로 그동안 루리는 꼼짝도 하지 않으며 무릎을 꿇은 채 고개를 조아리고 있었다.

"사이카 님으로도 무리라면, 그 어떤 상대를 데려오더라도 아오 씨는 결정을 뒤집지 않을 테죠. —루리 양, 고개를 드십시오. 만약 키스에 성공하더라도 더 무리한 일을 시켰을 가능성이 큽니다."

"저, 정말……?"

루리가 머뭇머뭇 고개를 들었다.

"네, 정말입니다."

뭐, 하고 쿠로에는 덧붙여 말했다.

"루리 양이 한심하다는 건 엄연한 사실이지만 말이죠."

"우에에에에에에에에에에에에에에엥—!!"

쿠로에가 그렇게 말하자, 루리가 울음을 터뜨렸다.

무시키는 나무라는 듯한 어조로 말했다.

"쿠로에."

"죄송합니다. 좀 재미있었던지라……."

쿠로에는 그 자리에서 몸을 숙이더니, 루리를 달랬다.

잠시 후, 루리는 그제야 진정했다. 그 모습을 본 쿠로에는 다시 몸을 일으켰다.

"—하지만, 좀 신경 쓰이는군요."

"뭐가?"

"아오 씨 말입니다. 제 기억으로는, 좀 더 말이 통하는 분이었습니다만……."

"흠……?"

쿠로에가 그렇게 말하자, 무시키는 고개를 갸웃거렸다. 무시키가 이야기를 나눠본 바로는 그런 인상과는 거리가 멀었지만— 오랫동안 알고 지낸 그녀의 말인 만큼, 뭔가 이유가 있을지도 모른다.

"그만큼, 이 결혼이 중요한 의미를 지니고 있다는 걸까."

"……, 그럴지도 모르겠군요."

쿠로에는 아직 이해가 안 된다는 듯이 눈을 가늘게 떴다.

"—아무튼, 뒷일은 내일 하도록 하죠. 너무 밀어붙였다간, 아오 씨의 태도가 더 나빠질 뿐입니다. 아직 혼례 의식 날까지 시간이 있으니까요. 차근차근 몰아붙이도록 하죠."

"응…… 그래. 너무 돌아다녔다간 상대방이 경계할지도 모르니까, 오늘은 이만 방으로 돌아가겠어. —마녀님과 둘이서 당주님 앞에 나선 시점에서 한통속이라는 건 탄로 났겠지만, 아주르스에게 괜한 구실을 내줄 필요는 없잖아."

루리는 그렇게 말하더니, 무시키를 향해 돌아서며 정중히 예를 표했다.

"그럼 마녀님, 이만 실례하겠습니다. 내일 다시 찾아올게요."

"응, 아직 갈 길이 머니까 쉬도록 해."

루리는「네!」하고 힘차게 대답한 후, 방에서 나갔다.

"……후유."

〈방주〉 학원장실에서, 아오는 우울한 심정을 토로하듯 가는 한숨을 내뱉었다.

—일이, 매우 성가셔졌다.

〈우로보로스〉의 부활과, 〈누각〉의 대대적인 약체화.

게다가 역대급 체구를 자랑하는 〈크라켄〉이 두 마리나 동시에 모습을 보인 것도 신경 쓰였다. 아주르스와 사이카

덕분에 큰일은 벌어지지 않았지만…… 오랜 세월에 걸쳐 이 세상의 바다를 지켜온 아오로서는 불길한 예감을 느낄 수밖에 없었다.

하지만— 가장 큰 걱정거리는 따로 있었다.

"……설마, 사이카 씨가 찾아올 줄은 몰랐어."

—쿠오자키 사이카. 말하지 않아도 다 아는 세계 최강의 마술사. 설마 그녀가 루리의 혼인을 이렇게까지 노골적으로 방해할 줄은 몰랐다.

〈방주〉에서는 절대적인 권력을 휘두르는 아오도, 사이카가 상대라면 불리하다. 루리의 억지를 들어줘서 〈정원〉에 입학시킨 것을, 아오는 이제 와서 후회했다. 하지만 지금의 루리가 존재할 수 있는 것도 〈정원〉에서의 수행 덕분일 테니, 당시의 결정을 단호하게 부정할 수도 없어서 골치가 아팠다.

"게다가 무시키라고 했지? 당시의 그 애가 왜 이제 와서……."

아오는 가라앉은 목소리로 그렇게 중얼거리더니, 이마를 손으로 짚었다.

"정말, 일이 생각대로 풀리지 않네—."

바로 그때였다.

아오가 갑자기 말을 멈췄다.

아니, 정확하게 표현하자면— 갑작스럽게 기침이 난 탓

에, 말을 멈출 수밖에 없었다.

"콜록, 콜록—."

아오는 입을 손으로 막은 채, 거친 기침을 토했다.

잠시 후, 그녀는 어깨를 들썩이며 입에서 손을 뗐다.

—그 손에는, 검붉은 피가 진득진득하게 붙어 있었다.

"……느긋한 소리나 할 때가 아닌가 보네."

아오는 뼛속까지 서늘하게 만들 듯한 목소리로 그렇게 중얼거리더니, 피에 젖은 손을 말아 쥐었다.

제4장 화촉을 밝힐 때 푸른 불꽃과 맺어지는 순간

"사이카 님, 차 드십시오."

"응, 고마워."

가짜 연인 작전 다음 날. 〈방주〉 내빈용 숙소 최상층의 방에서 무시키는 쿠로에가 타준 홍차를 한 모금 마신 후, 온기를 머금은 숨결을 토했다.

현재 시각은 오후 4시 50분. 이미 오늘 수업은 끝났으며, 〈방주〉 거주 에어리어에는 교복 차림의 소녀들로 붐비고 있었다.

저녁 식사 전의 우아한 한때.

하지만 무시키와 쿠로에는 느긋하게 쉬고 있는 게 아니었다.

"—슬슬 올 때가 됐나."

"네. 어쩌면 쫓아오는 학생들을 따돌리는 데 시간이 걸리는 걸지도 모릅니다."

무시키의 중얼거림에, 쿠로에가 답했다. —루리는 〈방주〉에서 엄청난 인기인이다. 그 광경을 상상한 무시키는 작게 웃음을 흘렸다.

그렇다. 무시키와 쿠로에는 다음 작전을 짜기 위해, 루리가 오기를 기다리고 있었다.

"혼례 의식까지 닷새 남았습니다. 그때까지, 어떻게든 이 약혼을 없었던 일로 만들어야 하죠."

"응, 맞아. 하지만…… 대체 어떻게 하지?"

무시키가 묻자, 쿠로에는 V사인을 날리듯 손가락 두 개를 세웠다.

"자세한 이야기는 루리 양이 온 후에 하겠습니다만, 지금 고려 가능한 방법은 크게 나눠 두 가지입니다. ―하나는, 신랑 측을 공략하는 거죠."

"신랑 측……. 루리의 결혼 상대 말이야?"

"네. 아무리 아오 씨가 인정하지 않더라도, 신랑 측에서 결혼을 거부한다면 이야기가 달라질 겁니다."

"그래. 괜찮은 방법이야. 그렇다면―."

무시키는 말을 이으려다 「어?」 하며 고개를 갸웃거렸다.

"그러고 보니…… 루리의 결혼 상대는 대체 어떤 인물이야?"

그렇다. 갑작스러운 결혼 소식에 놀라서 이제까지 정신없이 손을 썼지만, 그러고 보니 결혼 상대에 대해서는 아는 바가 없었다.

"문제는 바로 그 점입니다. ―루리 양의 결혼 상대에 대한 정보가 전혀 없다는 거죠."

"생각해 보니 이상하긴 하네. 이름 정도는 알려져도 이상할 게 없잖아."

"그렇습니다. 어쩌면 아오 씨가 의도적으로 숨기고 있는 걸지도 모르죠. —현재 기사 힐데가르드에게 조사를 요청했습니다만, 관련 정보를 입수하지 못한다면 이 방법은 쓸 수 없습니다."

"그래……. 그럼 다른 방법은 뭐야?"

무시키가 묻자, 쿠로에는 중지를 접으면서 검지 하나만 세워뒀다.

"네. 이쪽은 더 단순 명쾌합니다."

"흠."

"사이카 님께서 막아서는 적을 다 쓸어버리면 문제 해결, 올 오케이~."

"쿠로에."

쿠로에가 담담한 어조로 그런 제안을 내놓자, 무시키는 무심코 식은땀을 흘렸다.

"농담입니다."

"농담으로 안 들렸거든?"

"아무리 사이카 님일지라도, 마술사 상대로 실력 발휘를 하셨다간 큰 문제가 될 겁니다. 목격자를 한 명도 남기지 않거나, 전부 토키시마 쿠라라의 짓으로 위장하는 방법도 있긴 합니다만—."

"쿠로에."

"농담입니다."

쿠로에는 혀를 살짝 내밀었다. 하지만, 눈은 전혀 웃고 있지 않았다.

"뭐, 실제로 아오 씨를 상대로 일을 벌인다는 것은 〈방주〉 전체를 적으로 돌리는 것과 같은 의미입니다. 결코 쉬운 상대는 아니죠. 전성기 때의 사이카 님이라면 모르지만, 지금의 사이카 님이라면 힘들지도 모릅니다. 그러니 이것은 최후의 수단입니다."

"그건…… 그래."

무시키는 자신의 미숙함을 부끄러워하듯 한숨을 토했다.

그러자 마치 타이밍을 잰 것처럼, 〈방주〉 안에서 종소리가 울려 퍼졌다.

"어머, 오후 다섯 시가 됐군요."

쿠로에는 벽에 걸린 시계를 쳐다보며 중얼거렸다.

"별일이 다 있네. 루리가 약속 시간에 늦다니—."

무시키가 말을 이으려던, 바로 그때였다.

무시키와 쿠로에가 한쪽 귀에 꽂은 이어폰에서, 힐데가르드의 목소리가 흘러나왔다.

『……사, 사이 양, 쿠로 양……. 드, 들려……?』

"—힐데. 무슨 일 있어?"

무시키가 묻자, 힐데가르드는 허둥지둥 말을 이었다.

『크, 큰일 났어……. 지금, 〈방주〉 안의 방범 카메라의 영상을 보고 있는데…… 루, 루 양이, 가면을 쓴 여자애들에게 끌려갔어……!』

"……뭐, 뭐라고?"

힐데가르드의 말을 들은 무시키가 무심코 미간을 찌푸렸다.

"어떻게 된 거지? 루리가 아주르스에게 끌려간 거야?"

"아오 씨가 명령을 내린 게 틀림없을 겁니다. 하지만, 대체 무슨 목적으로……."

『그, 그게…… 가면을 쓴 애들이 한 말인데…… 혼례 의식의 일정을 앞당긴다고…….』

"……!"

무시키와 쿠로에는 작게 숨을 삼켰다.

"—사이카 님."

"그래. —가자."

무시키는 자신을 부르는 쿠로에에게 답하듯 고개를 끄덕인 후, 힘차게 의자에서 일어났다.

〈공허의 방주〉 중앙 학사 뒤편에는, 이곳이 해저라는 것을 한순간 잊고 말 만큼 멋진 대나무 숲이 펼쳐져 있었다.

그리고 그 한복판에 있는 길을 나아가자, 높은 벽과 거대한 문 앞에 도착했다.

—마술의 명문, 후야죠가. 그 본가의 부지다.

〈방주〉 내부에 존재하지만 이 문 너머는 엄연한 사유지이기에, 학생과 교사도 출입할 수 없다. 이곳에 드나들 수 있는 이는 후야죠가의 인간을 제외하면, 경비를 맡은 아주르스뿐이라고 한다.

그 벽 너머가 어떻게 되어 있는지는 쿠로에도 상세하게 알지 못한다고 한다.

하지만 〈방주〉의 특수한 환경, 그리고 후야죠 아오의 절대적인 권력이 이 부지 안을 실질적인 치외법권으로 만들고 있다.

극단적인 이야기를 하자면, 만약 후야죠가 안에서 어떤 사건 — 가령 사람이 죽는 일 — 이 벌어지더라도, 아오의 뜻대로 그 처우가 결정된다.

한번 발을 들였다간 두 번 다시 나올 수 없는, 행방불명의 정원. 식인귀의 배 속.

괴담처럼 각색이 되기는 했겠지만, 그것이 〈방주〉 외부의 마술사에게 퍼져 있는 후야죠 본가의 인상이었다.

"……루리가 여기 있는 거야?"

〈방주〉의 학원과 후야죠가의 부지를 가르는 벽 위에 선 무시키가 작게 말했다.

『으, 응……. 틀림없어. 자세한 상황은 모르겠지만……

루 양은 지금, 본가 저택에 있는 제례실이란 곳에 있는 것 같아…….』

쿠로에는 그 말을 듣더니, 품속에서 단말을 꺼내 무시키에게 보여줬다.

그 화면에는 광대한 부지의 도면과 파란색 마킹이 표시되어 있었다.

"역시 대단해, 힐데."

『……우힛…… 루, 루 양을 위한 일이니까…….』

통신을 통해 어색한 웃음을 흘린 후, 힐데가르드가 말했다.

"경비는 어때?"

『아…… 응. 가면을 쓴 애들이 잔뜩 있는 것 같아…….』

"그렇습니까. 역시 사이카 님을 경계하는 것 같군요. —기사 힐데가르드. 루리 양이 사이카 님의 방에 왔을 때처럼, 방범 카메라에 아무 일도 일어나지 않은 영상을 재생시키는 건 가능하겠습니까?"

『하, 할 수는 있지만…… 그때와는 다르게 침입자가 온다는 전제하에 대비 중인 상황이라, 효과는 그다지 없을지도 몰라…….』

"흠……. 성가시게 됐군요."

쿠로에가 턱을 쓰다듬으며 그렇게 말하자, 힐데가르드는 『후…… 후힛……』 하고 숨소리를 흘렸다.

『그러니까…… 들키지 않는 게 아니라, 교란을 하는 편이 좋지 않을까…… 싶어.』

"호오."

『그, 그건 맡겨줘……. 사이 양은 루 양을…….』

"알았어. 부탁할게."

무시키가 그렇게 답하자, 힐데가르드는 한 번 더 부끄러운 듯이 웃음을 흘린 후에 통신을 끊었다.

그러자 쿠로에가 조용히 입을 열었다.

"—자, 사이카 님. 그럼 마지막으로 확인하겠습니다."

"뭔데?"

"아까는 농담 삼아 실력 행사를 제안했습니다만, 실제로 후야죠가의 부지 안에 침입해서 루리 양을 데려오는 건 장난으로 넘어갈 수 없는 일입니다. 이것은 후야죠가에 대한 적대 행위이자, 부당한 간섭 행위입니다. 아무리 사이카 님일지라도, 이 일이 외부에 알려진다면 각계각처로부터의 비난을 피할 수 없을 겁니다. —그런데도, 루리 양을 구하러 가시겠습니까?"

쿠로에는 담담한 어조로 충언을 했다.

확실히 그녀의 말이 옳다. 아무리 최강의 마술사일지라도, 방약무인한 행동이 허락될 리가 없다. 이 행위는 사이카에게 불이익을 가져올 것이 틀림없으며, 그것은 무시키에게 있어서도 본의가 아니었다.

"……."

무시키는 이어폰을 끈 후, 쿠로에를 쳐다봤다.

"—말씀 좀 드려도 될까요?"

그리고 무시키의 원래 말투로 말했다.

그러자 쿠로에 또한 이어폰을 끄더니, 사이카의 말투로 말했다.

"—뭐지?"

"……우선 사과부터 드릴게요. 이건 루리와 내 문제예요. 사이카 씨를 휘말리게 해서 정말 죄송해요."

"흠, 그래서?"

"그래도, 부탁드릴게요. —힘을, 빌려주세요. 이 건으로 사이카 씨가 입게 될 손해를, 내가 얼마나 메워드릴 수 있을지는 모르겠어요. 하지만 내가 할 수 있는 일이라면 뭐든 하겠어요. 그러니, 동생을— 루리를, 구하게 해주세요."

무시키가 그렇게 말하자, 쿠로에는 살며시 눈을 내리깔았다.

"그래. 너의— 쿠가 무시키로서의 의견은 이해했어. 그럼 그걸 고려하며 묻겠어."

"네."

무시키가 똑바로 바라보며 그렇게 답하자, 사이카는 쿠로에의 표정과 말투로 말했다.

"사이카 님은, 방금 그 말에 어떤 반응을 보이실 겁니까?"

"……."

무시키는 쿠로에를 따라 하듯 표정을 원래대로 되돌렸다.
“쿠로에.”
“네.”
“—어리석은 질문이야.”
그리고 한 치의 주저도 없이 그렇게 말하더니, 벽을 박차며 공중으로 몸을 날렸다.
오빠로서 루리를 내버려 둘 수 없다는 마음도 물론 있다.
하지만, 그와 동시에—.
사이카가 그런 이유로 애제자를 내버려 둘 거라고는, 도저히 생각할 수 없었다.
“정답입니다.”
그렇게 말한 쿠로에는 무시키의 뒤를 쫓듯 벽을 박찼다.

“—갑(甲)의 삼, 이상 없음.”
“을(乙)의 일, 마찬가지.”
“병(丙)의 오, 마찬가지.”
후야죠 본가의 부지 안에 있는 경비실에서는 현재, 긴장된 분위기가 감돌고 있었다.
이 방에 있는 열 명가량의 선도위원은 수많은 모니터에 표시된 부지 내부의 영상을 꼼꼼히 체크하고 있었으며, 보고하는 목소리에서는 평소와 다르게 긴장감이 묻어났다.

하지만 그것도 무리는 아니었다. 현재 저택 가장 깊숙한 곳에 위치한 제례실에서는 후야죠 루리의 혼례 의식이 거행되려 하고 있었다.

혼례 의식이란 후야죠가에 있어 가장 중요한 의례 중 하나라고 해도 과언이 아니다. 만에 하나 이 의식이 실패로 끝난다면, 그것은 중대사다.

하지만— 이유는 물론 그것만이 아니다.

선도위원들의 심박수를 상승시킨 가장 큰 원인은 바로, 이 혼례 의식을 방해하려 하는 존재다.

"……진짜로 올까?"

선도위원 중 한 명이 가면 너머로 불쑥 그렇게 중얼거렸다.

그 말투는 방해자의 존재를 의심하고 있는 것처럼도 들렸고— 긴장감을 견디다 못해 토한 허세처럼 들리기도 했다.

"아무리 〈정원〉의 마녀님이라도, 후야죠 본가에 쳐들어와서 혼례 의식을 방해한다면 큰 문제가 될 거야. 학원장 자리에서 쫓겨날 가능성도 있어. 옛 제자 한 명을 위해, 그런 리스크를 범할 것 같진 않은데 말이야."

그 말을 입에 담자, 미세한 술렁거림이 퍼져나갔다.

하지만 그런 그들을 꾸짖듯, 다른 선도위원이 입을 열었다.

"방금 그건 못 들은 걸로 해두겠어. 감시에 전념해. 방심해도 될 상대가 아니라는 건 알고 있잖아?"

"하지만……."

"당주님의 말씀을 잊었어? 상대는 **바로 그** 쿠오자키 사이카야. 무슨 일을 벌일지 알 수 없어—."

바로 그때, 모니터를 쳐다보던 선도위원이 입을 다물었다.

방범 카메라의 영상에서, 변화가 일어난 것이다.

선도위원은 미간을 찌푸리더니, 모니터를 향해 얼굴을 내밀었다.

그것은 본가 부지 안의 정원을 비춘 영상이다. 그곳에, 누군가의 실루엣이 표시된 것이다.

한순간, 예의 쿠오자키 사이카라고 생각했지만— 아니었다. 명백하게 인간이 아니었다. 거대하면서도 얄팍해 보이는 체구를 지녔고, 네발짐승 같은 형상을 하고 있으면서도 목만 기묘하게 길었다.

그 정체불명의 동물이 기다란 목을 흔들면서 카메라 앞을 내달렸다. 그 갑작스러운 광경을 본 선도위원은 무심코 「히익」 하고 숨을 삼켰다.

하지만, 사태는 그걸로 끝이 아니었다.

경비실의 벽을 가득 채운 수많은 모니터 전부에, 비슷한 괴물이 비친 것이다.

"아니—."

"이게 대체, 뭐야……?!"

경비실의 모니터가 기묘한 괴물로 뒤덮였다.

그제야 선도위원들은 눈치챘다. 그 괴물이 대충 만든 CG란 사실을 말이다.

"이건…… 경비 시스템이 해킹을 당했어……?!"

"뭐?! 빨리 복구해야—."

"그것보다, 저택 쪽은 어떻게 됐어?! 경비와 연락은 돼?!"

"토, 통신이 끊겼어……!"

갑자기 경비실 안이 소란스러워졌다.

하지만 가장 먼저 이 문제를 눈치챘던 선도위원은 모니터 안에서 춤추고 있는『그것』을 응시하며, 멍한 어조로 중얼거렸다.

"왜…… 기린인 거야……?"

땅거미가 진 후야죠 본가의 부지 안을, 힐데가르드의 안내에 따라 내달렸다.

벽을 넘은 후로 시간이 좀 흘렀지만, 경보는 울리지 않았다. 길을 피해 대나무 숲 안을 가로지르며 나아간 무시키와 쿠로에는 광대한 저택이 보이는 위치에 도착했다.

"흠, 저기인가."

"그런 것 같습니다. 설마 여기까지 아무에게도 들키지 않고 도착할 줄은 몰랐군요. 대단한 실력입니다, 기사 힐데가르드.”

『우엣, 우히히…….』

쿠로에의 말을 들은 힐데가르드가 멋쩍은 듯이 미소 지었다.

『그, 그래도 조심해. 저택 주위에는 경비가 잔뜩 있을 테니까—.』

힐데가르드가 그렇게 말한 순간…….

“—윽?! 쿠오자키 학원장님……?!”

오른편에서 그런 목소리가 들려왔다.

고개를 돌려 보니, 가면을 쓰고 외투를 걸친 소녀 몇 명이 눈에 들어왔다. 경비를 맡은 아주르스다.

“흐음.”

“벌써 발각되고 말았군요.”

무시키와 쿠로에가 차분한 어조로 그렇게 말했을 때, 선도위원들은 두 사람을 포위하듯 슬금슬금 이동했다.

“……어쩐 일이십니까, 쿠오자키 학원장님. 여기는 출입금지 구역이에요.”

상대가 일단 예의를 지키며 그렇게 말하자, 무시키는 미소 지으며 답했다.

“그랬어? 이거 실례했는걸. 산책하다 잘못 들어왔나 봐. 마침 잘됐네. 안내해주지 않겠어? —루리가 있다는, 제례실이라는 곳에 말이야.”

"……!"

그 말을 통해, 두 사람의 목적을 확신한 것 같았다. 대장격으로 보이는 선도위원이 고함쳤다.

"제2현현, 전개!"

"하앗!"

소녀들의 머리 위에 2획의 계문이 생겨났다.

그와 동시에, 그녀들의 손안에는 마력으로 형성된 칼날이 달린 창이 현현됐다.

―〈크라켄〉전 때도 했던 생각이지만, 불가사의한 광경이었다. 현현술식은『인간의 정보』를 구성식으로 한 마술이다. 그 형상은 천차만별이며, 이렇게 흡사한 형태의 현현체만 모이는 건 매우 드문 일이라고 쿠로에도 말했다.

하지만 어느 정도까지는 후천적으로도 현현체의 형태 및 효과를 디자인하는 게 불가능하지는 않다고 한다. 집단전이 특기인 그녀들은 전술을 확립시키기 위해, 의도적으로 같은 형태로 맞춘 걸지도 모른다.

"―공격해!"

무시키가 그런 생각을 하고 있을 때, 주위의 선도위원들이 성난 목소리에 맞춰서 일제히 달려들었다.

"사이카 님."

"―괜찮아."

무시키는 쿠로에의 말에 짤막하게 답한 후, 오른손을 앞으로 내밀면서 눈을 가늘게 떴다.

스텔라리움
"제2현현—【미관측의 모형정원】."

그 순간.

무시키의 머리 위에 원형의 계문이 2획 전개되더니, 지구를 형상화한 장식이 달린 거대한 지팡이가 손에 쥐어졌다.

그리고, 무시키가 그 지팡이의 밑부분으로 지면을 찧자—.

"아니……?!"

주위에서 자라고 있던 수많은 대나무가 마치 뱀처럼 휘어지더니, 무시키를 공격하려 하던 선도위원들의 몸을 휘감듯이 옭아맸다.

"이, 이건—."

"크…… 크윽!"

선도위원들은 거기서 벗어나기 위해 손발을 버둥거렸지만, 이윽고 온몸이 대나무에 완전히 휘감기면서 의식을 잃었다.

"후유—."

무시키는 그 광경을 확인한 후, 작게 한숨을 토했다.

사이카의 제2현현【스텔라리움】은 한정적이기는 하지만 세계를 변질시키는 힘을 지녔다. 시전자의 상상력에 따라, 사용 폭이 확연히 달라지는 술식이다.

제4현현은 매우 강력하지만, 그만큼 마력의 소비도 크며 리스크도 엄청나다. 게다가 이번 상대는 인간이다. 제어가 완벽하다고 할 수 없는 상태에서 쓰는 건 지나치게 위험하다. 평상시에는 제1현현 및 제2현현만으로 승부를 낼 수 있도록, 쿠로에에게 가르침을 받고 있었다. 조금 걱정되기는 했지만, 아무래도 뜻대로 된 것 같았다.

"어때, 쿠로에—."

"—사이카 님, 위쪽입니다!"

쿠로에를 향해 돌아서려던 순간, 그 목소리를 들은 무시키는 숨을 삼키며 손에 쥔 지팡이를 위쪽으로 들어 올렸다.

다음 순간, 날카로운 소리와 함께 엄청난 충격이 팔에 전해졌다.

아무래도 마력으로 형성된 칼을 쥔 선도위원이 무시키를 향해 상공에서 쇄도한 것 같았다.

"큭—."

무시키는 인상을 찡그리며 습격자를 떨쳐냈다. 가면을 쓴 소녀는 허공을 가르며 착지했다.

소녀는 빈틈없이 칼을 치켜들며, 가면을 쓴 채 억눌린 목소리로 말했다.

"……제정신이십니까, 쿠오자키 학원장님. 이런 강경책으로 나오시다니……."

그제야 저 소녀가 아사기라는 것을 눈치챈 무시키는 호흡을 가다듬으면서 눈을 가늘게 떴다.

"강경책? 아무래도 오해가 있는 것 같은걸."

"오해……?"

"아주르스도 〈방주〉의 학생인 데는 변함이 없잖아? 내가 실전 형식으로 특별수업을 해줄까 해서 말이지. ―쿠오자키 사이카와 직접 싸울 기회는 흔치 않잖아? 정신 바짝 차리고 덤벼봐."

"말장난 그만하시죠……!"

무시키의 말을 들은 아사기는 발끈한 것처럼 숨을 삼키더니, 지면을 박차며 돌격했다.

"【스텔라리움】―!"

무시키는 그런 그녀에게 맞서듯 지팡이를 치켜들었다. 극채색의 빛과 함께, 수많은 대나무가 아사기를 휘감기 위해 뻗어나갔다.

"핫―!!"

하지만 아사기는 대나무의 난무를 피하듯 뒤편으로 도약하더니, 그 기세를 이용해 제2현현으로 만들어낸 칼을 크게 휘둘렀다.

물론, 상대와는 한참 떨어져 있었다. 푸르스름하게 빛나는 칼날은 그저 공허하게 허공에 빛의 궤적만을 남겨야 했다.

하지만…….

"……!"

무시키는 숨을 삼켰다. 아사기가 휘두른 칼의 날 부분이 휘어지는가 싶더니, 채찍처럼 뻗어 나온 것이다.

"큭……!"

갑작스러운 일인 탓에, 미처 반응하지 못했다.

하지만 칼날의 끝부분이 무시키의 가슴에 닿기 직전…….

"쳇—."

아사기가 혀를 차는가 싶더니, 그대로 뒤편으로 몸을 날렸다. 그녀의 손에서 늘어난 칼날 또한, 그 움직임에 맞춘 것처럼 뒤편으로 물러났다.

아사기가 왜 그런 행동을 취한 건지는 곧 알 수 있었다.

방금까지 아사기의 머리가 있던 장소를, 쿠로에의 상단 돌려차기가 가르고 지나간 것이다.

"흐음, 용케 피하셨군요."

"이게—."

아사기가 칼을 고쳐 쥐더니, 다시 칼날을 채찍처럼 휘두르려 했다.

하지만, 이번에는 그러지 못했다.

자세가 무너진 아사기의 이마에, 무시키가 날린 극채색의 마력광이 명중한 것이다.

"——."

아사기의 가면에 금이 갔다.

아사기는 그대로 의식을 잃으며 쓰러졌다. 그러자 머리의 계문이, 그리고 오른손에 쥔 칼자루가 사라졌다.

"—미안해, 쿠로에. 덕분에 살았어."

"아뇨. 이것도 종자의 소임입니다. —사이카 님도, 멋지셨습니다. 제1현현, 제2현현을 나눠 쓰는 데도 꽤 익숙해지셨군요."

쿠로에는 무표정한 얼굴로 그렇게 말했다. 무시키는 쓴웃음을 짓더니, 그 자리에서 쓰러진 아사기를 내려다봤다.

"〈방주〉의 경비를 맡고 있는 만큼, 상당한 실력자인걸. ……그러고 보니 방금 제2현현, 어디서 본 적이 있는 것 같은데—."

바로 그때— 무시키는 말을 멈췄다.

이유는 단순했다. 무시키의 광선을 맞고 금이 간 가면이 깨지더니, 가려져 있던 아사기의 맨얼굴이 드러났기 때문이다.

"어……?"

그 순간, 무시키는 무심코 눈을 치켜뜨면서 사이카에게 어울리지 않는 얼빠진 목소리를 냈다.

하지만, 누구도 그런 무시키를 탓하지 않았다. 저 얼굴을 본다면, 분명 누구라도 무시키와 같은 반응을 보일 게 틀림없었다.

왜냐하면—.

"루……리……?"

가면에 가려져 있던 얼굴은 무시키의 여동생, 후야죠 루리의 얼굴이었던 것이다.

"어…… 자, 잠깐만, 뭐가 어떻게 된 거예요……?"

사이카의 말투를 쓰는 것조차 망각한 채, 무시키는 얼이 나간 목소리로 그렇게 중얼거렸다.

"……."

그런 무시키를 나무라지 않은 쿠로에는 미간을 살짝 찌푸리면서 아사기의 옆에서 몸을 웅크리더니, 감촉을 확인하듯 그녀의 볼을 매만졌다.

"루리 양은 제례실에 있을 겁니다. 하지만, 변장……은 아닌 것 같군요. 설마……."

뭔가에 생각이 미친 투로 그렇게 말한 쿠로에는 몸을 일으키더니, 대나무에 묶인 채 의식을 잃은 선도위원들을 향해 걸어갔다.

그리고 그녀들이 쓴 가면을 손에 쥐더니, 전부 벗겼다.

"아니—."

그 광경을 본 무시키는 또 숨을 삼켰다.

가면이 벗겨진 선도위원. 그들 전원이— 루리와 똑같이 생겼던 것이다.

"쿠로에, 이게 대체……."

"……, 자세한 건 모르겠습니다. 하지만, 불길한 예감이 드는군요. 지금은 제례실로 서두르도록 하죠."

쿠로에는 손에 쥔 가면을 지면에 던지더니, 대나무 숲 너머에 존재하는 저택을 쳐다봤다.

◇

"으……."

후야죠 저택 최심부에 있는 제례실에서, 루리는 인상을 찡그린 채 어금니를 깨물었다.

아니, 정확히는 그것 말고는 할 수 있는 게 없다는 표현이 적절할지도 모른다. 마술이 몸을 옥죄고 있는 건지, 목 아래가 정좌 자세를 취한 채로 뜻대로 움직이지 않았다.

"……."

루리는 조금이라도 정보를 얻기 위해, 눈동자를 움직여서 주위를 살폈다.

넓은 방이었다. 판자로 된 바닥에 그려진 불가사의한 문양이 기묘한 분위기를 자아내고 있었다. 전등은 없고, 실내인데도 화톳불이 피워져 있었다.

이어서 자신의 몸을 쳐다보더니— 무심코 미간을 찌푸렸다.

하지만 그것도 무리는 아니었다. 지금 루리는 새하얀 전통 혼례복을 입고 있었다.

그렇다. 사이카의 방으로 향하던 도중에 아주르스에게 납치당한 루리는 반강제적으로 목욕을 당한 후, 이 신부 복장을 입혀졌다.

루리에게 이런 옷을 입힌 이유라면 하나뿐이다. —혼례

의식을 치르는 건 나중이라고 생각했는데, 사이카의 찾아온 바람에 앞당긴 것이리라. 본가의 의도를 눈치챈 루리는 표정을 더욱 일그러뜨리더니, 도망칠 방법을 찾기 위해 머리를 굴렸다.

바로— 그때였다.

"……!"

루리의 눈썹이 희미하게 떨렸다.

짤랑— 짤랑—.

어딘가에서, 방울 소리 같은 것이 들려왔다.

"이 소리는 뭐야……."

루리가 미심쩍은 표정을 짓는 사이에 그 방울 소리는 점점 커지더니, 이윽고 방 앞까지 다가왔다.

그리고 천천히, 앞쪽의 문이 열렸다.

모습을 드러낸 이는 아름다운 소복을 입은 여성이었다. 손에 부채를 들었으며, 얼굴을 가리듯 베일이 드리워져 있었다. 그리고 그 옆에서는 무녀복을 입고 손에 무녀 방울을 쥔 가면 쓴 소녀 두 사람이 공손히 시립해 있었다.

그 모습을 본 루리는 원망스럽다는 듯이 눈가를 일그러뜨렸다.

"……당주님."

"그래. —잘 어울리는구나, 루리. 정말 아름다워."

기모노 차림의 여성— 후야죠 아오가 감개에 젖은 목소

리로 그렇게 말했다. 어둑어둑한 공간과 얼굴에 드리워진 베일 탓에 표정은 알아볼 수 없지만, 옅은 미소를 짓고 있다는 것은 쉬이 알 수 있었다.

"……일단 묻겠어요. 이게 대체 무슨 짓이죠?"

"일단 대답해주겠어. ―이제부터, 『혼례 의식』을 치를 거란다."

아오는 루리를 놀리는 투로 그렇게 대답했다. 그러자 루리는 원망스럽다는 듯이 아오를 노려보았다.

"당신도 참 끈질기네요. ……저는 절대, 당신 뜻대로 안 돼요. 혼례 의식인지 뭔지 모르겠지만, 어디 한번 해보세요. 저는 이딴 케케묵은 의식으로 평생의 반려자를 정하지 않을 거예요. 그쪽에서 멋대로 정한 남편 따위, 확 두들겨 패버리고 도망칠 거라고요."

루리가 불안을 숨기려는 듯이 허세를 부리자, 아오는 가늘게 한숨을 내쉬었다.

"안 되겠네. 기운이 넘치는 건 좋지만, 좀 더 우아하게 행동하는 게 어떻겠니? ―너는, 이제부터 후야죠가의 주인이 될 테니 말이야."

"……어?"

아오가 한 말을 이해 못 한 루리는 무심코 미간을 찌푸렸다.

그러자 아오는 우습다는 듯이 미소를 머금은 후, 천천히 얼굴을 가린 베일을 걷었다.

“아니—.”

그녀의 얼굴을 본 순간, 루리는 숨을 삼켰다.

“자—『혼례 의식』을 시작하자.”

아오는 입술을 미소의 형태로 일그러뜨렸다.

가면을 쓴 소녀가 흔드는 방울의 소리가, 제례실에 울려 퍼졌다.

“—힐데, 제례실까지 앞으로 얼마나 더 가야 하지?”

『고, 곧 도착해……. 저 복도 끝의 방……일 거야……!』

무시키가 후야죠 저택의 기나긴 복도를 달리면서 묻자, 이어폰에서 힐데가르드의 목소리가 들려왔다.

그 정보를 듣고 복도 끝을 쳐다본 무시키는 발에 더욱 힘을 줬다.

“서두르자.”

“네.”

뒤편에서 달리는 쿠로에가 짤막하게 대답했다.

무시키와 쿠로에는 대나무 숲에서 아사기 일행을 쓰러뜨린 후, 저택 안에서 경비를 맡은 선도위원과 두 번 마주쳤다. 사이카의 힘으로 그녀들을 전부 무력화시키기는 했지만— 예상 이상으로 시간이 걸리고 말았다.

아사기를 비롯한 선도위원들의 얼굴을 본 후로, 무시키의 마음속에서는 말로 형용할 수 없는 불안이 고개를 치켜들고 있었다. 한시라도 빨리 루리의 곁에 가기 위해, 복도를 일직선으로 나아갔다.

그리고—.

"하앗!"

목적지에 도착한 무시키는 한 치의 주저도 없이 문을 걷어차서 부쉈다.

후야죠가에 침입한 순간부터, 이 일을 원만하게 수습할 수 있을 거란 생각은 버렸다.

이 문 너머에 아오와 후야죠 본가의 인간, 그리고 신랑 측의 가족이 모여 있을지라도 그들 전원을 쓰러뜨리고 루리를 되찾을 각오를 다졌다.

하지만— 문 너머에 펼쳐진 것은 뜻밖의 광경이었다.

기묘한 문양이 그려진 넓은 방의 중앙에는 새하얀 전통 혼례복을 입은 루리가 문 쪽으로 등을 보이며 정좌를 하고 있었다.

주위를 둘러봤지만, 다른 이는 없었다. 그저 벽 쪽에 놓인 화톳불이 루리의 그림자를 요사한 느낌으로 일렁이게 만들고 있었다.

"루리!"

무시키는 그렇게 외치더니, 루리를 향해 곧장 뛰어갔다.
“루리, 괜찮아?”
“마녀……님.”
무시키가 어깨를 흔들자, 루리는 얼이 나간 듯한 표정을 지으며 고개를 들었다.
“저는, 왜 이런 곳에……?”
그리고 기억이 혼란스러운 듯한 표정으로 그렇게 말했다. ―어쩌면, 어떤 마술에 걸린 걸지도 모른다.
루리의 상태도 신경 쓰이지만, 지금은 이곳을 벗어나는 게 우선이다. 무시키는 루리의 손을 잡더니, 그 자리에서 일으켜 세웠다.
“걸을 수 있겠어? 이제 느긋한 소리를 할 때가 아냐. 서둘러 〈방주〉에서 탈출하자.”
그리고 루리의 손을 잡아끌면서 원래 있던 길을 따라 돌아가려고 돌아섰다.
하지만―.
“―사이카 님!”
“……?!”
갑자기 쿠로에의 목소리가 들려오자, 무시키는 직감적으로 몸을 젖혔다.
다음 순간, 마력 칼날이 옆구리를 스쳤다. 무시키는 숨을 삼키면서 뒤편으로 몸을 날렸다.

"—어머, 아쉽네. 방금 공격을 피하다니, 역시 대단해."

"루……리……?"

무시키는 날카로운 통증이 느껴지는 옆구리를 억누르더니, 희미하게 떨리는 목소리로 그렇게 말했다.

그곳에는 머리 위에 2획의 계문을 전개한 루리가 도깨비불 같은 칼날이 달린 왜장도를 거머쥔 채 서 있었다.

그렇다. 도저히 믿기지 않지만, 루리는 제2현현을 발현시켜서 무시키를 공격한 것이다.

"【인황인】— 계통은 비슷하지만, 역시 형태가 조금 다르네. 재미있어."

루리는 감회에 젖은 목소리로 그렇게 말하더니, 손에 쥔 제2현현을 가지고 놀듯 휙 돌렸다. 그 궤적을 그리듯, 푸른 칼날이 일렁거렸다.

"사이카 님, 괜찮으십니까?"

"……, 그래."

무시키는 쿠로에의 말에 답하면서, 옆구리를 감싸 쥐고 있는 손을 쳐다봤다.

살짝이지만 칼날이 피부에 닿은 것 같았다. 손바닥에 붉은 피가 묻어 있었다.

"……."

사이카의 몸에 상처가 났다는 사실에 불같이 화났지만, 무시키는 그 격렬한 감정은 어찌어찌 억눌렀다. 감정에 따라 행동한다면, 사이카의 몸에 더 심각한 상처가 새겨질지도 모르는 것이다.

"너는 대체— 누구지?"

무시키는 날카로운 시선으로, 루리의 얼굴을 한 소녀를 쳐다보며 물었다.

다시 쳐다봤지만, 상대는 루리가 틀림없어 보였다. 선도위원들처럼 『루리를 쏙 빼닮은 얼굴』인 게 아니라, 아무리 봐도 『루리 본인』이었다.

하지만, 있을 수 없는 일이다.

루리가, 사이카를 공격하다니…….

"훗—."

루리의 얼굴을 한 소녀는 무시키의 말을 듣더니, 입술을 일그러뜨렸다.

"너무하네, **마녀님**. 애제자의 얼굴을 잊은 거야?"

소녀가 농담하는 투로 그렇게 말하자, 무시키는 불쾌하다는 듯이 눈썹을 찡그렸다.

"헛소리 마. 네가 루리일 리 없어."

"후후…… 헛소리가 아냐. 나는 진짜로 후야죠 루리거든? —적어도, **육체는 말이지**."

"뭐……?"

소녀의 말을 들은 무시키가 미심쩍은 듯한 목소리로 말했다.

바로 그때, 뒤편에 있는 쿠로에에게서 숨을 삼키는 듯한 목소리가 들려왔다.

"서, 설마『혼례 의식』은 바로—."

"어머, 저 아가씨는 눈치가 좋은 것 같네."

소녀는 히죽 웃더니, 가슴에 손을 대며 말을 이었다.

"—후야죠 본가의『혼례 의식』이란, 남성에게 시집을 간다는 의미가 아냐. 당대의 일족 안에서, 새로운『후야죠 아오』를 뽑는 의식이야."

"뭐—."

무시키는 그 말을 듣더니, 무심코 눈을 치켜떴다.

새로운 후야죠 아오를 뽑는다. —그것이 당주의 이름을 이어받는다는 의미가 아니라는 사실을, 무시키도 어렴풋이 알았다.

그리고, 눈치챘다. 눈앞에 있는 루리의 말투가, 행동이, 후야죠 아오와 흡사하다는 것을…….

그런 무시키의 우려를 말로 표현하듯, 쿠로에가 입을 열었다.

"……, 전이술식. 자신의 혼을, 다른 육체로 이동시키는 술식입니다. ……과거에 전성기의 힘을 유지하기 위해, 늙은 육체에서 젊은 육체로 바꿔타서 영원히 살려 한 마술사가 있다고 합니다만—."

"늙은 육체, 라는 말은 좀 너무하네."

소녀— 아오는 웃음을 흘렸다. 루리라면 절대 짓지 않을 요사한 표정이었기에, 무시키는 신경을 자극당한 것 같은 기분 나쁜 느낌을 받았다.

"……즉, 루리는 아오에게 몸을 빼앗겼다는 건가."

"단적으로 보자면, 그렇다고 할 수 있을 겁니다."

쿠로에는 험악한 표정을 지으며 말을 이었다.

"……하지만 장기의 이식과 마찬가지로, 혼과 육체에도 상성이 있습니다. 그저 전이시키기만 해선, 혼이 육체에 정착하지 않으면서 거부 반응이 일어나고 말죠. 예의 마술사도, 육체의 붕괴를 견뎌내지 못하고 결국 목숨을 잃었다고 들었습니다. 정기적으로 육체를 갈아타는 건 간단한 일이—."

바로 그때, 쿠로에는 뭔가를 눈치챈 것처럼 미간을 찌푸렸다.

"**선도위원**……."

"……호오?"

쿠로에가 그렇게 중얼거리자, 아오의 눈썹이 희미하게 흔들렸다.

"벌써 거기까지 파악한 거야? 대단하네."

"……대체 무슨 소리야?"

무시키는 작은 목소리로 쿠로에에게 물었다.

쿠로에가 빈틈없이 아오를 살피면서 대답했다.

"……아까 보셨지 않습니까. 가면을 쓴 선도위원의 얼굴은 전부 똑같았습니다. 마치 한 사람의 인간을 복제한 것처럼……."

"아하—."

무시키는 아까 일을 떠올리며 고개를 끄덕였다. 루리와 같은 얼굴을 지닌 소녀들이 몇 명이나 쓰러져 있는 모습은, 마치 악몽 같은 광경이었다.

"아까, 혼과 육체에는 상성이 있다고 말씀드렸습니다. 거꾸로 말하자면, 자신의 혼과 상성이 좋은 육체를 몇 개나 준비한다면, 언제든 젊은 육체를 손에 넣는 게 가능하다고 할 수 있죠. 그리고— 자신의 혼과 가장 상성이 좋은 몸은 역시 원래의 몸입니다."

"서, 설마……."

쿠로에의 말을 듣더니, 무시키는 날카로운 시선을 만들었다.

그러자 아오는 무시키의 눈빛을 정면에서 받아들이려는 듯이, 손을 펼쳤다.

"그래. 아주르스는 전원이 후야죠(나) 아오의 복제(클론)인간이야. 이 바다를 지키는 창이자, 〈방주〉를 통치하는 후야죠 본가의 인간이지."

"——."

그 충격적인 정보를 접한 무시키는 한순간 말문이 막혔다.

하지만, 곧 뇌리에 의문이 생겨났다.

“맙소사. 그럼, 루리는…….”

“루리는 정확하게 『나 자체』는 아냐. ―클론 중에는 남자와 맺어져서 아이를 낳는 자도 있어. 그게 바로 후야죠의 분가야. 하지만, 그렇게 태어난 아이도 내 형질을 진하게 이어받아. 세대를 거듭하다 보면, 점점 그 요소가 옅어지지만 말이지.”

그렇게 말한 아오는 가슴에 손을 댔다. ―마치 이 몸이 자기 것이라고 주장하듯 말이다.

무시키는 어금니를 깨물면서 아오를 노려봤다.

“……그런 식으로, 당대에서 가장 강한 몸을 지닌 일족에게 자신의 혼을 전이시켰다는 거구나.”

“너무 노려보지 마. 후야죠의 여자에게 있어, 내 그릇이 되는 것은 인생의 목적이자 가장 큰 기쁨이거든? 애초부터 내 그릇이 되기 위해 태어난 애들인걸. 오히려 감사해줬으면 좋겠네. 가출한 딸의 몸을, 내가 이렇게 써주고 있는 거잖아.”

아오는 불쾌한 미소를 머금으며 말했다.

무시키는 불쾌함을 숨기지 않으며 인상을 찡그리더니, 목소리를 쥐어짜 냈다.

“……쿠로에.”

무시키가 불쑥 중얼거리자, 쿠로에는 그 뜻을 눈치채며 대꾸했다.

"……전이를 마친 후로 아직 시간이 많이 흐르진 않았습니다. 루리 양의 의식도 아직 사라지지 않았을 테죠. 아오 씨의 혼을 육체에서 떼어 낼 수만 있다면……."

"……그렇구나."

무시키는 고개를 살짝 끄덕인 후, 아오를 쳐다봤다.

"혼례 의식은 끝난 것 같으니, 슬슬 돌아가도록 할까. 하지만— 나도 한가하진 않거든. 일부러 이런 바다 밑바닥까지 왔잖아. 답례품 정도는 받아 가도 괜찮지 않을까 싶은걸."

무시키는 그렇게 말하면서 오른손을 앞으로 내밀었다.

그 움직임에 맞춘 것처럼 머리 위에 2획의 계문이 생겨나더니, 무시키의 손아귀에 지팡이가 생겨났다.

그 모습을 본 아오는 자세를 낮추며 왜장도를 치켜들었다.

두 사람 사이의 공간이, 일촉즉발의 긴박감으로 가득 찼다.

"—조금, 의외네."

"……뭐가 말이지?"

"사이카 씨라면, 이해해줄 거라고 생각했어."

—그 찰나.

아오가 거머쥔 왜장도의 칼날이 활활 타오르는 불꽃처럼 부풀어 오르더니, 무수한 바늘로 변해서 무시키를 향해 쏘아져 날아갔다.

"큭—."

무시키는 인상을 찡그리더니, 지팡이의 끝부분으로 바닥

을 내려쳤다.

그 순간, 방을 구성하고 있는 목재가 춤추듯 물결치면서 무시키의 앞에 장벽을 형성했다. 푸르게 빛나는 무수한 바늘이 그 벽에 꽂혔다.

"훗—."

하지만, 그것으로 끝이 아니었다. 아오는 걸음을 내딛더니, 몸을 비틀며 【인황인】을 크게 회전시켰다. 그 동작에 맞춰, 가늘고 길게 뻗은 무형의 칼날이 허공에서 춤췄다.

순식간에 푸른 칼날의 끝부분이 무시키의 목덜미까지 쇄도했다. 무시키는 몸을 비틀어서 겨우겨우 그것을 피했다.

"【스텔라리움】……!"

부자연스러운 자세에서 지팡이를 움켜쥔 무시키가 목소리를 쥐어짜 냈다. 시야에 들어온 온갖 물질이 의지를 지닌 것처럼 그 모습을 바꾸며, 아오를 향해 뻗어갔다.

"—물러."

하지만 아오는 자신만만하게 입가를 일그러뜨리더니, 왜장도를 한 번 휘둘러서 사방팔방에서 밀려오는 공격을 전부 쓸어 넘겼다.

물을 연상케 하는 유연성과 비할 데 없는 예리함, 그리고 불꽃의 열기를 갖춘 존재할 리 없는 칼날.

루리가 싸우는 모습을 곁에서 본 적이 있기에, 그 힘을 충분히 이해하고 있는 줄 알았지만— 그 인식이 물렀다는 것을 이렇게 대치해 보고서야 비로소 실감했다.

순수하기 그지없는 무형. 온갖 국면에 대응하기 위해 무궁무진하게 변화하는 전략 술식. 천재, 후야죠 루리를 그대로 나타내는 듯한 현현체다.

그리고, 몸을 바꿨을 뿐인데도 그것을 완전히 활용하고 있는 아오의 기량 또한 범상치 않았다.

"……."

무시키가 어깨를 들썩이며 거친 숨을 내쉬자, 아오는 빈틈없이 왜장도를 고쳐 들면서 미심쩍은 시선을 머금었다.

"당신, 진짜로 사이카 씨야?"

그리고 학원장 회의에서 했던 질문을 또 입에 담았다.

무시키는 한순간 뜨끔했지만— 곧 자신만만한 미소를 머금으며 답했다.

"……글쎄, 어떨까? 어쩌면 너와 마찬가지로, 다른 사람이 내 몸 안에 들어와 있는 걸지도 모르지."

농담 투로 그렇게 말하자, 아오는 어처구니없다는 듯이 코웃음을 쳤다.

"내 공격에 대한 대응이 너무 어설퍼. 술식 자체는 확실히 강력하지만, 그게 다네. 전혀 위협적이지 않아. 루리의 몸에 그 정도의 잠재 능력이 존재했다는 거야? 아니면— 극채의 마녀님일지라도, 싱대가 애제자의 육체를 사용하고 있는 탓에 진심으로 싸우지 못하는 거려나?"

아오는 그렇게 말하더니, 불쾌하다는 듯이 시선을 날카롭게 만들었다.

"나로서는 그냥 포기하고 돌아가 주는 걸로 충분하지만…… 이렇게 노골적으로 봐주고 있으니 기분이 나쁘네. ―새로운 몸의 시운전 삼아, 좀 더 어울려줘야겠어."

그리고, 한 손으로 인을 맺으면서 그 이름을 읊조렸다.

"제3현현―【욱광존(旭光拵)】."

그 말에 답하듯, 아오의 머리에는 도깨비 뿔을 연상케 하는 3획째의 계문이 생겨났다.

그와 동시에 아오의 몸이 푸른 불꽃에 휩싸이더니, 그 불꽃은 갑주를 연상케 하는 형태로 변모했다.

제3현현. 『동화』의 위계. 자신의 몸을 현현체로 감싸는, 마술사의 전투 형태다.

"사이카 님."

"……그래!"

제3현현을 발현한 마술사를 이대로 상대하는 건 불리하다. 무시키는 쿠로에의 말에 답하듯 의식을 집중했다.

"제3현현―『불확정의 왕국(아인크라드)』……!"

무시키의 머리 위에도 3획째의 계문이 나타났다. 그것은 무시키의 몸을 극채색의 빛으로 감싸더니, 곧 장엄한 드레스를 현현시켰다.

그 모습을 본 아오가 만족한 듯이 미소지었다.

“응해줘서 기뻐. 여전히 반해버릴 듯한 제3현현이네. 넋 놓고 쳐다볼 것만 같아.”

“……너도, 잘 어울리는걸. 가능하면 루리의 제3현현은 루리가 직접 선보여줬으면 했지만 말이야.”

무시키와 아오는 가벼운 어조로 그런 말을 주고받은 후—.

이윽고 누가 먼저랄 것 없이 바닥을 박차며, 전투를 다시 시작했다.

갑주를 걸친 아오는 아까까지의 그녀와는 다른 사람이라 해도 과언이 아니었다. 제3현현이 『동화』의 위계라 불리는 이유가 바로 그것이다. 현현체를 걸친 마술사는 현현체와 몸이 동화한 것처럼, 인간을 초월한 운동능력과 그것을 견뎌낼 수 있는 신체를 손에 넣는다.

극한까지 갈고닦은 각력과 동체시력으로, 아오가 눈에 비치지도 않을 정도의 맹공을 퍼부었다. 평범한 사람은 그 움직임을 인식하는 것마저도 어려울지 모른다.

“하앗……!”

하지만, 무시키 또한 제3현현을 걸치고 있다. 무시키 자신은 미숙하지만, 그것은 세계 최강인 쿠오자키 사이카의 술식이다. 어찌어찌 아오의 공세에 대응하면서, 제2현현의 지팡이를 휘둘렀다.

학원장급 마술사 두 사람이 제3현현을 펼치며 격돌한다. 강철로 된 바람 같은 마력의 소용돌이가 이 세레실 안에서 휘몰아쳤다.

"크—."

극한 상태 속에서, 무시키는 어찌어찌 생각에 잠겼다.

—상대는 바다의 지배자, 후야죠 아오. 전투력은 앞에서 말한 것과 같다. 무시키는 현재, 사이카의 술식을 써서 그 공격을 겨우겨우 막아내고 있을 뿐이었다.

루리를 되찾기 위해서는 그녀가 패배를 인정하게 만든 후, 다시 한번 전이술식을 쓰게 할 수밖에 없다.

하지만— 그게 가능한 상대일까.

가능성이 있다면, 제4현현뿐이다. 마술사의 비기이자 도달점. 그 힘은 그 무엇과도 비할 수 없을 만큼 강력하다.

하지만, 무시키는 그 힘을 완전히 자기 것으로 만들지 못했다. 만약 제어에 실패해서 루리의 몸에 돌이킬 수 없는 상처를 입히기라도 한다면, 아니, 그녀의 목숨을 빼앗는다면—.

"크—."

그런 상상이 뇌리를 스치자, 무시키는 숨을 삼켰다.

바로 그때, 뒤편에서 쿠로에의 목소리가 들려왔다.

"—사이카 님! 마력 방출량이 증가했습니다! 부디 마음을 진정시키십시오."

"……!"

무시키는 그 말을 듣고 어깨를 부르르 떨었다. 무시키의 정신 상태에 맞춰, 몸에서 뿜어지는 마력의 양은 변화한다. 만약 지금 원래 모습으로 돌아가 버린다면, 실낱같은 승산마저 잃고 말 것이다.

하지만 그 망설임이 그 무엇보다도 거대한 빈틈을 만들고 말았다.

"—빈틈투성이네."

그런 말이 들려온 직후, 【인황인】을 치켜든 아오가 눈앞에 나타났다.

칼자루의 끝에는 이제까지 본 적 없을 만큼 거대한 칼날이 형성되어 있었다. 제례실의 벽을 꿰뚫을 듯이 일직선으로 뻗은 그 칼날은, 거인의 검을 연상케 했다.

"【인황인】—《염단(焰斷)》."

아오가 그렇게 말하며 휘두른 일격은, 제례실의 벽과 천장을 두 동강 내면서 무시키의 시야를 푸른 불꽃으로 뒤덮었다.

—무슨 일이 일어난 건지, 잘 모르겠다.

—자기가 뭘 한 건지도, 잘 모르겠다.

정신을 차리고 보니, 어린 루리가 무시키의 품에 매달려 있었다.

「……! 오라버니, 오라버니—.」

동그란 눈으로 눈물을 줄줄 흘리며, 무시키의 가슴에 얼굴을 묻었다.

무시키는 그런 루리의 머리를 상냥히 쓰다듬으면서, 조용히 미소 지었다.

「괜찮아. 루리는 반드시, 이 오빠가 지켜줄게—.」

"아—."

볼에서 가벼운 충격이 느껴지자, 무시키는 눈을 떴다.

눈동자를 움직여서, 상황을 파악했다.

—가장 먼저 인식한 것은 자신의 몸이 쿠가 무시키로 되돌아왔다는 것이다.

이어서 자신이 그늘진 곳에 누워있다는 것과, 눈앞에 손바닥을 휘두른 자세의 쿠로에가 있다는 것을 깨달았다.

"정신이 드셨습니까."

"……덕분에요."

무시키는 볼을 매만지며 몸을 일으키더니, 다시 쿠로에를 쳐다봤다. —옷 곳곳이 타들어가 있었다. 아무래도 쿠로에가 아슬아슬한 타이밍에, 아오의 공격으로부터 무시키를 구해준 것 같았다.

"……죄송해요. 덕분에 살았어요."

"아뇨. 그것보다 조심하시길. 아직 끝나지 않았습니다."

그렇게 말한 쿠로에는 고개를 들더니, 다 무너져 가는 벽 너머를 쳐다봤다. 무시키 또한 뒤따르듯 같은 방향을 쳐다봤다.

그곳에는 아오의 일격에 의해 반파된 후야죠 저택이 펼쳐져 있었다. 엄청난 양의 건물 파편이 주위를 메우고 있었으며, 곳곳에는 푸른 불꽃이 맺혀 있었다. 보기에 따라서는 몽환적인 광경이라고도 말할 수 있을지도 모른다.

그리고 그런 폐허의 중심에, 갑주를 연상케 하는 옷차림의 후야죠 아오가 왜장도를 손에 쥔 채 홀로 서 있었다.

아마 방금 공격을 버텨낸 사이카가 어딘가에 숨어서 반격의 기회를 엿보고 있을 거라고 생각하는 것이리라. 그녀는 전혀 방심하지 않으며 주위를 살피고 있었다.

당연하다면 당연하겠지만, 그런 그녀는 여동생인 루리의 얼굴을 하고 있었다. —심장이 으스러지는 듯한 느낌이 밀려오자, 무시키는 얼굴을 찡그렸다.

"빨리, 루리를 구해야만 해. 쿠로에, 부탁할게요. 마력을—."

무시키가 말을 이으려 하자, 쿠로에는 그 말을 막듯이 무시키의 입술에 자신의 손가락을 댔다.

"거절하겠습니다."

"쿠로에……?"

쿠로에가 그렇게 말하자, 무시키는 눈을 동그랗게 떴다.

"어, 어째서죠? 내 몸으로는, 저 사람에게……."

"흠. 그럼 사이카 님의 몸이 된다면 이길 수 있다는 말씀이십니까?"

"그, 건……."

무시키는 그 말을 듣고 말문이 막혔다. 그도 그럴 것이, 방금까지 제3현현이라는 같은 조건으로 싸우고도 고배를 마셨던 것이다.

"하지만, 그렇다고 포기할 수도 없잖아요. 남의 몸을 빼앗다니, 그건 용서받을 수 없는—."

"—그럼, 나도 용서할 수 없으려나?"

"네……?"

쿠로에가 느닷없이 사이카의 말투로 말하자, 무시키는 무심코 미간을 모았다.

"아오는 자신의 복제를 만들어서, 정기적으로 몸을 갈아탔지—. 확실히 윤리적으로 보자면 문제가 많을 거야. 하지만 그렇게 치자면, 호문쿨루스의 몸을 쓰고 있는 나 또한 규탄받아 마땅하지 않을까?"

자조적으로 그렇게 말하면서, 자신의 가슴에 손을 댔다.

"——."

무시키는 그 말을 듣고, 전이술식의 설명을 듣고 느꼈던 데자뷔의 정체를 눈치챘다.

그렇다. 사이카 또한, 실험용 호문쿨루스에 자신의 혼을 옮겨서 목숨을 연명했다.

"하, 하지만, 쿠로에의 몸은, 혼이 깃들어 있지 않다고—."

"……맞아. —만약 호문쿨루스에 혼이 깃들어 있다면, 어떨까? 나는 그대로 소멸하는 편이 나았으려나?"

"……."

무시키는 무심코 숨을 삼켰다. 그리고 곧 말을 이었다.

"사이카 씨의 존재를 인정한다면, 아오 씨의 방식도 인정하며 루리의 몸을 포기하라는 건가요?"

"……."

무시키가 그렇게 말하자, 사이카는 잠시 침묵을 지킨 후에 말을 이었다.

"그렇게 말한다면, 너는 어떻게 할 거지?"

"……."

무시키는 숨을 삼키며 고개를 저었다.

"그 말은 전제조건 자체가 잘못됐어요."

"……호오? 그게 무슨 소리지?"

"사이카 씨는 그런 말을 하지 않으니까요."

무시키가 그렇게 말하자, 사이카는 질렸다는 듯이 어깨를 으쓱했다.

"너는 참 놀리는 맛이 없는걸."

"죄송해요. 하지만 방금 표정은 본심을 이야기하는 사이카 씨의 표정이 아니었거든요."

"……내가 그런 표정을 지었어?"

사이카는 자기 볼을 주무르듯 만졌다. 이런 상황인데도, 보고 있으니 절로 미소 짓게 됐다.

그런 기척을 느낀 건지, 사이카는 마음을 다잡듯 헛기침을 한 후에 쿠로에의 표정과 말투로 되돌리며 말을 이었다.

"—즉, 인간과 인간의 투쟁이란 자신의 억지를 관철하는 것이라 할 수 있습니다. 각자에게 이유가 있으며, 사정이 있죠. 권선징악 같은 건 이야기 속에나 존재합니다. 상대는 후야죠가 당주, 후야죠 아오. 만만한 상대가 아닙니다. 그녀에게 이길 생각이라면 그 마음을, 그리고 그 뒤편에 자리한 모든 것을 짓밟을 각오가 필요합니다. 무시키 씨. 다시 묻겠습니다. 당신은 루리 씨를 구하고 싶습니까? 설령 그 바람에 그 어떤 결과가 발생할지라도……."

"—네."

무시키는 쿠로에의 눈을 똑바로 바라보며, 고개를 끄덕였다.

가벼운 마음으로 내놓은 대답은 아니었다. 무슨 일이 있더라도 루리를 구하고 말겠다는 각오를, 이미 다진 것이다.

무시키의 표정을 보고 그것을 눈치챈 쿠로에는 조용히 눈을 내리깔더니, 고개를 끄덕였다.

"—좋습니다. 그럼, 재개하도록 하죠."

"네. 그럼 빨리 존재변환을 부탁할게요."

무시키가 쿠로에의 어깨를 잡으며 그렇게 말하자, 그녀는 거부의 뜻을 표시하듯 그 손을 쳐냈다.

"이야기를 끝까지 들어주십시오. ―아까 전의 전투 도중에 아오 씨를 【심문의 눈】으로 살펴본 결과, 알게 된 사실이 있습니다."

"알게 된 사실?"

"네. 그건 바로―."

쿠로에는, 조용히 그것을 말했다.

"――."

푸른 불꽃이 타오르고 있는 폐허 안에서, 후야죠 아오는 가는 숨을 내쉬면서 빈틈없이 주위를 살폈다.

사이카에게 생긴 미세한 빈틈을 이용해 필살의 일격을 꽂았지만, 그녀를 쓰러뜨렸다는 느낌이 들지 않았다.

아마 어떤 방법으로 정통으로 맞는 것을 피했으리라. 상대는 쿠오자키 사이카. 비장의 수를 한두 개― 아니, 천 개, 이천 개 정도 가지고 있더라도 이상할 게 없다.

그리고 그 집념이 강한 사이카가 일방적으로 당한 끝에 도망칠 리가 없다. 분명 지금도 어딘가에 숨어서, 자신을 살피고 있을 게 틀림없다. 아오는 왜장도를 쥔 손에 힘을 주면서, 주위를 향해 외쳤다.

“—사이카 씨. 언제까지 숨어 있을 거야? 이렇게 시간을 끌다간, 혼이 육체에 완전히 정착하고 말걸?”

그리고, 일부러 자신의 약점을 드러내듯 도발했다.

실제로 아직 혼이 육체에 완전히 정착하지 않은 건 사실이었다. 이대로 사이카가 모습을 보이지 않는다면, 그것은 아오에게 유리하게 작용하리라. 하지만 그 점을 고려하더라도, 사이카에게 작전을 준비할 시간을 주는 편이 더 불리하다고 판단했다.

그러자 그 도발에 응하듯, 아오의 사각지대에서 뭔가가 튀어나왔다.

“흥—.”

아오는 전혀 당황하지 않으며【인황인】의 칼날로 날아오는 무언가를 벴다.

그 순간, 그 무언가를 기점으로 해서 폭발이 발생했다. 아마 투척검에 폭파 술식을 부여했으리라.

하지만, 제3현현을 펼친 아오에게 이런 공격이 통할 거라고는 사이카도 생각하지 않을 것이다. 진짜 노림수를 숨기기 위한 양동 작전이라고 생각하는 게 자연스러웠다.

그런 아오의 생각을 증명하듯, 폭풍으로 몸을 감추면서 누군가가 아오를 향해 달려왔다.

“물러, 사이카 씨—.”

하지만【인황인】을 치켜든 아오는 눈썹을 살짝 찌푸렸다.
이유는 단순했다. 폭풍 속에서 모습을 보인 이는 사이카가 아니었던 것이다.
색소가 옅은 머리카락과 중성적인 외모를 지닌 소년—어느새 모습을 감췄던 루리의 오빠, 쿠가 무시키다.
"—지금이에요, 사이카 씨!"
"아니—?!"
무시키가 그렇게 외친 순간, 뒤편에서 미세한 소리가 들려왔다.
아오는 허둥지둥 그쪽을 돌아봤다.
하지만 거기에 있는 건 사이카의 종자인 카라스마 쿠로에였다.
"……!"
—이중, 아니, 삼중의 미끼다. 그렇다면 사이카는 어느 방향에서 공격해올까?
사이카의 힘을 알기에 아오는 그렇게 생각했다. 그 생각이, 아오의 의식에 미세한 빈틈을 자아냈다.
그리고, 그 한순간의 틈을 노리며…….
두 번째 미끼였던 무시키가 걸음을 내디디며 아오에게 쇄도했다.
"—윽!"
그 의도를 전혀 알 수 없었다. 이것도 사이카에게서 의식을 돌리기 위한 양동인 걸까. 하지만, 그렇다고 해도 이렇게까지 접근한 상대를 내버려둘 수도 없다. 아오는 무시키를 해치우기 위해, 【인황인】의 칼날을 치켜들었다.

푸른 칼날의 끝부분이, 무시키의 몸을 대각선으로 가르고 지나갔다.

"커……억……!!"

무시키도 후야죠의 피를 이은 자인 만큼, 아오는 그의 목숨까지 거둘 생각은 없었다. 하지만 다가오는 상대의 걸음을 멈추게 하기에는 충분한 공격이었다. 입고 있는 옷에 선이 그어지더니, 피가 배어 나왔다.

하지만— 무시키는 움츠러들거나 머뭇거리지 않으며, 그대로 걸음을 내디뎠다.

"루……리……!"

"앗—."

그 귀기 어린 모습을 본 아오는 희미하게 미간을 찌푸리더니, 왜장도를 꽉 움켜쥐었다.

죽일 생각은 없다. 하지만 덤벼드는 적을 봐줄 정도로 아오는 사람이 좋지도 않았다. 이번에는 무시키의 목덜미를 향해【인황인】의 칼날을 휘두르려 했다.

하지만…….

"괜찮아……. 루리는— 반드시, 이 오빠가 지켜줄게—."

"——."

그 말을 들은 순간, 아오는 작게 숨을 삼켰다.

—【인황인】이, 뜻대로 움직이지 않은 것이다.

평범하게 생각해 보면, 혼과 육체가 어긋난 탓에 발생한 우연 혹은 허를 찔린 탓에 당황하면서 실수를 범했다고 보는 게 자연스러웠다.

하지만 지금은 마치【인황인】이— 아니, 루리의 몸이 그를 공격하는 것을 거부하는 듯했다.

하지만, 문제 될 것은 없다. 아오는 제3현현을 전개했다. 무시키가 그 어떤 공격을 하더라도, 통할 리가—.

"—어?"

다음 순간, 무시키가 취한 행동을 본 아오는 얼이 나간 듯한 목소리를 냈다.

하지만 그러는 게 당연했다.

무시키는 공격을 펼치는 게 아니라— 아오의 볼에 손을 대며, 그대로 자신의 입술을 아오의 입술에 포갠 것이다.

부드러운 감촉. 그리고 거기에 응답하듯 머릿속에 퍼져나가는 혼란.

아오는 그런 불가사의한 상황 속에서, 의식이 멀어지는 느낌을 받았다.

◇

「…….」

넓은 방에, 가면을 쓴 소녀들이 몇 명이나 모여 있었다.

그리고 방 안쪽에 쳐진 어렴 너머로, 여성의 그림자가 보였다.

어머니를 따라 이곳에 온 루리는 방구석에서, 주눅 든 것처럼 몸을 웅크리고 있었다.

「—보고서는 읽어봤어.」

어렴 너머에서, 차분한 목소리가 들려왔다.

후야죠가 당주, 후야죠 아오. 어린 루리는 잘 모르지만, 상대가 매우 대단한 사람이라는 것만은 이해하고 있었다.

「동생을 지키기 위해서라고는 해도, 겨우 열 살에 현현체를 발현시켜 멸망인자를 쓰러뜨리다니 말이야. —아이가 남자애를 낳았다는 이야기를 듣고 놀랐는데…… 뭔가 관련이 있는 걸까.」

「…….」

루리의 어머니는 아무 말 없이 눈을 내리깔고 있었다. 하지만 루리는 그다지 불가사의하게 여기지 않았다. —실은, 어머니가 여기에 오는 것조차 싫어했다는 것을 알기 때문이다.

바로 그때, 주위에 앉아 있던 가면을 쓴 소녀들이 작은 목소리로 말하기 시작했다.

「대단하네. 이대로 수련을 한다면, 얼마나 대단한 마술사가—.」

「하지만, 남자애는 당주님의 그릇이—.」

「그럴지도 모르지만, 마술사로서도 충분히—.」

……하고 입을 모아 말했다.

아무래도 오빠 이야기를 하는 것 같았다. —칭찬을 받는 것 같지만, 왠지 루리는 기분이 나빴다.

바로 그때, 아오가 작게 헛기침을 했다.

그러자 소녀들은 일제히 입을 다물었다.

「확실히, 엄청난 재능이야. 하지만, 동시에 위험하기도 해. 만약 그가 이대로 수련을 쌓아서 현현 단계를 올린다면, 언젠가 그것이 그라는 존재 자체를 좀먹을지도 몰라—.」

「하지만 당주님, 이 정도의 재능을 그냥 썩히는 건 아깝지 않을까요.」

「원래부터 저희는, 세계를 지키기 위한 주춧돌입니다.」

「그 목숨으로 인류를 구원할 수 있다면—.」

가면을 쓴 소녀들이 또 입을 열었다. 아오는 고민스럽다는 듯이 작게 한숨을 내쉬었다.

「……!」

자세한 것은 모르겠다.

하지만— 지금 뭔가를 하지 않았다간, 오빠에게 불행이

찾아오리라는 것만은 눈치챘다.

루리는 그 자리에서 벌떡 일어서더니, 가녀린 목소리로 말했다.

「제, 제가—.」

「루리—!」

어머니가, 루리를 말리려는 듯이 딸의 어깨에 손을 얹었다. 하지만 루리는 개의치 않으며 말을 이었다.

「제가 오라버니를 대신해 싸우겠어요……!」

「—진심으로 하는 말이니?」

아오가, 흥미롭다는 듯이 고개를 갸웃거렸다.

「—네.」

루리는 어렴 너머의 그림자를 응시하며, 차분한 목소리로 대답했다.

「저는, 마술사가 되겠어요. 누구에게도 지지 않을 만큼 강한 마술사가, 그 어떤 멸망인자도 쓰러뜨릴 수 있을 만큼 강한 마술사가……. 세상에 어지럽히는 존재가 있다면, 제가 전부 해치우겠어요. 그럴 수 있을 만큼, 강해지겠어요. 그러니—.」

루리는, 주먹을 꼭 말아 쥐었다.

「—오라버니만은, 평범한 인간으로 살게 해주세요.」

「…….」

아오는 한동안 침묵을 지킨 후, 이윽고 한숨을 토했다.

「낙제생이 어디까지 할 수 있는지 볼만하겠구나. ―좋아. 어디 해보렴.」

아오는 부채로 루리를 가리키며 그렇게 말했다.

루리는 결의를 다지며, 주먹을 말아 쥐었다.

―그런 옛날 일이, 왜 지금 생각난 건지는 모르겠다.

하지만 그 기억이, 어둠 속에 가라앉아 있던 루리의 의식이 깨어나는 계기가 된 게 틀림없었다.

"으…… 음……."

마치 잠에서 깨어나듯, 몽롱한 감각이 실체를 띠기 시작했다.

고막을 흔드는 희미한 소리, 코를 간질이는 냄새, 입술에서 느껴지는 부드러운 감촉―.

……입술에서 느껴지는 부드러운 감촉?

"――!"

촉감과 의식이 이어진 순간, 루리는 눈을 한껏 치켜떴다.

그리고, 자신이 처한 상황을 인식한 그녀는 머릿속이 더욱 혼란스러워졌다.

하지만 그것도 당연했다. 무시키가 잠자는 숲속의 공주님에 나오는 왕자처럼, 루리의 입술에 정열적인 키스를 날린 것이다.

"……?! ……?!!?!?!"

—영문을 모르겠다. 루리의 당황한 눈빛이 격렬하게 흔들렸다. 혹시 의식을 잃은 루리를 본 무시키가 참다못해 키스하고 만 것일까. 그 정도는 말만 하면 얼마든지…… 잠깐잠깐잠깐, 루리와 무시키는 남매다. 무시키는 갈등에 사로잡혔던 것일지도 모른다. 이 관계를 망가뜨리고 싶지 않다. 하지만 마음속에서 타오르는 정열의 불꽃은 시간이 갈수록 거세어졌고, 이윽고 선을 넘고 말았다. —아아, 그렇다면 루리는 어쩌면 좋을까. 받아들이면서 포옹을 해야 할까? 계속 의식이 없는 척을 할까? 어쩌면 좋아? 가르쳐줘, 엄마. 가르쳐줘, 히즈미. 가르쳐줘, 침대 아래편에 숨겨둔 순정만화의 히로인들—.

루리가 그런 생각에서 헤어 나오지 못하고 있을 때, 시야 안에서 변화가 발생했다.

루리에게 키스를 하던 무시키의 몸이 옅은 빛에 휩싸이는가 싶더니, 그 모습이 사이카로 변모한 것이다.

"……?!?!?!?!?!?!?!?!?!?!?!?!??!?!?!?!?!"

—루리는 더욱 혼란에 빠졌다. 두개골을 열고 꺼낸 뇌를 믹서로 간 후에 다시 집어넣은 것 같을 정도로 혼란스러웠다. 그럴 만도 했다. 무시키가, 사이카로 변신한 것이다. 게다가 루리와 키스를 하는 와중에 말이다. 루리가 환영해

마지않을 망상이었다. 아니, 딱히 루리는 사이카를 LOVE한 눈길로 쳐다보지는 않았고, 어디까지나 존경과 숭배의 대상으로 경애할 뿐이며, 결코 키스하고 싶다 같은 발칙한 생각을 한 적은, 앗, 마녀님의 입술은 끝내주게 부드러워…… 말캉말캉해…….

흐늘거리는 뇌가 귀를 통해 흘러나올 듯한 감각을 느끼면서, 루리는 어떤 결론에 도달했다.

—아, 이건 꿈이야.

꿈이니 어쩔 수 없다. 루리는 마음을 푹 놓으며 몸에서 힘을 뺐다.

"—루리!"

사이카로 변한 무시키는 그 자리에서 쓰러지려 하는 루리의 몸을 상냥히 끌어안았다.

그러자 루리가 더듬더듬 입을 열었다.

"마, 마녀님……?"

"그래. 루리, 괜찮아?"

무시키가 빙그레 미소 지으며 그렇게 말하자, 이 타이밍에 맞춘 것처럼 쿠로에가 뛰어왔다.

"—아무래도, 성공한 것 같군요."

그리고, 작게 한숨을 내쉬면서 그렇게 말했다.

이것이 바로— 쿠로에가 준비한 비책이었다.

아오의 혼과 루리의 몸은, 아직 완전히 융합되지 않았다. 어떤 수단으로 외부에서 마력을 빨아내기만 해도, 그 연결이 해제되고 말 정도로 말이다.

그리고 무시키는 미세하지만, 대상자에게서 마력을 흡수하는 힘을 지녔다.

그렇다. —키스다.

원래는 쿠로에와 함께 쓰는 수법이지만, 사전에 술식을 펼쳐둔다면 타인에게서 마력을 흡수하는 게 가능했다.

그것은 무시키의 몸에서 사이카의 몸으로 존재변환을 하는 데 있어서의 부산물이나 다름없지만, 어찌어찌 일이 잘 풀린 것 같았다.

무시키가 안도의 한숨을 내쉬고 있을 때, 루리가 눈이 빙빙 도는 상태에서 말했다.

"저기…… 이상한 걸 물어봐도 될까요……."

"그래. 뭐지?"

"……마녀님, 방금까지, 무시키였지 않나요?"

"……."

무시키는 아무 말 없이 눈을 돌렸다.

쿠로에도 아무 말 없이 눈을 돌렸다.

그렇다. 이것은 아오에게서 루리의 몸을 되찾을 유일한 방법이지만— 루리의 눈앞에서 존재변환을 한다고 하는 크나큰 문제가 뒤따른다.

"어, 왜 눈을 돌리는 거예요……? 어, 아니…… 저기…… 키, 키스……했죠? 저한테요. 그랬더니…… 무시키가 마녀님으로……."

"루리."

무시키는 상냥한 미소를 머금으며, 루리의 이마를 살며시 두드렸다.

"아무래도, 우리 잠꾸러기가 재미있는 꿈을 꿨나 보네."

"꿈……? 아아…… 그래……. 나…… 꿈을……."

루리가 안도한 듯이 눈을 감—.

"—그럴 리가 없잖아아아아아아아아아아아앗!"

—지 않았다. 용수철처럼 몸을 벌떡 일으키더니, 얼굴을 새빨갛게 붉히며 눈을 치켜떴다.

"어……, 어어어어어어어어어어, 어떻게 된 거예요?! 마녀님이 무시키이고, 무시키가 마녀님— 그것보다, 아아아아앗!"

루리는 그제야 뭔가가 생각난 것처럼 어깨를 부르르 떨었다.

"그, 그러고 보니 도서관 지하에서 쿠라라와 싸울 때, 무시키가 쿠라라에게 키스하지 않았어?! 분명 잘못 본 거라고 생각했는데, 그러고 나서 무시키가 마녀님의 모습이 변한 듯한—."

"……."

무시키는 난처한 표정으로 쿠로에를 쳐다봤다.

쿠로에는 한동안 생각에 잠겼지만, 이윽고 체념한 듯이 고개를 저었다.

"매사에는 리스크가 따르는 법입니다. 루리 양의 탈환이라는 목적을 달성하기 위해 치른 대가이니, 어쩔 수 없군요."

"……그래."

무시키는 한숨을 내쉰 후, 자세를 천천히 고쳤다.

"루리. 일단 진정해."

그리고, 달래는 투로 그렇게 말했다. ―아무리 혼란에 빠졌더라도, 루리가 사이카의 말을 무시할 리가 없다는 확신을 가지고 있었던 것이다.

"네…… 네에~."

무시키의 예상대로, 루리는 순순히 고개를 끄덕였다.

"고마워. 약속할게. 자초지종을 꼭 설명할게. 하지만, 지금은 그것보다―."

바로 그때였다.

무시키의 말을 끊듯, 남아 있던 후야죠 저택의 일부가 폭발했다.

"……! 뭐야?!"

루리는 미간을 모으며 자세를 낮췄다. 쿠로에 또한 방심하지 않으며 그쪽을 쳐다봤다.

마치 그 움직임에 반응하듯, 푸른 불꽃으로 된 거대한 새를 거느린 마술사가 모습을 보였다.

고급스러운 기모노 차림에, 머리 위에 2획의 계문을 전개한 소녀였다.

분노로 가득 찬 그 얼굴은 루리와 판박이처럼 똑같았다.

"……사이카 씨에게 한 방 제대로 먹었네. 무슨 짓을 한 건지는 모르겠지만, 내 혼을 루리의 육체에서 떼어 내다니—."

그리고, 화가 치민 듯한 어조로 말했다.

그 말을 듣고, 확신했다. —그녀가 바로 후야죠가 당주, 후야죠 아오의 진짜 몸이다. 아무래도 루리의 몸과 떨어진 후, 원래 몸으로 되돌아간 것 같았다.

아니, 원래 몸—이라는 말에도 어폐가 있을지 모른다. 아마 저 몸 또한, 무수한 복제 중에서 선택한 그릇이리라.

"……아오."

아무래도 아오에게는 무시키와 사이카의 관계를 들키지 않은 것 같았다. 무시키는 지극히 사이카다운 태도로 아오를 향해 돌아섰다.

"이만, 끝내지 않겠어? 루리는 이제, 네 것이 되지 않아. —내가, 그렇게 두지 않겠어."

"……안 돼. 나에게는 루리가 필요해. 멸망인자에게 지지 않을, 강한 몸이……!!"

눈에 핏발이 선 아오가 억눌린 목소리로 그렇게 외쳤다.

그리고 그대로 입가를 손으로 감싸더니, 거친 기침을 토했다.

"콜록……, 콜록……."

"……!"

그 모습을 본 무시키의 눈썹이 떨렸다.

아오의 입에서 어마어마한 양의 피가 흘러나온 것이다.

"아오, 너는 대체—."

—무시키가 말을 한, 바로 그때였다.

"……?!"

후야죠가의 저택이— 아니, 〈방주〉 전체가 격렬하게 흔들렸다.

제5장 고대의 원적이 지금 눈을 뜬다

"—무슨 일이야!"

〈정원〉 기사이자 교사인 안비에트 스바르나는 단정하게 땋은 머리카락을 휘날리며, 〈정원〉 작전 본부의 문을 열어젖혔다.

20대 중반 정도로 보이는 키가 큰 남성이다. 항상 험악한 두 눈은 현재 평상시보다 더욱 매서웠다.

하지만 그것도 무리는 아니었다. 아까부터 〈정원〉 안에서 최고 엄중 경계를 알리는 경보가 울리고 있었던 것이다.

〈공극의 정원〉은 마술사 양성 기관임과 동시에, 멸망인자를 상대하기 위한 기지이기도 했다. 중앙 관리동은 멸망인자가 출현했을 때, 마술사들을 지휘하는 사령부가 된다.

그곳에서는 이미 여러 직원이 다급하게 작업에 임하고 있었다.

그중에는 〈정원〉 기사 힐데가르드와 엘루카도 있었다. 안비에트는 성큼성큼 그녀들을 향해 걸어가더니, 다시 질문을 던졌다.

"최고 엄중 경계라고……? 대체 무슨 일이 일어난 거냐고! 빨리 설명해!"

"히, 히이이익……!!"

안비에트의 말을 들은 힐데가르드는 흠칫하더니, 엘루카의 등 뒤에 숨듯 몸을 웅크렸다.

"그렇게 윽박지르지 말거라. 힐데가 겁먹지 않느냐."

엘루카가 힐데가르드의 머리를 쓰다듬어주며 그렇게 말했다. 체구가 조그마하고 흰색 가운을 걸친 그녀는 〈정원〉 의료부의 책임자다. 그녀는 기사 중에서 최고참이지만, 겉모습은 중학생 정도이기에 언동과 외모의 갭이 엄청났다.

"……딱히 윽박지른 건 아니라고."

안비에트는 언짢은 듯이 미간을 찌푸리더니, 한숨을 내쉬었다.

"됐으니까, 빨리 상황이나 설명해."

"그렇다는구나, 힐데."

엘루카는 두 사람의 다리 역할을 하듯 힐데가르드를 향해 그렇게 말했다. 그러자 힐데가르드는 엘루카의 등 뒤에 숨은 채, 머뭇머뭇 안비에트를 살피며 얼굴을 살짝 내밀었다.

"더…… 더 상냥하게 말해주지 않으면 설명 안 해줄 거야……."

"……실례지만, 상황을 설명해주지 않겠습니까?"

볼에 경련이 일어난 안비에트가 그렇게 말하자, 힐데가르드는 비굴한 — 그러면서도 우쭐대는 듯한 — 표정을 지으며 말을 이었다.

"조, 좀 더…… 왕자님 같이……."

"……, 나한테는 네가 필요해. 제발 설명해주지 않겠어? 새끼 고양이 양."

"거, 거기에 약간 어리광쟁이 같은 느낌을 더하면……?"

"좋아, 두들겨 패자."

인내심이 바닥난 건지, 안비에트가 어깨를 풀기 시작했다.

힐데가르드는 「히이익!」 하고 겁먹은 목소리로 말하더니, 다시 엘루카의 등 뒤에 숨었다.

"그쯤 해라, 힐데. 지금은 긴급 사태가 벌어졌지 않느냐."

"으, 응……. 잘못했어요……."

엘루카가 그렇게 말하자, 힐데가르드가 중앙 단말에 손을 댔다.

그러자, 구체 형태의 입체 영상이 투영됐다.

"어? 이건—."

그것을 본 안비에트가 눈썹을 찡그렸다.

아무래도 그것은 지구를 모방한 이미지 영상 같았는데— 다음 순간, 일본 근해에 표시가 됐다. 그리고 그곳을 기점으로 바다가 일렁이더니, 지구 전체를 향해 파도가 퍼져나갔다.

그리고 그 거대한 물결은 점점 지구상에 존재하는 온갖 섬을, 대륙을 삼켰다. 그 후에 남은 것은 표고가 3,000미터 이상 되는 산의 끄트머리뿐이었다.

"아니……?"

눈앞에서 펼쳐진 악몽 같은 영상을 본 안비에트는 인상을 한껏 찡그렸다.

"……이게 무슨 장난이야. 장난도 정도라는 게 있다고."

"유감스럽게도 장난이 아니니라. 현재 세계에서 일어나고 있는 현상의 시뮬레이션 영상이지. ―지금으로부터 한 시간도 채 지나기 전에, 전 세계의 육지는 바다에 삼켜지고 말 게다. 그걸 막을 방법은 아직 없다. 〈정원〉에 방벽을 펼쳐서 견뎌내는 방법뿐인 게지. 외부에 나간 마술사에게 긴급 대피 연락 중이니라. 설령 가역 토멸 기간 안에 원인을 제거하더라도, 죽은 마술사는 되살아나지 않으니 말이지."

"아니, 잠깐만! 이게 멸망인자인 거야?! 말도 안 되―."

말을 이으려던 안비에트가 갑자기 숨을 삼켰다.

확실히 장난으로 치부할 수밖에 없을 만큼, 어처구니없는 현상이다. 하지만 그것이 가능한 멸망인자의 이름을, 그는 알고 있었다.

"설마―."

안비에트의 말을 들은 엘루카가 고개를 끄덕였다.

"그 설마이니라. 멸망인자 004호: 〈리바이어던〉. ―지금으로부터 약 200년 전, 사이카가 〈방주〉의 후야쵸 아오와 함께 해치운, 신화급 멸망인자지."

◇

—땅을 뒤흔드는 엄청난 진동 속에서, 멸망인자의 출현을 알리는 경보가 울려 퍼졌다.

갑자기 비상사태가 벌어진 〈방주〉의 후야죠 저택에서, 무시키 일행은 피를 토하는 아오의 모습을 망연자실하게 응시했다.

"으…… 크윽—."

"……?! 아……."

아오가, 그리고 어찌된 건지 루리도 가슴을 움켜쥐며 그 자리에서 몸을 웅크렸다. 아오에게는 쿠로에가 다가갔고, 루리의 옆에서는 무시키가 몸을 숙였다.

"루리, 괜찮아?"

"네……. 이유는 모르겠지만, 갑자기 이 근처가 아파서—."

루리는 그렇게 말하면서 목덜미를 드러냈다.

그곳을 보니, 루리의 쇄골 사이에 각인 같은 것이 생겨나 있었다. 피부에는 기묘한 문양 형태의 깊은 상처가 나 있었으며, 거기서 피가 배어 나오고 있었다.

"이, 이게 뭐야……."

루리 또한 이런 상처를 입은 기억이 없는 것 같았다. 그녀는 당혹스러운 투로 그렇게 말하면서 상처를 손가락으로 만져보더니, 인상을 찡그렸다.

"후야죠 학원장님, 이건……."

아오의 가슴에도 같은 상처가 있는 것 같았다. 쿠로에는 짚이는 데가 있는지, 그렇게 중얼거리면서 날카로운 시선을 머금었다.

"쿠로에도, 눈치챘구나."

무시키는 의미심장한 표정을 지으며 그렇게 말했다. 실은 이 각인이 무엇을 의미하는지 전혀 모르지만, 아오 앞에서 쿠오자키 사이카가 무지한 모습을 보일 수는 없다.

"네. ―아마, 주독(呪毒)일 겁니다. 그것도, 매우 강력한 부류 같군요."

그러자 쿠로에는 무시키의 의도를 눈치챈 것처럼 간결하게 설명해줬다.

"마력에 의해 새겨진 저주이자 독…… 그 효과는 대상자의 존재 그 자체에 새겨지며, 약을 통해 해독은 불가능합니다. 이런 걸 대체 언제, 누가……."

"……."

쿠로에가 그렇게 말하자, 아오는 각인을 숨기려는 듯이 고개를 돌렸다.

바로 그때, 이어폰에서 힐데가르드의 목소리가 흘러나왔다.

『사, 사이 양, 쿠로 양……!』

"―힐데. 대체 무슨 일이 일어난 거야?"

루리와 아오도 신경 쓰이지만, 〈방주〉를 덮친 진동도 무시할 수 없었다. 무시키는 귓가를 손으로 누르며 그렇게 물었다. 그러자 힐데가르드는 초조한 어조로 말했다.

『그, 그게…… 바다가, 큰일 났어. 〈리바이어던〉이 부활했대—.』

"〈리바이어던〉이…… 부활해?"

"……!"

무시키가 힐데가르드의 말을 그대로 중얼거리자, 아오가 눈을 치켜떴다.

"뭐……라고……?"

그리고 입가의 피를 훔친 아오는 비틀거리며 몸을 일으켰다.

마치 그 움직임에 맞춘 것처럼, 뒤편에서 절규에 가까운 목소리가 들려왔다.

"당주님!"

질풍처럼 무시키 일행의 옆을 가로지르며 아오의 곁으로 향한 이는, 아주르스의 아사기였다.

아까 무시키가 가면을 깬 탓에, 얼굴이 드러나 있었다. 그녀는 루리와 똑같은 얼굴을 경계심과 분노로 물들이더니, 아오를 지키려는 듯이 앞에 섰다.

"우왔, 나와 똑같이 생긴 애가 더 있어……?!"

그녀를 본 루리가 깜짝 놀란 듯이 눈을 치켜떴다.

하지만 아사기는 개의치 않으면서, 아오를 부축했다.

"괜찮으십니까, 당주님! 큭…… 감히 이런 짓을—."

아사기는 그렇게 말하더니, 적의에 찬 시선을 무시키 일행에게 보냈다.

확실히 입과 가슴이 피에 젖은 채 무릎을 꿇고 있는 아오, 그리고 그런 그녀와 대치한 무시키 일행을 본 아사기가 그런 반응을 보이는 것도 무리는 아니었다.

"아사기, 착각하지 마. 우리는 아무 짓도—."

무시키는 오해를 풀기 위해 입을 열었다. 하지만 무시키가 말을 끝까지 잇기도 전에, 가면을 쓴 소녀들이 주위에 집결했다.

"다들, 여기야!"

"도우러 왔습니다, 당주님!"

"어, 쿠오자키 학원장님이 당주님에게 뭇매를 때린 거야?!"

그렇게 외친 수많은 선도위원은 더는 들을 말이 없다는 듯이 전투태세를 취했다. 완전히 무시키 일행을 악역 취급하고 있었다.

하지만…….

"……조용히 하렴."

아오가 한마디 한 순간, 선도위원들은 찬물이라도 뒤집어쓴 것처럼 입을 다물었다.

"지금은 이럴 때가 아냐. 그 멸망인자가 부활했다는 게 진짜라면—."

원한에 찬 어조로 그렇게 말한 아오는 기모노의 앞섶을 움켜쥐었다.

바로 그때, 무시키는 눈치챘다. 아사기와 다른 선도위원의 가슴도, 아오와 루리처럼 피에 물들어 있다는 것을 말이다.

아마 쿠로에도 같은 타이밍에 그것을 눈치챈 것 같았다. 눈을 가늘게 뜨더니, 무시키에게 귓속말을 했다.

무시키는 그 말을 듣더니, 아오를 향해 이렇게 말했다.

"—혹시 200년 전에 그 주독에 걸린 거야?"

"……."

무시키가 그렇게 말하자, 아오는 아무 말 없이 기모노의 앞섶을 움켜쥔 손에 더욱 힘을 줬다.

그리고 체념한 듯이 한숨을 토했다.

"……여전히, 감이 좋네."

"이 정도로 재료가 갖춰져 있으면, 싫어도 눈치챌 수밖에 없잖아. —안 그래? 쿠로에."

"네."

무시키는 동의를 구하듯 그렇게 말했다. —사실 무시키는 상황을 완전히 이해하지 못했지만, 아오의 반응을 보아하니 사이카의 입으로 방금 그 말을 하는 게 옳은 반응 같았다.

쿠로에는 무시키의 말을 이어받았다.

“후야죠 학원장님의 복제인 아주르스, 그리고 루리 양에게도 같은 각인이 새겨져 있다는 건, 그것이 『후야죠 아오』라는 존재 그 자체에 새겨진 상처라는 증거일 겁니다. 즉, 생명이란 시스템의 일부가 뜯어고쳐진 거나 다름없죠. 그런 강력한 주독을 지닌 것은 멸망인자 중에서도 극히 일부뿐입니다. 바로— 200년 전, 후야죠 학원장님이 사이카님과 함께 싸우셨다는 신화급, 〈리바이어던〉 같은 존재 말입니다. ……이 타이밍에 각인이 표면화된 것도, 그 영향에 따른 것일 테죠.”

“……어머나, 사이카 씨는 거느린 종자도 참 우수한가 봐?”

“……당신 정도의 마술사가 왜 『혼례 의식』 같은 비효율적인 의식에 기댄 건지 정말 이해가 안 됐습니다만…… 이제야 이해가 됐습니다.”

바로 그때, 루리가 당혹스럽다는 듯이 손바닥을 펼쳤다.

“자, 잠깐만 있어 봐, 쿠로에. 좀 알아듣게 설명해줘!”

당연하다면 당연한 반응이었다. 쿠로에는 고개를 끄덕이면서 말을 이었다.

“후야죠 학원장님께 새겨진 주독은 극도로 강력합니다. 대상자의 몸을 계속 좀먹어서 평범한 인간이라면 몇 년, 마술사라도 20년— 길어도 30년이면 목숨을 잃게 되죠.”

“뭐—.”

루리는 눈을 치켜떴다.

그러자 아오는 자조하듯 한숨을 내쉬었다.

"……부끄럽네. 200년 전, 사이카 씨와 함께 〈리바이어던〉과 싸우던 도중에 이런 선물을 받고 말았어. ―하지만, 나는 죽을 수 없었어. 나라는 마술사는 세계에 있어서, 그만큼 중요한 조각이 되어 있었거든. 사이카 씨라면 이해하지? 만약 자신이 죽어버린다면, 세계가 어떻게 될지― 생각해본 적이 없단 소리는 마."

"……."

아오의 말에, 무시키는 작게 숨을 삼켰다.

그러자 쿠로에는 조용히 말을 이었다.

"자신의 존재에 새겨진 죽음의 운명에 저항하기 위해, 자신의 복제를 만들어서 혼을 전이시킴으로써 이제까지 연명해왔다라는 거군요. 하지만 복제된 존재 또한 『후야죠 아오』이기에, 단명한다는 점은 마찬가지입니다. 신체가 10대일 때에 혼을 전이시킬지라도, 약 10년 주기로 몸을 갈아타야 할 필요가 있겠죠."

"어……?"

루리는 자신의 가슴을 억누르며 인상을 찡그렸다.

그것은 느닷없이 자신의 남은 수명을 선고받아서 충격을 받은 것처럼도 보였고, 아오의 비통한 결단에 마음 아파하는 것처럼도 보였다.

그 모습을 본 아오는 날카로운 시선을 머금었다.

"……자기가 얼마나 악독한지는 알아. 변명할 생각도 없어. 나는 내 욕망을 위해 금기를 범해서 수많은 생명을 창조했고, 그것을 양분 삼아서 살아온 악귀야. 언젠가 분명, 그 대가를 치르게 될 거야."

"무슨 말씀이십니까, 당주님! 당신이 사심에 따라 행동할 리가—."

아오가 자조 섞인 목소리로 그렇게 말하자, 아사기는 고함을 질렀다.

"……그랬군요."

쿠로에는 그 말을 듣더니, 가늘게 한숨을 내쉬었다.

그 표정에서는 같은 처지에 처한 자에 대한 이해와 동정, 그리고 부도덕한 친구를 꾸짖으려 하는 듯한 감정이 묻어나고 있었다.

"후야죠 학원장님. 당신의 헌신과 세계를 사랑하는 마음에 경의를 표합니다. 하지만—."

쿠로에는 조용한 비애를 담은 것처럼, 시선을 날카롭게 만들었다.

"그렇다면 어째서— 자신이 사랑하는 자들을, 더 믿어주지 않은 겁니까?"

"뭐……?"

"——."

쿠로에가 그렇게 말하자, 아오는 얼이 나간 듯한 반응을 보였고— 무시키는, 숨을 삼켰다.

—아오와 싸우던 와중에, 쿠로에는 말했다. 아오와 자신에게, 대체 어떤 차이가 있느냐고 말이다.

확실히 그것은 하나의 진실일 것이다. 하나를 구하기 위해 다수를 희생시키는 것을, 사이카는 용납하지 못하리라.

하지만, 사이카에게는 아오와의 결정적인 차이점이 있다.

그것을, 무시키의 존재가 증명하고 있었다.

"……네가 세계를 사랑한다는 건 잘 알았어. 세계에 속한 이를 얼마나 아끼는지도 가슴 아플 정도로 알아. 분명 나도 너와 같은 상황에 처한다면, 비슷한 생각을 하겠지."

무시키는 쿠로에의 말을 이어받아서 말했다.

자신에게, 그런 거창한 말을 할 자격이 있는지는 모른다.

하지만, 지금 무시키는 쿠오자키 사이카다. 분명 이 말은, 아오와 같은 상황에 처한 사이카가 해야만 한다는 확신이 들었다.

"하지만, 굳이 묻겠어. ……여기 있는 루리는, 지금 너를 부축하는 아사기와 다른 아이들은, 너의 자랑스러운 〈방주〉의 학생들은— 네가 보호해주지 않으면 살아남을 수 없을 만큼, 약한 존재야? 너의 뒤를 이을 자는— 너를 능가한 마술사는, 미래영겁 나타나지 않는 거야?"

"그, 건……."

무시키와 만났을 때, 목숨이 경각에 처한 사이카는 말했다.

—너에게, 내 세계를 맡기겠어, 라고 말이다.

분명 그것은, 어쩔 수 없는 조치였을 것이다. 그러지 않으면 두 사람 다 목숨을 잃고, 세계 또한 붕괴하고 말았으리라.

그러니, 어디까지나 이것은 결과론에 지나지 않는다.

그래도— 사이카는, 무시키에게, 모든 것을 맡겼다.

무시키라는 연약하고 미덥지 못한 존재를, 믿어줬다.

그러니 무시키는 지금, 이렇게 살아있는 것이다.

"마술을 이용해 목숨을 부지하더라도, 우리는 영원히 살아갈 수 있지 않아. 언젠가, 후진에게 마음을 맡겨야만 할 때가 있어."

눈시울이 뜨거워졌다. 사이카로서 말을 하면서 감정이 북받쳐 오른 것일지도 모른다.

하지만 배어 나오려 하는 눈물을 닦지도 않으며, 무시키는 말을 이었다.

"그러니, 그 가능성을 짓밟는 짓만큼은, 해선 안 돼. —그것이 우리가 미래를 위해 짊어져야 하는, 책임이겠지."

"나, 는—."

무시키의 말을 들은 아오가, 말을 잇지 못하며 손으로 얼굴을 가렸다.

아오가 자기 자신을 위해 목숨을 연명해온 존재라면, 이런 말에 의미가 없으리라.

하지만 아오 또한 사이카와 마찬가지로 세계를 사랑하고, 지키는 마술사인 것이다.

그렇기에, 무시키는 그 말을 전해야만 했다.

—이윽고, 아오는 고개를 들었다.

그 두 눈은 너무 울어서 부은 것처럼 새빨갰다.

"……그래. 맞는 말이야. 분명…… 마음 한편으로는 알고 있었어. 이런 잘못된 일을 영원토록 이어가진 못할 거란 사실을 말이지. ……분명, 무서웠던 거야. 아이에게서 졸업하지 못하는 부모처럼, 내가 없는 세계에서 이 아이들이 정말 살아갈 수 있을지를……."

"당주님—."

아사기가 안타까운 표정을 지으며 아오에게 다가갔다.

아오는 그 손에 자신의 손을 포개더니, 루리를 쳐다봤다.

"……루리."

"네……."

루리는 긴장한 표정으로 대답했다. 그러자 아오는 악마에게서 해방된 듯한 표정으로 말을 이었다.

"……이제 와서 무슨 소리를 하느냐 싶을지도 모르지만, 그래도 진심으로 사과할게. 하마터면 나는, 너라는 미래를 이 세상으로부터 빼앗을 뻔했어."

"……."

루리는 잠시 침묵한 후, 흥 하고 코웃음을 쳤다.

"진짜 이제 와서 무슨 소리를 하는 거예요. 대체 남의 몸을 뭐라고 생각하는 거냐고요."

하지만, 하고 루리는 덧붙였다.

"……당신이 오랜 세월 동안 이 바다를 지켜온 건 사실이에요. 그 주춧돌이 된 무수한 『당신』의 공적만은, 부정하지 말아 주세요."

"루리—."

아오는 말을 도중에 멈췄다.

이유는 단순했다. 강력한 진동이 〈방주〉를 덮친 것이다.

"크……."

"이건—."

"우왓……!"

선도위원들이 균형을 유지하려고 발에 힘을 주는 가운데, 아오는 격렬하게 기침을 토한 후에 무시키 일행을 쳐다봤다.

"……만약 그 〈리바이어던〉이 진짜로 나타난 거라면, 농담이 아니라 세계는 바다에 잠길 거야. —뻔뻔한 소리처럼 들릴지도 모르지만, 협력해주지 않겠어? 그 괴물을 해치우기 위해선, 당신들의 힘이 필요해."

그리고, 피에 젖은 입술을 일그러뜨리며 그렇게 말했다.

확실히 뻔뻔한 소리이기는 했다. 왜냐하면 아오는 루리

의 몸을 빼앗으려 한 장본인이자, 몇 분 전까지 격렬하게 싸웠던 상대였다.

하지만 무시키는 한 치의 주저도 없이 고개를 끄덕였다.

—사이카라면, 분명 그렇게 대답하리란 확신이 있었던 것이다.

"물론이야. 세계를 구하는 게 우리의 사명이잖아."

—사나운 칠흑빛 바다에, 기묘한 실루엣이 몇 개나 나타났다.

하나하나는 아치 형태의 거대한 구조물처럼 보일지도 모른다. 파도치는 해수면에서 얼굴을 내밀듯, 반원 형태의 『무언가』가 모습을 보이고 있었다.

문제는, 그 숫자와 규모였다.

정확한 숫자를 파악하는 것조차 곤란할 만큼 방대한 양의 무언가가, 수평선을 뒤덮듯 모습을 보였다. 마치 농담이나 전위예술 같은 광경이 현재, 태평양 연안부에 펼쳐지고 있었다.

운좋게 — 아니, 나쁘게일까 — 그 광경을 목격한 자도, 상상조차 못 할 것이다.

저 무수한 무언가가, 전부 바닷속에서 이어져 있을 것이라고는…….

【————————————————————.】

신화급 멸망인자 〈리바이어던〉은, 그 길고 거대한 체구를 꼬불거리듯 비틀더니, 먹구름 낀 하늘을 향해 비명에 가까운 절규를 토했다.

◇

"——."

〈공허의 방주〉 작전 본부에, 긴박감이 섞인 침묵이 흘렀다.

이유는 지극히 단순했다. 본부의 벽에 설치된 메인 모니터에, 신화급 멸망인자 〈리바이어던〉의 모습이 비친 것이다.

—화면을 가득 채운 거대한 바다에, 기나긴 무언가가 꿈틀거리고 있었다. 일전에 본 거대한 〈크라켄〉이 조그마한 물고기처럼 보이게 할 정도의, 말도 안 되는 사이즈였다. 너무 현실감이 없었기에, 무시키는 무심코 국물이 있는 면 요리를 떠올리고 말았다.

"어머나, 어머나."

그런 긴박한 공기를 찢듯 입을 연 이는, 과거에 실제로 그 모습을 목격한 적이 있는 마술사 중 한 명— 아오였다.

“참 보잘것없는 모습이 되었는걸.”

그리고 눈과 입술을 일그러뜨리더니, 조롱하듯 그렇게 말했다.

한순간, 다른 이들이 느낀 전율을 누그러뜨리려고 한 말이라고 생각했지만— 달랐다.

아오의 표정에서 그런 느낌은 감돌지 않았고, 무엇보다 모니터에 비친 〈리바이어던〉의 몸에는 살점이 거의 없어서 기묘한 뼈가 훤히 노출되어 있었다.

마치 박물관의 골격 표본 혹은 대충 먹고 버린 생선 같은 모습이었다. 지나치게 거대한 그 체구에 압도당했지만, 그 모습은 아오의 말대로 매우 보잘것없었다.

“—사이카 님.”

“……그래.”

하지만 좀비 같은 그 모습은 무시키 일행이 전에 경험한 다른 사태를 떠올리게 했다. 쿠로에의 말을 들은 무시키가 짤막하게 대답했다.

“—쿠라라의 제4현현과 비슷한걸.”

무시키가 그렇게 말하자, 아오의 눈썹이 희미하게 흔들렸다.

“흐음……. 이 타이밍에 그 이름이 언급될 줄은 몰랐네. 〈리바이어던〉의 부활…… 대체 무슨 일이 일어난 건가 했더니, 〈우로보로스〉의 권능에 의한 것이란 말이구나?”

"어디까지나— 추측이지만 말이야. 쿠라라의 제4현현, 【윤회현생대축제(리인카페스트)】는, 그 자리에서 죽은 자를 되살리는 힘을 지녔어. 그녀라면 과거에 토벌된 신화급 멸망인자를 부활시키는 것도 불가능하진 않겠지."

이 자리에 있는 이들이 그 말을 듣고 술렁거렸다.

하지만 그것도 어쩔 수 없었다. 그 말은 〈리바이어던〉 이외의 신화급 멸망인자가 부활할 가능성이 있다는 점을 시사하고 있는 것이다.

이제부터 〈리바이어던〉과 싸워야 하는 이들이 이렇게 정신적으로 흔들린 상태로 두는 건 좋지 않다. 그렇게 판단한 무시키는 목소리 톤을 살짝 높이면서 과장되게 어깨를 으쓱했다.

"—쿠라라도 성가신 일을 벌이는걸. 또 나한테 혼쭐이 나고 싶은가 봐."

무시키가 그렇게 말하자, 누군가가 작게 웃음을 터뜨렸다. 그 웃음소리의 영향인지, 분위기가 약간 누그러졌다.

—사이카란 존재가 얼마나 거대한지, 무시키는 다시 실감했다.

"아무튼, 내버려 둘 순 없어. —지상은 어떤 상황이야?"

『—그 점에 관해선, 이쪽에서 설명하마.』

아오의 말에 답하듯, 귀에 익은 목소리가 들려왔다.

다음 순간, 모니터 한편에 화면이 열리면서 엘루카의 얼굴이 비쳤다.

그렇다. 지상과 연계를 취하기 위해, 힐데가르드에게 부탁해서 〈정원〉과 통신으로 연결한 것이다.

“어머— 오랜만이야, 엘루카 씨. 건강해 보여서 참 다행이네.”

『오랜만이구먼, 아오. —그대는 건강해 보이지 않는구나. 죽음의 그림자가 드리워져 있어.』

“여전히 할 말은 다 하는 사람이네.”

엘루카의 말을 들은 선도위원들이 술렁거렸지만, 당사자인 아오는 부채로 입가를 가리며 재미있다는 듯이 웃음을 흘렸다.

『지상은 혼란 상태이니라. 지상의 수몰을 막을 방법은 없을 게야. 200년 전의 그때처럼, 세계는 바다에 삼켜지고 말 것이니라. 〈정원〉을 비롯한 각 학원은 결계를 펼쳐서 해일에 대비하마. 그 후에는 가역 토멸 기간 안에 그대들이 〈리바이어던〉을 쓰러뜨리길 빌 뿐이니라.』

멸망인자는 그 이름대로 『세계를 멸망시킬 수 있는 존재』의 총칭이다. 그 출현은 정도에 차이가 있기는 해도, 세계에 어떤 식으로든 흠집을 남긴다.

하지만 멸망인자의 출현과 동시에, 세계의 시스템은 그 상태를 보존한다. 그리고 가역 토멸 기간 안에 멸망인자를 토벌하는 데 성공한다면, 그 멸망인자에 의해 발생한 피해는『없었던 일』이 되는 것이다.

그렇기에, 아무리 적이 강대할지라도 무시키 일행이 해야 할 일은 단순 명쾌했다.

―가역 토멸 기간 안에, 어떤 수를 써서라도, 〈리바이어던〉을 해치운다.

만약 그러지 못한다면, 세계는 지상이 바다에 가라앉은 상태를『결과』로 기록하게 되리라.

"―맡겨줘. 내가 있는 한, 멸망인자가 세계를 멋대로 하게 두지 않겠어."

엘루카의 말에 답하듯 무시키가 그렇게 말하자, 작전 본부의 직원들이『오오……』하며 환성을 질렀다.

그것을 들은 건지, 아오가 자조하듯 어깨를 으쓱했다.

"……후후, 믿음직하네. 솔직히 말해 마음이 조금 놓여. 우연이라고는 해도 사이카 씨가 이 자리에 있잖아. 완전한 상태가 아닐지라도, 상대는 신화급 멸망인자야. 웬만한 마술사가 무리 지어 덤벼도 상대조차 못 되겠지. 지금 이 자리에 있는 마술사 중에서, 저 이형의 존재를 해치울 가능성이 있는 건― 그래. 두 명 정도일까."

무시키는 그 말을 듣고 고개를 갸웃거렸다. 그녀의 말을 이해 못 한 건 아니지만, 일부러 그 점을 밝힌 의미를 알 수가 없었다.

"나와 너, 이렇게 두 사람이란 거지?"

무시키가 그렇게 말하자, 동의한다는 듯이 루리와 선도위원 및 직원들이 고개를 살며시 끄덕였다. 그럴 만도 했다. 200년 전, 완전한 상태에서 나타난 〈리바이어던〉을 해치운 이는 바로 사이카와 아오라고 알려져 있는 것이다.

하지만 그 말에 찬동하지 않는 이가 두 사람, 있었다. —쿠로에와 아오다. 쿠로에는 조용히 눈을 내리깔았고, 아오는 웃음을 터뜨렸다.

“농담하지 마. 아니면 사이카 씨 나름대로 나를 배려한 거야? 전력을 발휘할 수 있는 상태라면 몰라도, 다 죽어가는 지금 몸으로는 짐밖에 안 돼.”

무시키는 그 말을 듣고 눈을 살짝 치켜떴다. 그녀의 말도 옳았다. 그래서 아오는 새로운 몸으로 전이하려 했다. 이유야 어찌 됐든, 그 전이를 저지한 무시키가 이런 말을 한다면 실없는 농담처럼 받아들여져도 이상할 게 없다.

하지만, 그렇다면, 다른 한 사람은—.

“바로 너란다, 루리.”

아오는 부채를 접으며 루리를 쳐다봤다.

“……어, 저, 말인가요?”

이름을 불린 루리는 깜짝 놀란 듯이 자기 자신을 가리켰다.

“응. 너라면 분명, 우리의 저 철천지원수를 해치울 수 있겠지. 너에게— 맡겨도 되겠니?”

“——.”

아오가 그렇게 말하자, 루리는 눈을 동그랗게 뜨고 깜빡였지만―.

“……네. 해보겠어요.”

이윽고, 고개를 끄덕였다.

아오는, 만족한 듯이 고개를 끄덕였다.

“좋아. 그럼 다들, 맡은 자리로 이동해. 전교생에게 전달하겠어. 이제부터 본 학원은 제1종 전투 배치로 이행해. 목표는 신화급 멸망인자 〈리바이어던〉. 만물의 어머니인 바다를 어지럽힌 저 괘씸한 자에게, 철퇴를 내리자. ―〈공허의 방주〉, **발진**이야.”

『―전교생에게 전달합니다. 이제부터 본 학원은 제1종 전투 배치로 이행합니다. 각자 안전 확보 후에 지정된 위치로 이동해주십시오. 다시 말씀드립니다. 본 학원은 제1종 전투 배치로 이행합니다. 각자 안전 확보 후에―.』

〈공허의 방주〉 안에서, 다급한 안내 방송이 울려 퍼졌다.

지상에 남아 있던 학생들은 그 안내 방송을 듣더니, 서둘러 지하 시설로 대피했다.

잠시 후, 지상에서는 사람 그림자 하나 찾아볼 수 없었다.

그것을 확인한 후, 마을은 형태를 바꾸기 시작했다.

길을 따라 줄지어 있던 상점과 가로등이 차례차례 지면 안으로 격납 되더니, 견고한 격벽이 펼쳐졌다. 이어서 지면에 금이 가더니, 낮은 구동음을 내면서 모습을 바꾸기 시작했다.

이윽고 익숙한 마을 풍경은, 중앙 학사의 천수각을 중심으로 한 성곽 같은 형태로 완전히 변모했다.

"—이거, 대단한걸."

"네……. 〈공허의 방주〉 강습 잠항 형태— 소문은 들었지만, 실제로 보는 건 처음이에요."

중앙 학사의 지붕 위에 서서 그 광경을 보던 무시키와 루리는 감회에 젖은 목소리로 대화를 나눴다.

루리의 목소리에서는 약간이지만 긴장과 동요가 묻어 나오고 있었다. 무시키는 옅은 미소를 머금으며 그녀를 쳐다봤다.

"—무서운 거야?"

"……네, 조금이지만요."

루리는 얼버무리듯 그렇게 답했다.

"……아까는 해보겠다고 말할 수밖에 없었지만, 솔직히 정말 제가 해낼 수 있을지 불안하지 않다면 거짓말일 거예요."

그렇게 말한 루리는 희미하게 떨리는 손을 말아 쥐었다.

하지만 무리도 아니다. 상대는 신화급 멸망인자이기만 한 게 아니다. —아오의 『맡긴다』라는 말에는 더욱 기다란 의미가 내포되어 있을 게 틀림없다.

"너라면 분명 해낼 수 있어."

"그럴……까요."

루리는 불안한 어조로 그렇게 말하더니, 머뭇머뭇 말을 이었다.

"그리고……."

"그리고?"

"지금 이야기를 나누는 이가 마녀님인지, 무시키인지 알 수 없는 점도 무서워요."

"……."

루리가 그렇게 말하자, 무시키는 식은땀을 흘렸다.

……뭐, 그녀로서는 당연한 이야기일 것이다. 아오의, 그리고 〈리바이어던〉의 출현으로 나중으로 미루기는 했지만, 당연히 루리는 잊지 않은 것 같았다.

"언제부터, 대체 언제부터인가요. 그러고 보니 저도 마녀님에게 무시키에 관한 이런저런 이야기를 했던 것 같은데 말이에요."

"……저기, 뭐야. 다 끝나고 나면 설명해줄게."

"네. 알고 있어요. 하지만, 부탁이 하나 있어요."

"뭐지?"

"설명을 해주실 때는, 부디 마녀님의 모습으로 해주셨으면 해요."

"호오, 어째서지?"

"마녀님의 모습이라면, 저도 조금은 자제심을 발휘할 수 있을 테니까요."

"……선처하겠어."

무시키는 목소리가 떨리지 않도록 조심하며 대답했다.

듣기에 따라서는 농담처럼 들릴지도 모른다. 하지만 초점이 맞지 않는 루리의 눈이, 희미하게 떨리는 손가락 끝이, 「부탁이야…… 나를 살인자로 만들지 마……」 하고 호소하는 것만 같았다.

바로 그때—.

"아무래도, 준비는 마치신 것 같군요."

뒤편에서 목소리가 들려오자, 무시키와 루리는 동시에 뒤를 돌아봤다.

그러자, 쿠로에가 눈에 들어왔다.

"쿠로에—?"

"……어, 왜 여기 있는 거야?!"

루리는 당황하며 그렇게 외쳤다. 하지만 그것도 당연했다. 이제부터 〈방주〉는 항행을 개시할 것이다. 무시키와 루리 이외의 인원은 모두 지하로 대피하기로 되어 있었다.

하지만 쿠로에는 개의치 않으며, 담담히 말을 이었다.

"—의견을 하나 제시하러 왔습니다."

"의견……?"

"네. —사이카 님께서는 〈리바이어던〉을 해치우시면 안 됩니다."

"""……뭐?"""

쿠로에가 그렇게 말하자, 무시키와 루리는 영문을 모르겠다는 듯이 서로를 쳐다봤다.

"—제1종 전투 배치, 완료됐습니다!"

"〈공허의 방주〉, 강습 잠항 형대, 변형 완료!"

"언제든 시작할 수 있습니다! 지시만 내려주시길!"

〈방주〉 작전 본부에서, 직원 및 선도위원의 목소리가 울려 퍼졌다.

형식상 작전 본부라 부르지만, 〈방주〉의 이곳은 다른 마술사 양성 기관의 작전 본부와는 명백하게 달랐다.

방 중앙에 좌석이 설치되어 있고, 외곽을 따라 모니터가 줄지어 설치되어 있으며, 그 하나하나에 직원이 배치되어 있다. 마치 전함의 함교를 연상케 하는 광경이었다.

그럴 만도 했다. 〈방주〉는 바닷속을 회유하는 이동식 요새 도시다. 이 작전 본부는 사령실이자 조타실의 기능도 갖추고 있는 것이다.

"좋아. 본 학원은 이제부터 신화급 멸망인자 〈리바이어던〉 토벌을 수행하겠어."

사방침에 기대듯 앉은 아오가 그렇게 말했다.

숨을 쉴 때마다 폐가 아팠고, 긴장을 풀었다간 기침을 할 것 같지만, 기력으로 그것을 억눌렀다. ―지금부터 철천지원수인 신화급 멸망인자를 쓰러뜨리러 갈 것인데, 대장이란 자가 피를 토하면서 지시를 내려선 부하들의 사기에 큰 영향을 끼치리라.

"―준비는 됐어? 사이카 씨, 루리."

아오가 메인 모니터를 쳐다보며 그렇게 말하자, 통신기에서 두 사람의 목소리가 들려왔다.

『아― 응.』

『괜찮……을 거라고…… 생각해요.』

"……?"

그 목소리에서 당혹스러움을 느껴지자, 아오는 무심코 고개를 갸웃거렸다.

"왜 그래? 무슨 문제라도 있어?"

『아니. ―그런 건 아냐. 문제없어. 쿠오자키 사이카에게 불가능은 없거든.』

『그, 그래요. 분명 괜찮을 거예요.』

"마치 자기 자신을 독려하는 말처럼 들리네……."

『에이, 아냐.』

『그, 그럼요.』

"……."

두 사람의 반응이 신경 쓰이지 않는다면 거짓말이겠지만, 학원장이 당황하는 모습을 남들에게 보여줄 수도 없다. 아오는 마음을 다잡듯 심호흡을 한 후, 다시 지령을 내렸다.

"—그럼, 가자. 〈공허의 방주〉 부상!"

""""네!""""

본부에서, 응답하는 목소리가 울려 퍼졌다.

〈크라켄〉에게 휘감겼을 때보다도 크고…….

〈리바이어던〉이 나타났을 때보다 격렬하게…….

〈방주〉가, 흔들렸다.

하지만, 그것도 당연하다면 당연했다.

현재 〈방주〉는 외부적인 요인으로 흔들리는 게 아니라, 자신의 의지로 해저에서 움직이려 하는 것이다.

하지만 무시키와 루리는 그 격렬한 진동 속에서, 다른 일에 정신이 팔려 있었다.

"……저기, 마녀님. 저는 아직, 잘 이해가 안 돼요."

"응."

"……쿠로에가 아까 한 말, 도저히 믿기지 않는데……."

이마에 땀방울이 맺힌 루리가 그렇게 말했다. 무시키는 긴장감이 얼굴에 드러나지 않도록 주의하면서 고개를 끄덕였다.

"그래. 하지만— 그런 게 정말 가능하다면, 할 수밖에 없어."

"하지만, 마녀님—."

무시키가 그렇게 말하자, 루리는 망설이듯 입술을 깨물었다.

바로 그때였다. 이제까지 〈방주〉가 자리하고 있던 해저에서 모래가 피어오르더니, 안개처럼 주위를 자욱하게 뒤덮었다.

그리고, 그것을 떨쳐내며 솟아오르듯—.

〈방주〉가 해수면을 향해, 단숨에 떠올랐다.

"……!"

도시부의 상공을 뒤덮은 두꺼운 공기의 벽이, 물고기 떼와 표류물, 그리고 꿈틀거리고 있는 〈리바이어던〉의 몸을 피하거나 밀어내면서 고도를 높였다.

이윽고 〈방주〉는 어두운 해저를 벗어나더니, 바다 위에 도달했다.

하지만 공기의 벽 너머로 보이는 그 광경은 바다 위란 말이 지닌 우아함과는 거리가 멀었다.

멸망인자 출현의 영향인 건지, 아니면 단순히 우연이 겹친 건지, 먹빛 구름에 뒤덮인 해가 진 하늘 아래에서는 거친 폭풍이 휘몰아치고 있었다. 그것만으로도 바다는 거칠기 그지없는데, 〈리바이어던〉이 그 기나긴 몸을 꿈틀거릴 때마다 해수면이 물결치면서 주위에 지옥도가 펼쳐졌다.

아무리 거대한 〈방주〉라도, 끝없이 펼쳐진 망망대해에서는 물 위에 뜬 나뭇잎에 지나지 않았다. 해수면으로 나온 순간, 격렬한 진동이 무시키와 루리를 덮쳤다.

하지만 느긋하게 그 진동에 익숙해질 여유도, 마음의 준비를 할 시간도 없었다. 곧 귀에 장착한 통신기에서 아오의 목소리가 흘러나왔다.

『상대는 〈리바이어던〉. 과녁은 짜증이 날 정도로 크지만, 몸을 아무리 공격해 봤자 의미는 없어. ―노릴 곳은 머리야. 속도를 낼 테니까, 떨어지지 않도록 조심해.』

무시키와 루리의 대답을 듣지도 않고, 〈방주〉의 외곽 부분에 마력의 빛이 맺히더니― 그대로 이동을 개시했다. 아까와는 다른 진동과 압력이, 무시키와 루리를 덮쳤다.

그 거대한 크기를 봐서는 상상도 할 수 없는 속도로, 〈방주〉가 거친 바다 위를 맹렬히 나아갔다.

하지만―.

【―――――――――――――――――――――――――.】

다음 순간, 천둥소리 같은 굉음이 공기를 뒤흔들었다.

"이 소리는―."

"〈리바이어던〉의 소리겠죠. 어쩌면, 저희를 눈치챈 걸지도 몰라요."

무시키의 말에, 루리가 인상을 찡그리며 답했다.

바로 그때였다. 루리의 말을 증명하듯 〈방주〉 앞쪽의 바다가 크게 출렁이더니, 공중에 무수한 『구체』가 형성됐다.

그리고 그 『구체』의 표면이 소용돌이치듯 물결치더니—.

〈방주〉를 향해 광선처럼 압축된 물을 뿜었다.

"큭—."

날카로운 물줄기가 〈방주〉를 둘러싼 공기의 벽을 스치면서 해수면에 빨려 들어갔다. 그 순간, 마치 폭탄이 근처에서 터진 듯한 충격이 무시키 일행을 덮쳤다.

하지만, 그것으로 끝이 아니었다. 무수한 『구체』가 일제히 물줄기를 뿜은 것이다.

셀 수도 없을 만큼 많은 살의가, 형태를 이루며 쏟아져 들어왔다.

〈방주〉는 탑승자를 전혀 고려하지 않는 듯한 움직임을 선보이며 공격을 피했지만— 결국 한계가 찾아왔다.

진행 방향 정면에서 『구체』가 생겨나더니, 피할 틈을 주지 않으려는 듯이 물줄기를 뿜은 것이다.

"아니……!"

여파만으로도 어마어마한 충격을 자아내는 일격이, 〈방주〉를 감싼 공기의 벽에 작렬했다. 무시키는 곧 찾아올 충격에 대비하며 몸을 딱딱하게 굳혔다.

하지만, 아무리 기다려도 예상했던 충격이 찾아오지 않았다.

천수각을 부술 줄 알았던 물줄기는, 빛을 머금은 공기의 벽에 튕겨 나면서 뒤편으로 사라진 것이다.

"튕겨 냈어……!"

무시키가 경악하며 그렇게 외치자, 통신기에서 아오의 목소리가 들려왔다.

『언제 〈리바이어던〉급의 적이 나타나도 맞설 수 있도록 준비해둔, 전교생의 마력을 사용하는 방벽이야. 제아무리 신화급의 공격일지라도—.』

"오오."

『—앞으로 한 번은 더 막아낼 수 있어.』

"……의외로 아슬아슬하네."

무시키가 그렇게 말하자, 아오는 불만 섞인 목소리로 말했다.

『너무하네. 이게 얼마나 힘든 건지도 모르면서 말이야. 게다가— 그 정도면 충분하거든?』

아오의 말에 웃음기가 섞였다.

그러자 거기에 맞춘 것처럼 〈방주〉 전방에 이제까지와 다른 것이 모습을 드러냈다.

바다에서 꿈틀거리고 있는 길고 앙상한 몸. 끝을 알 수 없을 듯한 그 몸의 끝부분에서 꼿꼿이 서 있는 것이 눈에 들어왔다.

"——."

뼈와 약간의 가죽으로 구성된 괴물의 머리는 예상대로 거대한 해골 같아 보였다. 뱀 혹은 용 같은 형태를 한 송곳 같은 그 얼굴은 표정을 알 수 없는 골격만 남아 있는데도, 어딘가 흉흉한 인상을 풍기며 위용을 뽐내고 있었다.

하지만 가장 인상적인 것은 바로 이마였다.

그렇다. 용을 연상케 하는 머리의 이마에는 인간의 상반신을 연상케 하는 뼈가 붙어 있었다. —어깨에 팔이 여러 개 달린 그 거대한 실루엣을 『인간』이라 호칭해도 된다는 가정하에서의 이야기지만 말이다.

"저것이—."

"—〈리바이어던〉의, 머리."

【——————————————————————.】

무시키와 루리의 말에 답하듯, 〈리바이어던〉이 두 개의 입으로 토한 포효가 울려 퍼졌다.

대체 어떤 기관으로 소리를 내는 건지 모르겠지만, 머나먼 곳까지 또렷하게 전해지는 그 커다란 소리는 주위의 공기를 날카롭게 뒤흔들었다.

〈리바이어던〉은 거대한 동굴 같은 눈으로 무시키 일행

을 쳐다보더니, 용의 입을 크게 벌렸다.

그러자 거기에서는 이제까지와는 비교도 안 될 만큼 거대한 물의 『구체』가 소용돌이치듯 형성됐다.

아까 정도의 크기에도 위력은 어마어마했다. 만약 저 크기에서 뿜어져 나온 물줄기를 정통으로 맞는다면, 잠시도 버티지 못할 것이다.

하지만…….

『200년 전과 같은 짓을 반복하는 거야? 정말 재주가 없네……!』

통신기에서 아오의 목소리가 들려온 순간, 〈방주〉가 이제까지와는 비교도 안 될 만큼 농밀한 마력을 띠더니—.

"……윽!"

—해수면에서 공중으로 날아오른 후, 용의 입에 뛰어들듯 그대로 돌격했다.

어마어마한 충격과 굉음을 동반하면서, 형성되고 있던 『구체』가 용의 입 안에서 터졌다.

아무리 거대한 〈리바이어던〉의 입이라도, 도시 하나의 질량을 삼킬 수 있을 리가 없다. 〈방주〉에 의해 아래턱의 뼈가 박살 난 용의 머리는 그 무게를 견디지 못해 해수면에 내동댕이쳐졌다.

『지금이야, 사이카 씨! 루리! 따끔한 맛을 보여줘.』

격렬한 진동 속에서, 아오의 고함이 귓속에서 메아리쳤다.

"—가자, 루리."

"아…… 네!"

무시키는 루리와 함께 지붕을 박차더니, 하늘로 날아올랐다.

무시키와 루리의 머리 위에 3획의 계문이 전개되더니, 그 손과 몸에 제2 · 제3현현이 나타났다.

무시키는 하늘을 미끄러지듯 이동해서 〈리바이어던〉의 머리 위에 도달하더니, 제2현현의 지팡이를 하늘 높이 치켜들었다.

"—【스텔라리움】!"

그 순간, 지팡이가 극채색의 빛을 머금었다.

거기에 호응하듯, 눈앞에 펼쳐진 거친 바다와 하늘에 펼쳐진 먹구름이 맥박치듯 흔들렸다.

물이, 안개가, 번개가 무시키의 의지에 따라 〈리바이어던〉의 거대한 몸을 옭아맸고, 찢어발겼으며, 꿰뚫었다.

이 자리에 펼쳐진 경치를 형성하는 모든 것이 무시키의 편을 드는 것만 같았다. 〈리바이어던〉은 고통스러운 듯이 몸을 비틀며 포효를 토했다.

하지만 완전한 상태가 아니라고는 해도, 상대는 신화급 멸망인자다. 그리고 이 부활이 쿠라라에 의한 것이라면, 이 정도의 상처는 금방 재생될 게 틀림없다. 아마 잠시 적의 움직임을 묶는 게 고작이리라.

하지만, 그걸로 충분했다. 그것이야말로, 무시키의 노림수였다.

왜냐하면 무시키는— **〈리바이어던〉을 쓰러뜨려선 안 되는 것**이다.

"하앗—!"

무시키는 다시 【스텔라리움】을 펼쳐서 바다를 조종하더니, 베일을 치듯 주위를 감쌌다.

—마치, 자신의 모습을 감추려는 듯이 말이다.

"—상황은 어떻지?!"

〈공허의 방주〉 사령실에서 아오가 큰 소리로 말했다. 그러자 직원과 선도위원들이 즉시 답했다.

"방벽 경도, 현재 30퍼센트! 이탈 준비에 들어갑니다!"

"쿠오자키 학원장님과 루리 님은 제2, 제3현현을 전개! 교전 중!"

"〈리바이어던〉, 학원장님의 술식에 의해 구속— 성공했습니다!"

이어지는 보고를 들은 아오가 주먹을 말아 쥐었다.

현재 메인 모니터에는 〈방주〉의 돌격과 사이카의 【스텔라리움】에 의해 자유를 빼앗긴 〈리바이어던〉의 모습이 비치고 있었다.

여기까지는 순조롭다. 이제 사이카와 루리가 〈리바이어던〉을 해치우기만 하면—.

"—어?"

하지만 바로 그때, 아오는 메인 모니터를 쳐다보며 무심코 눈을 동그랗게 떴다.

하지만 그것도 무리는 아니었다. 왜냐하면 사이카가 전개한 물의 베일이 사라지더니…….

""""……앗!""""

쿠가 무시키가, 모습을 보였기 때문이다.

마치 마술이라도 본 듯한 심정이 된 아오는 얼이 나간 목소리로 중얼거렸다.

"어……, 어째서 무시키가 저기 있는 거야—?!"

"——."

물의 베일 안에서 본래 모습으로 돌아간 무시키는, 중력에 몸을 맡기며 하늘에서 떨어지고 있었다.

사이카의 몸이 아니게 된 무시키는 제3현현은 물론이고, 비행 마술조차 쓸 수 없기에, 이 결과는 필연적이었다.

하지만, 지금은 이게 바로 필요한 일이었다.

무시키는 끊어질 듯한 의식을 부여잡으며, 아까 쿠로에에게 들은『의견』을 떠올렸다.

"―현재의 작전은 간단히 말해 〈리바이어던〉에게 접근한 후, 사이카 님과 루리 양이 공격해 격파한다, 입니다."

"그래. 설마 그 정도로는 〈리바이어던〉을 해치울 수 없다는 거야?"

"아뇨. 물론 싸움은 한 치 앞도 예측할 수 없기에 단언은 못 합니다만, 사이카 님과 루리 양이라면, 그 괴물도 해치울 수 있을 거라 믿습니다. 하지만 그래선, 〈리바이어던〉을 해치우기만 할 수 있습니다."

"……뭐? 무슨 말인지 모르겠네. 거기에 무슨 문제라도 있어?"

루리가 영문을 모르겠다는 표정을 짓자, 쿠로에는 말을 이었다.

"확실히 〈리바이어던〉을 해치우기만 하면, 세계를 구원할 수 있습니다. 바다에 삼켜진 대지 또한 원래대로 되돌아오겠죠. ―하지만 멸망인자를 관측할 수 있는 마술사가 입은 영향은, 멸망인자를 해치워도 원래대로 되돌아오지 않습니다. 주독에 걸린 아오 씨의 육체는 곧 한계를 맞이할 것이며, 그 피를 진하게 이어받은 루리 양도 10년 후에는 죽음에 이르겠죠."

"그, 건―."

루리는 그 말을 듣더니, 말문이 막혔다.

그럴 만도 했다. 딱히 잊고 있었던 건 아니지만, 다시 그 사실을 들으니 평정심을 유지할 수가 없었다.

하지만 무시키는 쿠로에의 말 이면에 숨겨져 있는, 어떤 가능성을 눈치챘다.

"……설마, 아오의 주독을 어찌할 방법이 있다는 거야?"

그렇다. 쿠로에는 말했다. 의견을 제시하러 왔다고 말이다.

쿠로에는, 고개를 살며시 끄덕였다.

"막대한 리스크를 짊어져야 하는 데다, 어디까지나 실낱 같은 가능성에 지나지 않지만 말입니다."

그리고, 날카로운 눈빛을 머금으며 말을 이었다.

"〈리바이어던〉의 주독은 독이라고 불리긴 합니다만, 유해물질이나 화합물이라기보다 마술의 술식에 가깝습니다. 필연적으로 해독제가 존재하지 않으며, 사용자가 저주를 풀게 할 수밖에 없죠. ―하지만 〈리바이어던〉은 200년 전, 술식을 펼친 상태에서 퇴치당했습니다. 사후에도 그 저주는 유지되면서 아오 씨를 괴롭혔죠. ―토키시마 쿠라라가 어떤 목적으로 〈리바이어던〉을 소생시킨 건지는 모르겠습니다만, 이것은 천재일우의 기회입니다. 풀 수 있을 리가 없었던 영겁의 독을 없앨 수 있을지도 모르는, 기적적인 순간이죠."

쿠로에가 담담하면서도 열기가 어린 목소리로 호소하듯 말하자, 루리는 압도당한 듯이 몸을 뒤편으로 젖히며 물었다.

"하, 하지만, 대체 어떻게 저주를 풀 건데?"

그러자 쿠로에는 그 질문을 기다리고 있었다는 듯이, 무시키를 쳐다봤다.

"잊으셨습니까, 루리 양. 저희는 두 눈으로 똑똑히 봤습니다. 현현체를— 마술을 깨부수는 힘을 말이죠."

그렇다. 무시키의 제2현현인, 색깔이 없는 검.

아직 그 술식의 정체는 모르지만, 딱 하나 분명한 것은 바로 상대의 현현체를 없애는 힘을 지녔다는 점이다.

무시키는 눈을 내리깔면서, 의식을 집중했다.

—무시키는 마술사가 된 지 얼마 되지 않았다. 사이카의 몸을 통해 마술을 접하면서 무시키 또한 마술을 쓸 수 있게 됐지만, 아직 자유자재로 그 힘을 쓸 수 있는 레벨에는 도달하지 못했다.

무시키가 제2현현을 발현시키기 위해서는 극도로 강한 감정이 필요했다.

—예를 들자면, 사이카. 그녀를 생각하기만 해도 무시키의 가슴을 크게 뛰면서, 억누를 수 없는 감정이 마음을 뒤흔들었다. 그 강한 충동이, 마술의 발현에 꼭 필요했다.

"……."

하지만.

이 순간에 무시키의 마음에 떠오른 것이 하나 더 있었

다. ―루리다.

루리를 구하기 위해서라면, 검을 휘두를 수 있다.

무슨 짓을 해서라도, 루리를 죽음의 운명에서 구해내고 말겠다.

그 감정이, 격렬하게, 강하게, 무시키의 마음을 끓어오르게 했다.

"제2현현―."

무시키의 머리에, 2획의 계문이 생겨났다.

좌우에서 포개진 그것은, 마치 비틀린 왕관처럼 보였다.

"―【영지검(홀로 에지)】……!!"

그 외침에 맞춰…….

무시키의 손에, 유리처럼 투명한 검 한 자루가 쥐어졌다.

그 순간, 무시키의 몸이 이미 〈리바이어던〉의 머리에 육박해 있었다.

"―루리는 반드시, 이 오빠가 지켜줄게."

무시키는 양손으로【홀로 에지】를 쥐더니―.

"오오오오오오오오오오오오오오오오오―!!"

〈리바이어던〉의 이마에, 그 검을 꽂아 넣었다.

"……윽!"

가슴에서 다들이 기는 듯한 아픔이 느껴지자, 루리는 무심코 얼굴을 찡그렸다.

갑주 틈새로 손가락을 집어넣어서, 환부를 만져본 루리는— 작게 숨을 삼켰다.

아까까지 피부에 깊이 새겨져 있던 각인이, 흔적도 없이 사라진 것이다.

"오라버니—!"

루리는 퍼뜩 정신을 차린 듯이 어깨를 부르르 떨더니, 허공을 박차려는 듯이 몸을 웅크렸다. —지금의 무시키는 혼자서는 하늘을 날 수도 없다. 이대로는 바다에 추락하고 말 것이다.

하지만 다음 순간, 〈리바이어던〉의 머리에서 떨어지는 무시키의 발치에 나타난 푸른 불꽃으로 된 새가 그를 받아냈다.

—틀림없다. 아오의 제2현현이다.

그것을 증명하듯, 귀에 장착한 통신기에서 아오의 목소리가 들려왔다.

『……루리, 대체 뭐가 어떻게 된 거니?』

그리고, 당혹스러운 투로 말했다.

『왜 갑자기 무시키가 나타난 거야? 사이카 씨는 어디 갔어? 어째서— 주독의 각인이 사라진 거니?』

"……저한테 물어봤자, 그런 건 몰라요."

아오의 말에 루리는 한숨 섞인 목소리로 답했다. —실제로, 무시키와 사이카가 어떤 관계인지 듣지 못했고, 무시키의 제2현현이 어떤 건지도 제대로 파악하지 못했다.

"하지만…… 딱 하나, 분명한 게 있어요."

『……그게 뭐니?』

"—마녀님과 오라버니는, 역시 최고라는 거예요."

루리는 눈가에 맺힌 눈물을 힘차게 닦더니, 〈리바이어던〉을 향해 돌아섰다.

솔직히 말해 신화급 멸망인자를 상대하게 되어 불안했고, 아오에게 넘겨받은 책임이 무겁게 느껴지지 않는다면 거짓말이다. 이렇게 최전선에 서기는 했지만, 완전히 각오를 다지지는 못했던 걸지도 모른다.

—하지만, 그것은 아까까지의 이야기다.

눈앞에는 자신의 역할을 다한 후에 아오의 제2현현에 의해 구조된 무시키가 있다.

주독을 푸느라 모든 마력을 다 쓴 것일까. 그가 쥐고 있던 투명한 검은 사라졌고, 머리 위에서 빛나던 계문 또한 사라졌다. 그야말로 만신창이라 해도 과언이 아니었다.

특수한 술식을 지녔다고는 해도, 그는 마술사로서 초심자 중의 초심자다. 비행 마술조차 쓸 수 없기에, 아오가 도와주지 않았다면 바다에 빠지고 말았으리라.

하지만 그런 몸으로도, 무시키는 강대한 신화급 멸망인자에게 홀로 딤벼들었다.

다름 아닌 루리를 위해서, 후야죠가에 걸린 저주를 풀기 위해서 말이다.

아아— 상황은 다르지만, 저 등은…….

—어린 시절, 루리가 동경했던 바로 그 뒷모습이었다.

"아아—."

루리는 폐부를 가득 채운 감정을, 한숨으로 바꿔 토해냈다.

무시키가 사이카로 변신하고, 사이카가 무시키로 변신한다고 하는 불가사의하기 짝이 없는 현상. 솔직히 아직 혼란스럽고, 그 의미도 알지 못한다.

하지만 루리는 마음 한편으로, 그것이 다른 누군가가 아니라서 안도하고 있었다.

사이카가 길을 만들고— 무시키가 손을 잡아당겨 줬다.

루리가 경애하는 두 사람이 이렇게까지 해줬는데, 언제까지고 불안에 젖어 있을 수는 없다.

사이카에게 가르침을 받아서 다행이다.

무시키의 동생이라— 정말 다행이다.

그렇다면 여기서부터는, 루리가 해야 할 일이다.

주독이 풀리기는 했지만, 〈리바이어던〉은 여전히 건재했다. 골격 표본 같은 기나긴 몸을, 고통스러운 듯이 꿈틀대고 있었다.

만약 루리가 〈리바이어던〉을 해치우지 못한다면, 사이카의 신뢰도, 아오의 각오도, 무시키의 마음도, 전부 헛되어지고 만다. 그것만은 절대로 있어선 안 되는 일이며, 절대로 용납할 수 없다.

하지만, 어째서일까.

"하하—."

루리의 마음에는 중압감도, 부담감도 존재하지 않았다.

존재하는 것은 그저, 더할 수 없이 커다란 감동. 그리고 몸 안을 가득 채운 정열.

루리는 불꽃처럼 몸을 태우는 격렬한 감정에 사로잡힌 채, 한 손으로 인을 맺었다.

"—낮은 종일(終日), 밤은 종야(終夜)."

루리의 머리를 감싸는 듯한, 도깨비의 형상을 한 3획의 계문.

거기에 하나 더, 송곳니 같은 형태를 한 문양이 더해졌다.

"—영겁내세(永劫來世)에 이르기까지, 어둠이 발호할 겨를은 없노라."

루리가 손에 쥔 왜장도가, 루리가 걸친 갑주가, 일렁이는 불꽃에 휩싸였다.

거기에 호응하듯, 눈앞에 펼쳐진 바다의 밑바닥이, 푸르스름한 빛을 뿜기 시작했다.

"—부디 굽어살피소서. 영원한 밤을 걷어내는 도깨비불의 성곽을!"

그리고, 루리는 읊조렸다.

자신이 지닌, 최대 최강 술식의 이름을…….

"제4현현—【천일상세불야성(天日常世不夜城)】!"

그 순간.
바다를 꿰뚫듯이, 거대한 성곽이 모습을 드러냈다.

"아—."
불꽃으로 된 새의 등에 드러누운 채, 무시키는 눈앞에서 펼쳐진 광경을 멍하니 쳐다봤다.
그것은, 참으로 몽환적인 광경이었다.
장엄한 천수각이, 꽃잎 같은 불티를 흩뿌리는 푸른 화톳불이, 어둠을 찢듯 찬란히 빛나고 있었다. 밤의 장막과 두꺼운 구름에 의해 달빛마저 가려진 바다의 경치가 순식간에 뒤바뀌더니, 순식간에 백야(白夜)처럼 변모했다.
바닷속에서 꿈틀거리던 〈리바이어던〉은 그 성곽에 밀려난 것처럼 허공에 모습을 드러냈다. 거대한 괴물은 고통스러운 듯이 비명을 지르며 몸을 비틀었다.
"루리……!"
바로 그때, 무시키는 무심코 고함을 질렀다.
이유는 단순했다. 루리를 둘러싸듯 셀 수 없을 만큼 많은 물의 『구체』가 나타났기 때문이다.

만약 저 많은 『구체』에서 일제히 물줄기가 뿜어진다면, 아무리 루리라도 전부 막아내는 건 어려우리라.

하지만—.

"—괜찮아."

신성한 빛에 비친 루리는, 당당한 미소를 머금었다.

"——."

찬란한 빛 속에서, 루리는 그 무엇이든 해낼 수 있을 듯한 느낌에 사로잡혔다.

제4현현. 현대 마술사의 극치이자 도달점인 최강의 술식.

확실히 막대한 리스크가 존재했다. 함부로 사용할 수 있는 술식이 아니다.

하지만 이것을 발동시킨다면—.

"나한테 이길 수 있는 건, 마녀님뿐이야—!"

루리는 온몸에서 샘솟는 힘을 제어하며, 고함을 질렀다.

그 순간, 〈리바이어던〉이 공중에 만들어낸 물의 『구체』가 일제히 물줄기를 뿜었다.

그 숫자는 100개, 아니 200개가 넘었다. 아무리 루리라도 【인황인】으로 저걸 전부 막아내는 건 무리이리라.

하지만, 지금의 루리는 손가락 하나 까딱할 필요도 없었다.

—물줄기가 사방팔방에서 루리의 몸을 꿰뚫었다.

하지만…….

"훗—."

루리는 모든 공격을 아무렇지 않게 받아내더니, 자신만만하게 입가를 치켜올렸다.

한 방 한 방이 필살의 위력을 자랑하는 물줄기가 온몸을 꿰뚫었지만, 루리의 몸에는 생채기 하나 나지 않았다.

그럴 만도 했다. 이것이 바로 루리의 제4현현인 것이다.

【천일상세불야성】을 전개한 동안, 그 안에 존재하는 모든 것은 루리의 의지에 따라 자유자재로 상태가 고정된다.

즉, 제4현현을 펼친 동안— 루리는 그 어떤 공격을 받더라도 상처를 입지 않는 게 가능하다.

그리고『상태의 고정』의 자아내는 효과는 그것으로 전부가 아니다.

"—하아아아아아아아아아앗!"

루리는 허공을 박차더니, 【인황인】을 휘둘러서 〈리바이어던〉을 벴다.

푸른 빛으로 된 칼날이 순식간에 길어지더니, 거구의 어깨에 자라난 팔 하나를 간단히 두 동강 냈다. 귀청을 찢는 듯한 〈리바이어던〉의 비명이, 주위에 울려 퍼졌다.

쿠라라의 권능에 의해 부활한 〈리바이어던〉. 〈정원〉 도서관 지하에서와 마찬가지라면, 쿠라라가 술식을 해제할 때까지 그 몸은 계속 재생될 것이다.

하지만 절단된 상태에서 『고정』된 〈리바이어던〉의 팔은 재생되지 않으며 바다에 떨어졌다.

아니, 그것만이 아니다.

【인황인】의 칼날에 베인 어깨에, 그리고 주위의 화톳불에서 흩날린 불티가 닿은 기나긴 몸에 푸른 불꽃이 맺혔다.

원래라면 순식간에 사라져버릴 만큼 미덥지 못한 불티다.

하지만 지금, 그것은 영원토록 사라지지 않는 불꽃이 되어서 〈리바이어던〉의 몸을 휘감고 있었다.

물론 이 상태가 유지되는 건, 루리의 마력이 바닥나서 제4현현이 해제될 때까지다.

하지만 이 〈리바이어던〉 또한, 쿠라라의 제4현현에 의해 불완전하게 부활한 존재일 것이다.

"—인내심 대결을 펼쳐볼까. 어느 쪽의 집념이 더 강한지, 똑똑히 가르쳐주겠어."

루리는 〈리바이어던〉의 몸을 태우고 있는 불꽃의 빛을 온몸으로 쬐면서, 처절한 미소를 머금었다.

—이윽고 〈리바이어던〉은 처절한 단말마를 지르며, 바다에 빠지고 말았다.

루리의 불꽃은 바닷속에서도 꺼지지 않고 타올랐으며—결국 〈리바이어던〉의 몸을 완전히 소멸시켰다.

"—이제 알겠지? 이 바보야~."

루리는 그 광경을 지켜본 후, 모든 현현체가 사라지며 바다를 향해 추락했다.

해수면에 격돌하기 직전, 누군가가 상냥히 자신을 안아주는 느낌을 받았지만— 마력이 바닥나서 의식이 몽롱한 그녀는 그게 누구인지 알 수 없었다.

종장 오랜 세월 쌓인 마음　지금 이 자리에서

루리는 옛날부터, 오빠를 정말 좋아했다.

그건 오빠가 루리에게 항상 상냥했기 때문일지도 모르고, 항상 루리를 귀엽다고 말해주기 때문일지도 모른다. 함께 물건을 사러 갈 때면 무거운 짐을 들어줬고, 과자를 나눠 먹을 때면 항상 루리에게 큰 쪽을 줬다.

철이 들었을 때부터 곁에 있었고, 항상 루리를 챙겨주는, 상냥한 오라버니.

루리는 그를 참 좋아했다.

그 감정을 눈치챘을 때는, 이미 그에게 빠져 있었다. 그가 없는 세상은 상상조차 할 수 없었다.

하지만, 만약 그것을 결정지은 일을 꼽자면—.

그것은 분명, 7년 전의 그 일이리라.

—기억하는 건, 등이었다.

어린 루리를 지키기 위해 앞에 선 오빠의, 작지만 커다란 등.

"오라……버니—?"

루리는 멍하니 그 뒷모습을 쳐다보며 말했다.

한순간, 그것이 눈에 익은 오빠의 모습으로 보이지 않았던 것이다.

이유는 단순했다. 어린 무시키의 머리 위에, 왕관 같은 빛의 문양이 빛나고 있었다.

무시키와 루리는 후야죠라는 마술사 가문에 태어났지만, 사실 어릴 적에는 마술사로서의 수련을 열심히 하지는 않았다.

어머니가 본가와 사이가 좋지 않았기에, 본가가 있는 〈방주〉가 아니라 소위 『밖』이라 불리는 세계에서 살며 평범한 인간과 다름없는 생활을 해왔다.

평범하게 초등학교를 다니고, 평범하게 친구와 놀며, 평범하게 식사를 했다. —때때로 기묘한 손님이 어머니를 찾아왔고, 어떤 행사를 위해 관련 시설을 방문하는 일이 있기는 했지만, 루리와 무시키는 백중이나 정월에 고향으로 돌아가는 것 정도로만 여겼다.

—하지만 그날, 루리의 세계는 일변하고 말았다.

루리의 가족이 사는 곳에, 멸망인자가 나타난 것이다.

멸망인자. 세계를 멸망시킬 수 있는 존재의 총칭.

가역 토멸 기간 안에 그 존재를 쓰러뜨린다면, 세계에는 그 영향이 기록되지 않는다.

그러니 파괴된 집도, 엉망진창이 된 경치도, 이 적을 마술사가 해치우기만 하면 원래대로 되돌아온다.

그러나 루리는, 별다른 힘이 없다고는 해도 마술사다.

몸에 난 상처가 사라지지도, 잘려 나간 손발이 다시 붙지도 않는다.

만약 죽는다면— 그 목숨은 영원토록 되살아나지 않는다.

—그런데.

"응. 다친 데는 없어? 루리."

뒤를 돌아보며 그렇게 말한 무시키의 얼굴은, 루리가 잘 아는 오빠의 얼굴이었다.

그렇다. 평소와 다름없는, 상냥한 얼굴. 방금 현현체를 발현시켜 멸망인자를 해치웠다는 게 믿기지 않을 만큼, 온화한 표정이었다.

"아! 오라버니, 오라버니—."

눈가에 커다란 이슬이 맺힌 루리가 무시키의 품에 안겨 들어 엉엉 울었다.

무시키는 조용히 미소 짓더니, 루리의 머리를 상냥히 쓰다듬어줬다.

"괜찮아. 루리는 반드시, 이 오빠가 지켜줄게—."

기분 좋은 감촉이, 루리를 속박하고 있던 전율을 누그러뜨렸다. 루리의 마음에 안도감이 피어나갔다.

하지만 루리는 「오라버니」란 말만 되풀이하며, 무시키의 옷을 눈물로 적실 수밖에 없었다.

하고 싶은 말이 잔뜩 있는데도.

전해야만 하는 마음이 산더미처럼 있는데도.

어린 루리는, 그 말을 만족스럽게 전할 수가 없었다.

이제 와서 깨달았다.

아아— 분명 이 순간이다.

루리가, 무시키를 사랑하게 된 것은—.

"……!"

바로 그때, 눈을 떴다.

몸을 벌떡 일으켜서, 주위를 둘러보았다.

넓은 다다미방이었다. 고급스러운 다다미가 깨끗하게 깔려 있었으며, 그 위에는 감촉이 좋은 이부자리가 펼쳐져 있었다.

틀림없다. 루리가 〈방주〉에서 생활할 때 이용하는 방이다.

"어라…… 나, 왜 여기 있는 거지……."

루리는 흐릿한 눈을 비비면서, 멍한 목소리로 그렇게 중얼거렸다.

잠에서 깨어나 보니, 몸이 참 무거웠다. 잠이 들기 직전까지 산길을 전력 질주한 듯한 피로가 온몸을 짓누르고 있었다.

서서히 의식이 깨어나면서, 흐릿하던 기억이 선명해지기 시작했다.

그렇다—. 루리는 본가에 항의를 하러 왔다가 연금 상태가 됐고, 사이카와 쿠로에가 그녀를 구하러 왔다. 그 후에 본가로 끌려간 루리는 아오에 의해 의식을 잃었고, 다음에 정신을 차렸을 때는—.

"—아."

찰칵, 하며 머릿속에서 기억의 조각이 짜 맞춰지는 느낌이 들었다.

"아아아아아아아아아아아아아아아아아아아아아아아아—?!"

모든 것을 떠올린 루리는 이불을 박차며 벌떡 일어섰다.

—수많은 풍차가 덜컹덜컹하는 소리를 내며 돌고 있었다.

두터운 공기의 벽에 감싸여 있는 〈방주〉 안에서도 바람은 분다. 공기가 탁해지는 것을 막기 위해, 도시 안을 순환하는 기류를 만들고 있는 것 같았다.

"여기는—."

무시키는 주위의 경치를 둘러봤다. 후야죠 저택의 뒤편

에 펼쳐진 그곳은 묘지 같은 장소였다. 수많은 묘비가 질서정연하게 깔려 있었다. 그 모든 묘비에는 생화가 바쳐져 있었으며, 사이사이의 길까지 깨끗하게 청소되어 있었다.

"역대 당주의 묘……라고 하면, 어폐가 있으려나. ―〈리바이어던〉의 주독에 걸린 후로 200년 동안, 내가 갈아탄 『후야쵸 아오』의 시신을 안치한 장소란다."

아오가 그렇게 말했다. 아사기에게 부축을 받으면서, 짚신으로 자갈을 밟으며 묘지를 향해 돌아섰다.

"수고를 끼쳐서 미안하구나. ―우선 이 아이들에게 보고해야 한다고 생각했거든."

"아뇨. 저희는 개의치 마세요."

무시키가 그렇게 말하자, 아오는 옅은 미소를 머금은 후에 조용히 눈을 감으면서 잠시 묵념을 올렸다.

그 후에 천천히 고개를 들더니, 자조 섞인 미소를 머금으며 무시키를 돌아봤다.

"……바보 같은 짓이라고 비웃을 거니? 아니면 위선이라며 경멸하려나?"

"그럴 생각…… 없어요."

무시키는 고개를 저으며 대답했다. 그것은 빈말이 아니라 본심에서 우러난 말이었다. 그것은 무시키보다 사이카의 사고방식에 따른 발언이지만, 아오의 행동과 표정에서는 속죄와 자애가 묻어나고 있는 것 또한 사실이었다.

그러자 아오는 그윽한 눈길을 머금으며 한숨을 내쉰 후, 마음을 다잡듯이 말을 이었다.

"—우선 감사 인사부터 할게. 〈리바이어던〉을 퇴치해줘서 고맙구나."

"아뇨. 그걸 퇴치한 건 루리니까요."

"하지만, 주독을 푼 건, 너잖니?"

아오는 그렇게 말하며 자신의 가슴에 손을 댔다. 옷을 갈아입었기에, 핏자국은 전혀 남아 있지 않았다.

"……설마 그때 그 애가 이렇게 성장해서 내 앞에 나타날 줄은 몰랐어. —〈정원〉 소속인 걸 보면, 사이카 씨가 기억 처리를 푼 거야? 그렇더라도, 네가 마술사가 되는 것을 루리가 용케 허락했는걸."

"기억 처리……?"

무시키가 의아하다는 투로 그렇게 말하자, 아오는 한순간 놀란 듯한 표정을 지은 후에 어깨를 으쓱했다.

"설마, 풀지 않은 거니? 그럼 대체 어떻게 마술사가 된 거야?"

"그게, 뭐, 어쩌다 보니……."

자세한 사정을 설명할 수도 없기에, 무시키는 얼버무리며 넘어가려 했다.

"말하고 싶지 않은 거라면 더는 추궁하지 않겠어. —하지만, 그럼 루리는……."

"……아직 허락하지 않았어요."

"훗—, 아하하하하—."

무시키가 그렇게 말하자, 아오는 우습다는 듯이 웃음을 터뜨렸다.

"하긴, 그럴 만도 해. 오빠를 그렇게 아끼는 애가, 어떤 심경의 변화가 생겨서 허락한 건지 의아했거든."

"으, 으음……."

무시키가 당혹스러운 표정을 짓자, 아오는 손을 내저었다.

"아, 미안하구나. 혼자만 재미있어했네. —혹시 궁금하다면, 사이카 씨에게 부탁해서 풀어달라고 하렴. 루리는 싫어할지도 모르지만, 그때와는 상황이 다르잖니. 〈우로보로스〉의 목적이 뭔지는 모르지만, 만약 이번처럼 과거에 토벌한 신화급을 부활시키려 한다면 전력이 얼마나 있어도 부족할 거란다."

바로 그때, 뭔가가 생각난 것처럼 눈을 깜빡였다.

"그러고 보니, 사이카 씨는 어디 있니? 전투 도중부터 보이지 않는 것 같던데……."

"그게, 저기……."

"안심하시길. 곁에서 지켜보고 계십니다."

담담한 어조로 그렇게 말한 이는 무시키의 옆에 서 있던 쿠로에였다.

대충 둘러대는 느낌이 풀풀 나는 표현이지만, 사실 거짓

말은 눈곱만큼도 섞여 있지 않았다.

아오는 「마치 귀신이 되어 지켜보고 있단 소리 같네」 하고 말하며 웃더니, 또 문뜩 뭔가가 생각난 것처럼 말을 이었다.

"아, 맞다. 루리 말인데—."

—바로 그 순간이었다.

"—무시키이이이이이이이이이이이이이잇! 쿠로에에에에에에에에에엣!"

호랑이도 제 말 하면 온다더니, 무시무시한 기세로 흙먼지를 피우며 이쪽으로 뛰어온 루리는 오른팔을 무시키의 목에, 왼팔을 쿠로에의 목에 두르면서 그대로 꽉 끌어안았다.

"드디어어어어 찾았다아아아……!"

그리고, 핏발 선 눈으로 쳐다보며 그렇게 외쳤다. 귀기 어린 그 모습을 본 무시키는 무심코 식은땀을 흘렸다.

"루, 루리…… 안녕. 다행이야. 정신이 들었구나."

"어? 아, 응. 안녕. ……그건 그렇고, 나한테 할 말이 있지 않아?"

"……〈리바이어던〉과 싸울 때, 정말 멋졌다?"

"그, 그게 아니라……."

"……오늘도 귀엽다?"

"그런 게 아니라……!"

루리는 볼을 붉히며 고함을 지르더니, 무시키의 목에 두른 팔에 힘을 줬다. 목이 졸린 탓에 숨이 막힐 지경이었다.

"깬 지 얼마 안 될 텐데, 기운이 넘치네."

그 모습을 본 아오가 웃음을 흘렸다.

루리는 그제야 무시키와 쿠로에 앞에 아오와 아사기가 있다는 것을 눈치챈 것 같았다. 그녀는 두 사람을 움켜잡은 채, 공손히 예를 표했다.

"……읏! 당주님, 죄송하지만 이 두 사람을 잠시 빌릴게요!"

"응, 그렇게 하렴. 아직 해둘 이야기가 몇 가지 있지만, 루리가 이야기를 마친 후에 하지 뭐."

아오는 그렇게 말하더니, 「그건 그렇고」 하고 덧붙였다.

"루리가 진심으로 좋아하는 사람은 어느 쪽이려나?"

"……네?"

아오가 재미있어하며 그렇게 말하자, 루리는 어리둥절하다는 듯이 눈을 동그랗게 떴다.

"그러니까, 무시키와 사이카 씨 중에 누구를 진짜로 좋아하냐는 말이란다. 〈리바이어던〉의 주독이 사라졌으니, 평범하게 결혼해도 돼. 설마 혼례 의식을 거부하기 위해, 아무 상관도 없는 사람을 결혼할 상대로 고른 건 아닐 거잖아? ―참, 안심하렴. 나는 그런 쪽으로도 꽤 관용적이란다. 루리가 선택한 상대라면, 누구든 허락해줄게."

"어, 어, 어……."

루리는 얼굴을 새빨갛게 붉히더니―.

"시…… 실례하겠습니다!"

무시키와 쿠로에를 데리고, 도망치듯 이 자리를 벗어났다.

이 자리에 남겨진 아오와 아사기는 한동안 어리둥절한 표정을 지었지만…….

"—후야죠의 미래는, 참 시끌벅적할 것 같지 않니?"

"동감입니다."

이윽고 그렇게 말한 후, 누가 먼저랄 것 없이 웃음을 흘렸다.

"—자, 약속대로 설명해줘!"

반쯤 납치하듯 무시키와 쿠로에를 끌고 간 루리는 내빈용 숙소 최상층에 있는 방에 도착하자, 아무도 못 나가게 문 앞을 딱 막아서며 그렇게 말했다.

"……무슨 소리를 하는 건지 모르겠네."

"……무슨 소리를 하시는 건지 모르겠습니다."

무시키와 쿠로에는 시선을 돌리며 그렇게 말했다.

하지만 루리는 두 사람의 머리를 움켜잡더니, 힘으로 자신을 향해 돌렸다.

"이제 와서 시치미 떼지 마. 나는 전부 기억하고 있거든? ……신경 쓰이는 점이 한둘이 아니지만, 우선 이것부터 문겠어."

루리는 그렇게 말하면서 무시키를 날카롭게 노려봤다.

"—무시키. 너, 마녀님이 『됐었지』? 대체 어떻게 된 거야? 변신 마술 같은 겉보기에만 그럴듯한 게 아니었어. 완전 마녀님 그 자체였단 말이야."

"자, 잘못 본 거 아냐?"

"내가 마녀님을 잘못 볼 것 같아?"

설득력이 어마어마했다. 역시 쿠오자키 사이카 1급 감정사(비공식) 후야죠 루리. 무시키는 그 한마디를 듣고, 변명하는 게 불가능하단 사실을 깨닫고 말았다.

"……."

무시키는 쿠로에를 힐끔 쳐다봤다.

아무래도 그녀 또한 같은 의견인 것 같았다. 그리고, 루리에게는 비밀을 밝혀도 괜찮다고 판단한 것 같았다. 쿠로에는 잠시 생각에 잠긴 후, 작게 고개를 끄덕였다.

"……알았어. 이야기해줄게."

무시키는 각오를 다지더니, 루리의 눈을 똑바로 바라봤다.

바로 그때, 문뜩 생각났다.

"아, 맞다. 루리는 사이카 씨의 모습으로 설명을 해달라고 했었지?"

"아…… 응. 마녀님이 상대라면…… 참을 수 있을지도…… 몰라……."

루리는 날뛰고 싶어 하는 자신의 팔을 억누르듯 그렇게 말했다. ……무시키도 죽고 싶지는 않은 데다, 어차피 자초지종을 설명해야만 한다. 그래서 쿠로에에게 눈짓을 보냈다.

"알았어. ―그럼 쿠로에, 부탁해요."

"알겠습니다."

쿠로에는 그렇게 말하며 무시키의 어깨에 손을 얹더니, 그의 입술을 향해 자기 입술을 내밀었다.

"으, 으아아아아아아아아아아아아아아아아아아아아악―?!"

그러자 루리는 절규를 토하면서 무시키와 쿠로에 사이에 끼어들더니, 두 사람을 떼어 놨다.

"뭐……, 뭐 하는 건데?! 대체 뭐 하는 거야?!"

그리고, 혼란에 빠진 표정으로 그렇게 말했다.

"존재변환을 위한 마력 공급을 하려는 건데……."

"무시키 씨를 사이카 님으로 변신시키기 위해, 필수 불가결한 작업입니다. 인공호흡 같은 것이니 안심해주시길."

"어떻게 안심하냐고오오오오오오오오오―!!"

루리는 손발을 버둥거린 후, 뭔가가 퍼뜩 생각난 것처럼 어깨를 부르르 떨었다.

"그, 그러고 보니…… 무시키가 마녀님으로 변하기 전에, 나한테……."

그리고 루리는 펑! 하는 소리가 들릴 것만 같을 정도로 순식간에 얼굴을 붉히더니, 이윽고 각오를 다진 표정으로 무시키를 쳐다봤다.

"……내, 내가! 내가 할게!"

"뭐?"

무시키가 뜻밖의 말을 듣고 눈을 동그랗게 뜨자, 루리는 그의 어깨를 확 움켜잡았다.

"으, 으음……."

"하, 한 번 하나 두 번 하나 그게 그거잖아! 잔말 말고 나한테 맡겨!"

눈이 빙글빙글 돌기 시작한 루리는 자기가 무슨 말을 하는 건지 모르겠다는 투로 그렇게 말한 후, 마음을 다잡은 듯이 눈을 감으며 발돋움을 하며— 무시키의 입술에, 가볍게 입맞춤을 했다. —요즘 들어 익숙해진 건지 턱을 고정시키며 화끈하게 입술을 포개는 쿠로에와는, 감촉이 달랐다.

"……어, 어때? 변했어?"

얼굴이 새빨개진 루리가 머뭇머뭇 눈을 떴다.

하지만 아무리 기다려도 무시키의 몸은 사이카로 변하지 않았다. 루리의 얼굴이 당혹감에 물들었다.

"어, 어라……? 변신하지 않네."

루리가 의아한 듯이 그렇게 말하자, 쿠로에는 한 걸음 앞으로 나섰다.

"말씀드리는 걸 깜빡했습니다만, 저 이외의 사람과 마력 공급을 할 때는 무시키 씨의 입술에 미리 술식을 부여할 필요가 있습니다."

"……뭐?"

루리는 그 말을 듣더니, 입을 쩍 벌렸다.

"……그럼, 방금 그건……."

"마력 공급을 위한 행위가 아니라, 그냥 키스를 한 겁니다."

"……."

루리는 쿠로에의 말을 듣고 얼굴을 새빨갛게 붉히며 입을 다물더니, 무시키의 가슴에 얼굴을 묻었다. 그리고 그대로 손에 힘을 주며, 목덜미를 확 잡아당겼다.

"루, 루리……."

범상치 않은 분위기를 느낀 무시키는 긴장했다. 하지만—.

"그때도, 지금도……."

"뭐?"

루리가 작은 목소리로 그렇게 말하자, 무시키는 눈을 동그랗게 떴다.

"……이제까지 말 못 해서 미안해. ……그때, 구해줘서 고마워. 쭉 상냥히 대해줘서, 고마워. 귀엽다고 말해줬을 때, 기뻤어. —사랑해, 오라버니."

"루리—."

무시키가 이름을 부르자, 루리는 고개를 치켜들었다. 여전히 홍조를 띤 그 얼굴에는 눈물마저 어려 있었지만, 어딘가 개운해 보이는 표정을 짓고 있었다.

"유감이지만, 쿠로에! 방금 네 말에는 잘못된 부분이 있어!"

"어디가 잘못된 겁니까?"

쿠로에가 묻자, 루리는 손가락으로 그녀를 가리키며 대답했다.

"—그냥 키스가 아니라, 사랑의 키스야."

■ 작가 후기

오랜만입니다. 타치바나 코우시입니다.

『왕의 프러포즈 3 유리(瑠璃)의 기사』를 전해드립니다. 어떠셨는지요. 재미있으셨기를 빕니다. 『유리의 기사』란 서브 타이틀은 『자남색의 기사』라는 의미로도 『루리를 지키는 기사』라는 의미로도 받아들일 수 있는 점이 참 마음에 듭니다.

그럼 『말 포즈』—가 아니라, 『왕프』도 드디어 3권에 접어들었습니다. 표지에도 『3』이란 숫자가 꽤 독특한 형태로 빛나고 있습니다. 설마 3권에서 이렇게 공격적인 디자인을 쓸 줄은 몰랐습니다. 4권 이후는 어떨지 정말 흥미가 생깁니다.

표지는 1권부터 등장한 후야죠 루리가 장식했습니다. 드디어 그녀의 제3현현을 선보였군요. 일본풍+메커니컬한 디자인이 참 멋집니다. 저와 담당 편집자님이 오랜만에 늦은 밤까지 열띤 토론을 펼친 끝에 완성한 혼신의 갑주입니다. 이렇게 흥분했던 것은 〈바나르간드〉의 허벅지 파츠를 부풀릴지 말지 이후로 처음이군요. 덕분에 멋진 디자인이 완성됐다고 생각합니다.

자, 이번에도 많은 분께서 힘써주신 덕분에 이 책이 나올 수 있었습니다.

일러스트레이터이신 츠나코 씨. 드디어 등장한 루리의 제3현현을 비롯해, 이번에는 신캐릭터가 많아서 죄송합니다. 일러스트가 하나같이 정말 멋졌습니다. 힐데가르드가 묘하게 제 취향이라 끝내줬습니다.

디자이너이신 쿠사노 씨. 이번 표지도 최고입니다. 그 특색 있었던 2권에 이어, 이번에도 정말 스타일리시합니다. 루리 양, 멋져~!

담당 편집자님. 이번에도 여러모로 신세 졌습니다. 어찌 된 건지 『왕프』는 세 권 연속으로 336페이지, 후기 2페이지[#1]라는 구성이 되고 있습니다만, 완전히 우연입니다.

편집부 여러분, 출판, 유통, 판매 등 이 책의 발간에 힘써주신 모든 분, 그리고 이 책을 읽어주신 여러분에게 진심으로 감사드립니다.

다음 권인 『왕의 프러포즈』 4권에서 다시 뵙기를 진심으로 빕니다.

2022년 8월 타치바나 코우시

#1 336페이지, 후기 2페이지 일본 발간 종이책 기준.

■ 역자 후기

안녕하십니까. 근로청년 번역가 이승원입니다.

『왕의 프러포즈 유리의 기사』를 구매해주셔서 진심으로 감사드립니다.

올해는 11월인데도 정말 덥습니다.

한낮에 기온이 25도 오버라니……. 제 작업실은 28도까지 치솟습니다. 여름이 끝났다고 깨끗하게 청소한 선풍기와 에어컨을 다시 켤까 심각하게 고민하게 되는 군요.^^

게다가 모기도 얼마나 기승인지……. 12월까지도 모기와의 혈투가 이어지는 건가 싶습니다.

참고로 현재 저만 버리고 홋카이도로 10박 11일 여행을 간 친구들은 반팔 티셔츠 차림으로 돌아다닌다더군요. 홋카이도 11월 여행이라 추위 대비로 한겨울용 점퍼도 챙겨갔다는데 말이죠.^^

여러분도 이 말도 안 되는 늦더위 잘 이겨내시길!

그럼 이번 권에 관한 이야기를 조금 해볼까 합니다. 스포일러가 포함되어 있으니 아직 본문을 읽지 않으신 분은 유의해주시길!

이번 권의 메인 히로인은 후야죠 루리! 네, 주인공의 여동생입니다. 사이카에 대한 애정으로는 무시키 못지않은 루리가 이번 권에서 대활약을 합니다.

느닷없이 결혼을 통보받은 루리는 자신의 결혼을 한마디 말도 없이 정한 본가에 항의를 하러 갑니다만, 어찌 된 건지 그 후로 돌아오지 않습니다.

그런 그녀를 걱정하던 무시키가 며칠 후에 받은 건, 루리의 비디오 메일! 그 안에는 결혼을 승낙한 루리의 영상이 담겨 있습니다. 하지만 사이카 LOVE인 루리가 사이카를 전혀 언급하지 않는 걸 이상하게 여긴 무시키는 그녀에게 무슨 일이 있는 건 아닐까 싶어 후야죠 본가가 있는 〈공허의 방주〉에 찾아갑니다.

마치 러브 코미디의 결혼식 신부 탈환 이벤트! 처럼 보입니다만, 중반부터 이야기가 다른 방향으로 흘러갑니다. 후야죠 본가의 『혼례 의식』의 정체! 그리고 그 이면에 숨겨진 아오의 의도! 그리고 무시키와 루리의 과거가 밝혀지는 이번 3권을 재미있게 즐겨주시길!

그럼 이만 줄이겠습니다.

L노벨 편집부 여러분, 언제나 재미있는 작품을 맡겨주셔서 감사합니다. 앞으로도 잘 부탁드립니다!

나만 버리고 홋카이도 여행을 간 지인들이여. 재미있는 여행이 되길 빌게. 다음에는 같이 가자고~.

마지막으로 항상 제 버팀목이 되어주시는 어머니와 『왕의 프러포즈』를 읽어주신 모든 분에게 진심으로 감사드립니다.

숨겨둔 딸 발각 사건(?)과 또 한 명의 사이카(?!)가 등장하는 『왕의 프러포즈 4』 역자 후기 코너에서 다시 뵙겠습니다!

2023년 11월 초

역자 이승원 올림

왕의 프러포즈 3

초판 1쇄 발행 2024년 1월 10일

지은이_ Koushi Tachibana
일러스트_ Tsunako
옮긴이_ 이승원

발행인_ 최원영
편집장_ 김승신
편집진행_ 권세라 · 최혁수 · 김경민 · 최정민
편집디자인_ 양우연
관리 · 영업_ 김민원

펴낸곳_ (주)디앤씨미디어
등록_ 2002년 4월 25일 제20-260호
주소_ 서울시 구로구 디지털로 26길 111 JnK디지털타워 503호
전화_ 02-333-2513(대표)
팩시밀리_ 02-333-2514
이메일_ lnovellove@naver.com
L노벨 공식 카페_ http://cafe.naver.com/lnovel11

ISBN 979-11-278-7386-8 04830
ISBN 979-11-278-6866-6 (세트)

값 8,500원